郑良伟———著

智绘诗境

当 AI 遇见 唐风宋雅

黄河出版传媒集团
宁夏人民出版社

图书在版编目（CIP）数据

智绘诗境：当 AI 遇见唐风宋雅 / 郑良伟著.

银川 ：宁夏人民出版社，2025. 5. -- ISBN 978-7-227
-08072-5

Ⅰ. I207.22

中国国家版本馆 CIP 数据核字第 2025L22C37 号

智绘诗境：当 AI 遇见唐风宋雅　　　　　郑良伟　著

责任编辑　杨敏媛
责任校对　陈　晶
封面设计　姵　莹
责任印制　侯　俊

黄河出版传媒集团
宁夏人民出版社　出版发行

地　　址　宁夏银川市北京东路 139 号出版大厦（750001）
网　　址　http://www.yrpubm.com
网上书店　http://www.hh-book.com
电子信箱　nxrmcbs@126.com
邮购电话　0951-5052106
经　　销　全国新华书店
印刷装订　北京鑫瑞兴印刷有限公司
印刷委托书号　（宁）0031259

开本　880 mm×1230 mm　1/32
印张　9.375
字数　260 千字
版次　2025 年 5 月第 1 版
印次　2025 年 5 月第 1 次印刷
书号　ISBN 978-7-227-08072-5
定价　72.00 元

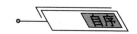

自　序

　　最近听闻《送东阳马生序》这篇古文火了，宋濂记录了他年轻时求学的艰难经历，反映了贫困家庭的孩子通过读书来改变命运的现象。六百年后的今天，读书求学看似已经是一件极普通的事，为什么这篇文章仍然能够在社会上引起广泛关注呢？我想现代教育中依然存在着读书条件的差异，导致教育的不公平，读书依然是改变一个人命运的重要途径。

　　写作本书的初衷源于2024年高考结束，全国语文试题新课标I卷的作文内容是"随着互联网的普及、人工智能的应用，越来越多的问题能很快得到答案。那么，我们的问题是否会越来越少？"不可否认，人工智能作为新质生产力的代表，正在慢慢改变着我们的生活，以这个话题引导学生关注科技前沿确实有一定的现实意义，然而我觉得仍然有许多偏远地区的孩子对人工智能不甚了解，对他们来说高考可能是改变他们命运的唯一的机会，和城里的孩子相比，他们接触的世界会影响他们的知识结构，进而影响考试的结果。

很多朋友听闻我出书了，旁敲侧击地说我有点附庸风雅，然而在听闻我写这本书的初衷是为了捐赠一部分书籍给偏远地区的学校，让更多学生通过学习中国古典诗词来了解人工智能，从而达到一定的启蒙作用，他们也表示愿意尽自己的绵薄之力。而对于我是如何想到将中国古典诗词和当下最热门的人工智能结合起来，他们倒也同样有些兴趣，毕竟我开玩笑说等这本书真正出版了，那会是中国古典诗词和AI人工智能结合创作的小小尝试。

2024年2月，中国首部由AI人工智能生成的动画片《千秋诗颂》在央视综合频道开播，聚焦200多首经典诗词，还原中国古诗词中的人物与场景。3月，《千秋诗颂》英文版在央视总台CGTN频道正式上线发布，这也是利用AI技术赋能国际传播的最新尝试，让中国传统文化走向世界。古典诗词是我们中华民族传统文化的桂冠，我们每个人都应该学习、了解。希望通过这本书的传播，打开一扇窗，让偏远地区的孩子认识这个多姿多彩的世界，与世界同频，一起进步。

本人才疏学浅，诗词水平有限，但通过半年时间的写作，逐步认识到AI人工智能在诗词解析方面的潜力，通过这种古今交融的方式，希望AI人工智能这个新质生产力在传承中国古典文化中能够发挥更加重要的作用。我相信有了今天这一步小小尝试，后面会有更多的人运用AI人工智能将中国古典诗词和中华优秀传统文化发扬光大。

2024年10月18日

目　录

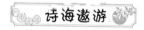

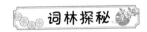

词林探秘

（五）流年

（六）畅游

诗海遨游

游南京珍珠泉长城

回首长城卧定峰，天青雾散跃江龙。
台前点将空余恨，醉眼干戈铁马封。

AI解读

　　这首诗乃诗人闲暇之余，漫步南京珍珠泉风景区万米长城景点之时，目之所及，心之所感，凝于笔端之作。长城之壮丽，如巨龙般蜿蜒，饱经千年的风霜，每一砖、每一瓦都镌刻着历史的深沉与英雄的豪迈。诗人笔下的长城是时光的长河，流淌着古往今来无数英豪的热血与梦想。

　　诗人赞颂那些在历史长河中留下足迹的英雄，他们的英勇与智慧如同璀璨星辰，照亮了人们前行的道路。这份赞美跨越时空，连接着诗人的空灵内心与那些遥远时代的辉煌。

　　然而，在这美景与历史交织的画卷中，诗人也流露出对历史沧桑、英雄逝去的怆然之情。长城依旧，英雄何在？岁月悠悠，多少豪情壮志已化作尘土，唯余这山水间还回响着往昔的赞歌与叹息。

　　首句"回首长城卧定峰"，诗人以"回首"二字开启全诗，暗示自己站在山峰回望眼下的山峦起伏。而"长城卧定峰"则形象地描绘了长城蜿蜒起伏，如同一条巨龙卧于山峰之上的壮观景象。这里的"卧"和"定"用得极为巧妙，不仅生动地描绘了长城的静态之美，给人眼前一亮的视觉冲击，同时也暗含了长城作为我国特有的历史遗迹所承载的厚重。这一景象也容易引发读者对中华民族悠久历史的联想，长城作为古代军事防御工事的代表，自秦汉开始修建，一直延续到明朝并达到顶峰，象征着中国古代历史的辉煌，它不仅是历史遗迹，更多的是中华民族自信、自强、自立的精神象征。有句俗语叫"不到长城非好汉"，正是代表了中国人百折不挠的拼搏精神。

次句"天青雾散跃江龙"，诗人继续从老山的自然景色入手，着重描绘了登上山顶后，天空清澈、雾气尽散，远远望去，长城如同一条巨龙盘踞在长江边上跃跃欲动。"跃"字用得尤为巧妙，不仅表现了长城所散发出的生机与活力，仿佛有种要从老山山顶一跃而起，飞渡长江的感觉，隐隐透露出神秘的动感与顽强生命力，结合上句的"卧定峰"使得整个画面既有静谧之美，又充满生机。龙在中国传统文化中是力量和威严的象征，长城犹如腾空飞跃的巨龙，展现一种内在的、生生不息的动态和美感。这里的"跃江龙"也是对江面水波荡漾的生动比喻，象征着中华民族"龙"的精神，寓意民族的生机与活力。

长城作为中国的象征之一，代表了中国古代人民的智慧和勇气，以及对和平的向往。"卧定峰"和"跃江龙"两者一前一后，一静一动，前后对仗、呼应，充分展示了中华民族骨子里既有历史厚重的一面，又有生机勃勃的一面。

三句"台前点将空余恨"，诗人将视线从自然景色的描写转向长城上历史遗迹的追忆。这里的"台"指的是古代点将的高台。诗人站在点将台上，想象着将领在此点兵出征的场景，仿佛感受到战争的残酷和肃杀之气。但如今点将台上却空无一人，只剩下无尽的遗憾和惋惜。这种时空交错的描写，使得诗人在感慨历史变迁的同时，也表达了对那些逝去英雄的缅怀和敬仰。"空余恨"则流露出诗人对于历史战场的追忆以及英雄未竟事业的惋惜，台前已空，当年的英雄豪情与战场上的遗憾（余恨）只能凭吊。

结句"醉眼干戈铁马封"，呼应次句"天青雾散"，虽然天空清澈，但诗人以反喻的手法，通过"醉眼"朦胧的视角，再次追思了历史，所发生的战争与征伐。"干戈"和"铁马"都是战争的象征，而"封"字则暗示了战争的结束和历史的尘埃落定。昔日的金戈铁马、战马嘶鸣已被时光尘封，只留下一片寂静。诗人在这里用"醉眼"来观察这一切，既是对波澜壮阔历史的超然态度，也表达了对冷清的现实世界的无奈和释然。在历史的长河里，不管是王侯将相，还是平民百姓，最终都不过是一粒微不足道的沙砾。时间对所有人都是平等的，而历史对所有人都是冷清的。

这首诗以南京珍珠泉风景区为背景，细腻勾勒自然之韵，时空交错间长城之壮丽跃然纸上，历史之烟云亦随之翻腾。它是时间的低语，岁月的长歌，让人在历史变迁的洪流中，触碰到内心的波澜壮阔。

诗人以笔为舟，泛游于历史长河之中，那些英雄的身影，在历史舞台上或明或暗，他们的才华如流星划过，未竟之志，化作诗人心中永恒的叹息。这不仅仅是对过往英雄未竟事业的惋惜，更是对世间万物，包括人类自身，在命运洪流中挣扎与妥协的共鸣。

这首诗不仅仅是一首写景佳作，更是寓情于景、情景交融的典范。它抒发了诗人对过往历史的深情回望，对现实生活的深刻体悟，以及对生命本质的哲理探寻。在历史的沧桑与现实的无奈之间，诗人找到了释怀之路，以一种超然之姿，将个人情怀融入宇宙洪荒，成就了一首既深沉又真挚、既生动又有力的哲理诗篇。

自评

AI准确分析了此诗写作手法、意象架构和这些意象背后所表达的情感，特别是对于"卧定峰"和"跃江龙"的分析，充分体现出AI在诗词分析领域不断提升的能力和水平。

桃叶渡口望月醉

马蹄渐进桥头路，零落桃花泊未开。
犹梦闺中千里会，不知秋色望中来。

深秋时节，桃叶渡口旁，主人公伫立渡口静候佳人。周遭自然景致的精妙描绘与主人公内心情感的复杂波动，共同织就了一幅既清丽脱俗又略带哀愁幽怨的诗画。

秋风瑟瑟，落叶纷飞，桃叶渡口被一层淡淡的暮色轻抚，显得宁静而深远。河水悠悠，波光粼粼，周围的一切仿佛在低语，诉说着季节更迭的故事。

岸边，几株枫树摇曳生姿，红叶如火，与巷口的万家灯火相映成趣，为这幅秋日图景添上了几分温暖的色彩。

主人公衣袂随风轻扬，眼神中流露出几分期待，目光穿过层层秋色，似乎在寻找那个熟悉的身影，心中涌动的情感如同这秋口的河水，表面平静，内里却波涛汹涌。思念，如同这秋色，既广阔无边又细腻深邃，每一缕风、每一片叶都承载着主人公对远方爱人、亲人的深深眷恋。

时光匆匆，季节轮回，诗人借由这深秋之景，抒发了对过往时光的无限感慨，以及对未来重逢的渺茫期盼。每一笔自然景色的描绘，都是主人公内心情感的映射，那份复杂而细腻的情感，在字里行间缓缓流淌，冲击着读者的心灵，让人不由自主地沉醉其中。

首句"马蹄渐进桥头路"采用了未见其人先闻其声的创作手法，充满了画面感。马蹄声哒哒作响，画面充满了动感，而桥头路却空无一人，意味着主人公等待的人还未到来。这句诗以动衬静，描绘了过客骑着马缓缓接近桥头小路的情景，以马儿的动衬托环境的静，突出了主人公在等待过程中内心的焦急。马蹄声在寂静中回响，这种慢节奏的动态描写营造出静谧又略带急切的气氛，说明等的人还没到来。

次句"零落桃花泊未开"转而描写自然环境，特别是"桃叶渡口"的特有景致。仲春时节，桃叶渡口的桃花凋零飘落一地，未有新的花绽放。这里"零落"与"未开"用得极为精准，既呈现了桃花飘落衰败的自然景观，又恰到好处地暗示了主人公看此景时，内心无比落寞和失望，仿佛错过了桃花盛开的时节，美好的事物未曾亲见，就已经消逝不见。桃花作为古典诗歌中的常见意象，代表了春天的美好景致和甜美的爱情，所以"零落桃花"寓意美好逝去，或许与上句主人公未等到他要等的人有关，也或许是主人公要等的人已经离开，从此一别两宽。"未开"二字蕴含了时光易逝、曾经春意盎然的景色不再和此刻主人公内心的落寞之情。或是比喻主人公内心深处某种情感或希望尚未绽放，或已消逝，给全诗增添了一层淡淡的哀愁，颇有几分"无可奈何花落去"之境，暗示主人公期待落空。

三句"犹梦闺中千里会"将画面从外部的自然环境描写转向主人公的内心世界的刻画，表达了主人公对所等待之人深深的思念之情。望着空荡荡的渡口，他仿佛在梦中与远方的爱人、亲人相会，虽然相隔千里，但情感依旧浓烈。这里的"闺中"不仅指女子的居所，也象征着主人公内心深处最柔软、最私密的地方，强调了主人公内心情感的纯真。主人公陷于梦中，梦见与远方故人相会。"梦""闺中""千里会"凸显了主人公对爱人、亲人的深深思念。千里之外的重逢只能在梦中实现，进一步强化了现实的孤寂与无奈。主人公望着空无一人的桃叶渡口，心中纵有千万深情，却无人可诉说，只能望月咏叹，空余悲切。

结句"不知秋色望中来"，以景结情，将主人公从梦境拉回现实。凝望着远方，不经意间发现秋色已深。这里的"秋色"不仅指自然界的季节变换，也隐喻着时间的流逝和人生的无常感慨。主人公可能就是在这一刹那意识到，自己的思念与期待或许已经随着季节的更迭而淡去，或是意识到现实与梦境之间的巨大差距，要等的人再也不会归来，从而内心生出一丝无奈，只能对着秋月慢慢释怀。

秋色中的萧瑟与凄凉，映衬了主人公内心的孤独与失落。但同时"望中来"又透露出希望与期待：即使面对的是萧瑟的秋天，依然在努力寻找属于自己的温暖与光明。

整首诗围绕"离别与思念"这一主题展开，通过描绘桃叶渡口桃花的零落与主人公内心的失落，表达了诗人对远方爱人、亲人的深切怀念和对生活中许多事的无奈感慨。

桃叶渡口，是南京秦淮河上的一个著名渡口，自古以来就是文人墨客吟诗作画的好去处。选择在此地望月，不仅是因为它地理位置独特，更是因为这个地方承载了历史的沉淀和古典文化的特殊韵味。桃叶渡口这个意象，本身就带有一种诗意的浪漫和历史的沧桑感。渡口，既是生活的渡口，也是感情的出口，更是人生的分岔口，选择在这个地方望月抒怀，使得情感更加深沉。

在前往桃叶渡口的路上，主人公心中充满了对与爱人重逢的期待，但现实的景象（零落的桃花）又让他感受到季节的更替和时光的流逝，从而生出淡淡的哀愁。"马蹄渐进"中隐含着归期未至的焦躁，"零落桃花"里透露出对青春短暂、美好易逝的感慨。

"零落桃花泊未开"与"不知秋色望中来"形成了鲜明的时间对比。桃花本应在春季绽放，而这里的"零落"与"未开"却暗示了时间的错位，春天的气息似乎被秋天的景象所取代。这种季节的错乱，一方面体现了自然界的变化，另一方面也映射出诗人内心的矛盾与挣扎——对未来的期待与对当下的无奈交织在一起。

这首诗通过地点、时间、情感和心境等多维度的细致描绘，展现了一个在时空交错中徘徊不前的主人公形象。他既是那个在桃叶渡口月下独酌的旅人，也是那个在梦中与爱人相会的丈夫；他既陶醉于眼前春花秋月的美景，感伤春花易逝，水长流，又清醒地面对着人生的悲欢离合，选择独醉。

自评

手法上此诗采用了典型的起承转合结构。首句"马蹄渐进桥头路"为起，引出旅途的场景；次句"零落桃花泊未开"为承，进一步描绘自然景象并暗示情感波折；三句"犹梦闺中千里会"为转，将画面转向人物的内心世界，展现主人公的思念之情；末句"不知秋色望中来"为合，以景结情，点明主旨。微观上，AI能够通过具体的意象，分析出复杂的情感，但是在宏观上没能准确分析出此诗起承转合的创作手法。当然起承转合也不是这首诗的终极手法，而是电影艺术中蒙太奇手法在诗词创作中的一次大胆尝试。

我的本意是通过写景、抒情、梦境，再回到现实的转场，春天和秋天的不断切换，营造一种略带哀伤的情感氛围。但若将这种叙事抒情的结构打乱，进行蒙太奇式的叙事切换，又会是另一种情感，读者朋友们可以自行想象：在一片秋色中望月独醉，思念故人，面对桃花零落，美好的春天即将逝去，心中略带哀伤。梦里与爱人、亲人千里相会，突然马蹄声渐近，打断甜美梦境，回到现实，等待的人终于骑马归来。此诗的格调和所表达的情感将完全颠覆之前的模式，这便是蒙太奇手法的奇妙之处。我想这是AI目前所不能读透之处。

登方山

方山塌下望青峰，九曲十八路不同。

莫探江湖深与浅，一花更比一花红。

AI解读

《登方山》这首七绝，不仅勾勒了一幅优美的山水画卷，更是一次对诗人内心世界的深度剖析。

首先，让我们一同走进那九曲十八弯的山路。在词人的笔下，这不仅仅是一条蜿蜒曲折的山路，更是人生的道路，每一步的攀登与挫折，都如同人生中的一次选择，充满了未知与挑战。诗人通过对方山奇特自然景观的细腻描绘，巧妙地引出对人生多姿多彩不应一成不变的深刻感悟。这山路的曲折，不正是人生旅途的写照吗？每一次的转弯，都可能带来新的风景，新的机遇，新的挑战。

在攀登的过程中，诗人的内心情感也在不断变化。他对方山的赞美，不仅仅是对自然之美的欣赏，更是对人生经历的回顾与总结。曾经的欢笑与泪水，成功与失败，都如同这山中的一草一木，深深地刻在他的心中。他感慨于人生的无常，却也珍惜着每一段经历，因为正是这些经历，构成了他丰富多彩的人生。

同时，诗人也在思考着历史与人生的关系。他望着那历经沧桑的山石，仿佛看到了历史的长河在眼前流淌。无论个人还是国家，都经历了无数的起伏与变迁。这些历史的痕迹，如同方山上的九曲十八弯，记录着过去的辉煌与衰败，也启示着未来的方向与可能。

诗人站在方山之巅，望着云雾缭绕的山峦，心潮涌动，仿佛看到自己的人生如同这山中的云雾，时而清晰，时而模糊，但始终在不断前行。他深深地吸了一口气，感受到了大自然的恩赐，畅想生命的无限可能。

首句"方山塌下望青峰"，描绘了诗人登上方山山顶后，俯瞰山下青峰的景象。这里的"塌下"形容诗人所处位置之高，看到青峰仿佛"塌"在方山脚下。"塌下"不仅表示诗人所处位置之高，也象征着诗人心灵上对大自然景观的俯视，传达出诗人正与大自然的壮丽景观近距离对话。诗人站在方山高处，视野开阔，心神明朗，思绪飞扬。从方山高处向山下望去，青峰层叠，整个城市的轮廓尽收眼底，眼前尽是悠远、辽阔。

次句"九曲十八路不同"，进一步描绘了诗人登上山顶后看到的蜿蜒曲折的山路。九曲十八弯的复杂地形使得登山的路径更加复杂多变，不同的路途中风景各异，象征了人生道路的多样和变化无常。这里用虚数"九曲"和"十八"来形容登山道路的曲折多变，不同路径引发不同思考，回望来路的过程中，体会到人生的道路同样是崎岖多变的，每一种选择都会带来不同的风景和体验，每条人生路径都有独特的风景，都面临着不同的机遇和挑战。

三句"莫探江湖深与浅"，登上山顶，看到下面曲折的山道，回忆起登山过程中的各种曲折，由登山之路联想到人生之路，顿时对人生有了更加深刻的思考。"江湖"不仅仅指代武侠世界中的江湖，在中国传统文化中这里的"江湖"二字常被引申为具有一定共性的圈子、世俗社会和更为广阔的天地。这里的"深与浅"可以理解为世间万事万物的复杂程度与表面现象和背后真相之间的差异。"莫探"则表明探究江湖的复杂程度和差异性的难度，诗人劝诫读者不必深究世间纷扰的深度与复杂程度，不要过于纠结的人际关系和社会的复杂，表达了诗人随遇而安、不为外物所累的人生观，进一步强调了内在的平静与超然是更为重要的人生追求这一观点。

结句"一花更比一花红"，表面上描述的是自然界中花朵竞相开放、争奇斗艳的美景，实际上是借喻我们每一个人或是人生的每个阶段都有独特的魅力与价值，人生中的每一段经历、每一次成长都是对前一次的超越，鼓励人们应当珍惜当下，不断奋进，相信未来会变得更加美好。这与"今年花胜去年红，可惜明年花更好"的意蕴相似，表达了乐观向上、不断进步的生活哲学。从事物内在价值角度来看，以花为喻，揭示了事物总是在曲折中不断前进这一哲学意蕴。每一朵花都独特而鲜艳，强调个体的独特性和自我价值，表达出诗人的价值观：即使看似平凡的生活中，我们每个个体都有自己独特的美，每个人都应先学会欣赏自己，找到自己独特的价值，不必过多与他人比较，更不必过分追求他人，攀附他人，反而失去自我。

这首《登方山》不仅描绘了方山美丽的自然景色，更通过登山过程中的路径不同传达了对人生多样性的深刻感悟：人生如登山，道路曲折多变，各有千秋，无须过分计较得失，重要的是学会享受每一步的成长与变化，学会欣赏自我价值，并相信前途总是光明的，未来的道路一定会更加精彩顺畅。

同时，登高望远则教育我们看问题要站在一定的高度，保持宽广的视角，学会多角度地分析问题，理解并欣赏生活中的多样性和复杂性。不要过度追求和攀比，要珍视生活中的每一刻和当下之美，保持内心的宁静与平和，淡然处世。

从整体来看，这首《登方山》通过对具体的自然景象展开描写，来表达深刻的人生哲理。这种以自然之景寓意人生之理的创作手法，在中国古典诗词中是比较常见的。如王维的"行到水穷处，坐看云起时"，两者都在传递一种洒脱与从容的人生价值观。

这首诗的创作手法采用了自然景象与人生哲理相结合的叙事方式：先对自然景象进行细腻描绘，再逐步引申到对人生道理的阐述，达到了物我相融、境界开阔的效果。

从文化和哲理的角度分析，这首诗包含以下哲理。

无为思想："莫探江湖深与浅"透露出一种顺应自然、不过分强求的无为哲学，主张顺应生命的律动，不对外界过于干涉或探究，体现了"无为而治"的思想精髓。

处事智慧："一花更比一花红"不仅展现了自然界生生不息、繁花似锦的美好景象，也蕴含了生命瞬息万变、当下即是永恒的观念。每一朵花都代表了一个瞬间的完美，提醒人们要珍惜现在，发现自我价值，认识到每个存在、每一个现在都有其独特的价值。

从语言和意象的角度分析，这首诗语言平实而富有画面感，"方山塇下望青峰"，寥寥几字便勾勒出登高望远的辽阔画面；"九曲十八路不同"，以虚数象征手法展现了人生道路的曲折与多变。这些意象的选择既体现了自然之美，又展现了中国古典诗词"借景抒情，托物言志"的传统。

从意境营造的角度分析，透过高山、青峰、蜿蜒的山路和灿烂的花朵，把自然美景和人生哲理有机结合，构建了一个容纳自然与人生的广阔意境，给读者留下足够的思考空间，让人回味无穷。

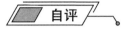

AI通过分析文字描述和意境架构处理展开解读，基本上解析出整首诗所表达的含义、但尚有几处未点评到。

九曲十八路不同，"九曲十八弯"为方山一处景点，此句想表达的不仅仅是表面上的道路不同，每条道路上的风景不同，深层次想表达的是方法不同，站的位置不同，透过事物表面看到的事物背后的本质也不同。站在山脚下，能够看到九曲十八弯这一处景点，登山的道路有几条，但只能选择一条路上山，因此选择的不同，导致登山途中看到的风景也不同。等到登上方山之顶，登高望远，视野开阔，能够对登山途中的九曲十八弯一目了然的时候，看到的是所有的方法及事物的全貌，这里可以理解为站的位置不同，看到事物背后的本质也不同。这和苏轼的《题西林壁》"横看成岭侧成峰，远近高低各不同。不识庐山真面目，只缘身在此山中"有异曲同工之妙。

初春游黄龙岘茶文化村

新梅斗艳难全艳，小雪妨晴照旧晴。

多谢春风千里送，归来少壮已无名。

AI解读

这首《初春游黄龙岘茶文化村》仿佛一幅细腻描绘自然景致与人生哲理交织而成的美丽画卷。诗人以新梅初绽、雪后晴天和人生归途为背景，展开了一场关于时光流逝、人世变迁的深刻感慨。

首先，诗人以细腻的笔触描绘了黄龙岘茶文化村的初春景色。新梅在寒风中傲然绽放，预示着春天的到来。雪后晴天，阳光透过云层，洒落在大地，给这片古老的土地披上金色的外衣。这样的景色，不仅赏心悦目，更激发诗人对生命的热爱和对未来的憧憬。

然而，在这美丽的景色背后，诗人却流露出对时光流逝的无奈和感慨。新梅的绽放，意味着一年又一年的轮回；雪后的晴天短暂，让人感到岁月的无情。诗人通过自然景象巧妙地引出了对人生归途的思考。他深知，人生如同这四季的变换，有繁华也有落寞，有欢乐也有悲伤。而在不断的变幻中，我们都努力寻找着自己的归宿。

在游玩的过程中，诗人不仅领略了黄龙岘茶文化村的美丽景色，更在内心深处进行了一场关于人生哲理的深刻思考。他感慨于人生的短暂和无常，却也珍惜每一个当下的美好。他深知，无论世事如何变迁，都要以一颗平和心来面对种种挑战和困难。

诗人运用了生动的比喻，将新梅比作生命的灯塔照亮我们前行的道路；将雪后晴天比作人生的希望，让我们在困境中看到光明。

首句"新梅斗艳难全艳"描绘了梅花新开、争奇斗艳的情景。这里的"斗艳"指的是梅花与其他植物竞相开放，但因季节尚早，梅花的美还未达到顶峰。"难全艳"暗示了尽管梅花努力绽放，试图展现全部的美丽，却总有不尽完美之处。这里喻示着自然界的变化无常和万事万物都难以完美的规律，同样象征人生中的遗憾和不完美。梅花在中国诗歌中常常象征高洁、坚韧和独特。这里的"新梅"象征着新生事物，它们充满生机却不完美，让人们接受也需要一定的过程。梅花的美在于它傲霜斗雪的品格，即使不能"全艳"，也依然具有独特的魅力。这句寓意着人生中时刻充满竞争和挑战，每个人都想展现最好的自己，但往往难以做到完美无缺，对于新生事物来说，更是如此。

"小雪妨晴照旧晴"是说虽然小雪阻碍了晴天的脚步，但最终会晴朗。这里的"小雪"象征着生活中的小挫折或阶段性困难，而"照旧晴"则表明这些困难终将过去，生活会恢复平静。此句传达出诗人积极乐观的生活态度，表明生活中无论遇到什么困难和挑战，只要心存希望，坚韧不拔，阳光总会再次照耀。

"多谢春风千里送"是感谢春风长途跋涉给整个世界带

来温暖和生机，表达了诗人的感激之情。春风暗喻时间和机遇，代表着事物发展背后的推动力。春风送远行人，寓意时间带来了变化和际遇。春风不仅带来了春天，把小雪赶跑，带来了晴天，让万物复苏，新梅斗艳，也带来了新的开始和希望。这句话可能是诗人想表达对友人的感谢，或是对曾经帮助过自己的某种力量的感激，这种力量帮助诗人经历了艰难的人生旅程，无论是生活中的还是精神上的，最终都给诗人带来了希望和好的结果。

"归来少壮已无名"透露出诗人心中无名的哀愁。归来时，虽然正值壮年，但似乎已经失去了年轻时的理想与追求。多数人在追求自己人生目标的过程中，理想被现实慢慢磨灭，志得意满只是一小部分人。这句描述的是诗人经历了风雨后，心态逐渐平和，回归到自然洒脱的状态。年轻时的壮志豪情或许已经淡去，取而代之的是内心的平静和满足。站在另一个角度理解，可能也表达了诗人对于时光流逝和世事无常的感慨。随着时间的推移，我们可能会失去一些外在的东西（如地位等），但内心的成长和满足才是人生最宝贵的财富，应当珍惜当下，追求内心的平静，不被外物羁绊。

以雪后晴天梅花争芳斗艳为喻，从梅花到小雪，从春风到少壮，都充满了浓厚的象征意味，在探讨时间、变迁、自我认知和社会认同等主题的同时，也展现了人类情感的复杂和生命的多维面貌，体现了诗人对自我价值的肯定、对时间流逝的感慨以及对人生无常的深刻反思。鼓励我们要有接受不完美的勇气，面对困难时要保持坚韧不拔的精神，感激生活中遇到的扶助自己的每一个人，珍惜内心的成长和满足，关注自身价值的提升，不被外物所累。

这首诗蕴含了丰富的情感和深刻的哲理，显示出一定的思想深度和艺术魅力，让读者在欣赏诗词之美的同时，也能对生命本质有深刻思考。

语言方面，这首诗文字简洁却富有表现力。"新梅""小雪""春风""少壮"等词语的巧妙组合，勾画出一幅对比性极强和前后情感反差极大的图画。特别是"新梅斗艳难全艳，小雪妒晴照旧晴"通过自然现象的变化，喻示了时间的不断流逝和事物的不断变化。梅花的短暂绚烂和雪后的晴空，暗示生命中的美好时刻虽然短暂，即便遭遇像"小雪"一样的挫折，最终仍会有光明和希望——照旧晴。这既是对时间在人生旅程中不可逆的一种哲学思考，也是对生命在发展过程中充满韧性的一种颂扬。在看似矛盾的对比中揭示出深刻的生活哲理，体现诗人的智慧。

认知方面，"归来少壮已无名"触及个人身份和社会认同的主题。当一个人离开家乡或原有的环境后，随着时间的推移，当他再度归来时，可能会发现自己的地位甚至记忆中的自我形象都已经发生了变化。这种变化可能源自社会的遗忘，也可能源自成长和经历，导致价值观的转变：放下个人名望、身份等身外之物，逐渐追求自我价值的满足。

自评

AI运用大数据分析，准确地理解了"新梅""小雪""春风"等意象所表达的情感和哲理。逐句、逐词分析乃是AI擅长的领域，我们在前面几首诗的点评中也不难看到AI在这方面的水平。这首诗内容相对简单，AI分析得鞭辟入里，让人容易理解。但综合来看，AI对这首诗全局分析的能力有待提高。

这首诗首句表明世间充满挑战，大多数事是难以圆满的。紧接着二句又告诉我们，虽然人生充满挫折，但是我们依然需要乐观对待，第三句看似与全诗主题无关，仅仅表达感激之情，大多数人和AI一样理解为感激那些生命中的恩人，结合最后一句"归来少壮已无名"会有不一样的理解。仔细想想身边大多数人的人生确实都是这样的轨迹：从呱呱坠地一无所有开始，面对生活中各种磨难逐步成长，保持乐观，只要自己不放弃，也许会遇到生命中一些贵人相助，但是无论如何，等到我们老去，依然是一无所有，光溜溜地离开这个世界。这里启发读者思考一个问题：既然人生是一场"一无所有"的旅行，那我们又为什么要感激那些帮助过自己的人呢？其实我们自己就是春风：我们应该多行善事帮助别人，在别人遇到"小雪"天气的时候，吹起春风，帮他们吹走阴霾，让阳光照耀大地，给他们以希望。这样的春风不求回报，归来也还是"无名"的。而当真正做到这样的无名旅行的时候，我们的人生才真正变得有意义。先度人，后度己，一个人真正拥有的，其实是他能够为别人付出的。度己度人是相辅相成的，帮助别人其实就是提升自己。

立春游老门东

桃花零落处，粉蕊点白颊。
静看长街晚，幽人梦断崖。

AI解读

　　这首诗细腻地勾勒出老门东的街景，绘就了一幅静谧而又略带感伤的绝美画卷。傍晚时分，随风轻舞的桃花瓣如同粉色的雨，缓缓洒落在老门东悠长而深邃的长街上，铺就一条梦幻般的桃花香径。凋零的桃花虽带着几分凄美，却更显其韵味独特，恰似诗人内心深处那份孤独，哀伤又迷人。

　　同时，诗中流淌着的幽静与闲适，仿佛让时间在这一刻放慢了脚步，使人忘却尘嚣。诗人的心境便如这长街一般，历经风雨仍保持着难能可贵的宁静，宛如一眼未被世事扰乱的清泉，静静倒映着世界的美好。

　　如此，桃花之美，长街之韵，与诗人内心世界的深邃和广阔，交织成一幅动人心魄的美景，让每一位读者都能在字里行间寻得属于自己的静谧，体验超越时空的心灵共鸣。

　　首句"桃花零落处"引人入胜，用"零落"一词描绘了桃花凋谢的瞬间，花瓣如同雪花般飘落，给人以美的享受，

同时也透露出一丝淡淡的忧伤。在中国传统文化中，桃花常被视为春天和爱情的象征，而"零落"则暗示了美好的事物消逝。

次句"粉蕊点白颊"充满了想象力且极具画面感，诗人巧妙地运用了比喻，将桃花粉色或白色的花蕊比作轻点在脸上的胭脂，整个意象一下子生动活泼起来。这里的"白颊"象征某个妙龄女子的美丽容颜，将落下的桃花瓣比作点缀在女子白皙脸颊上的粉蕊，这种巧妙比喻使得桃花的粉蕊仿佛有了生命，"白颊"不仅暗示了桃花如女子般纯真和美丽，增添了几分柔美与哀婉，同时也表达了诗人对美好事物的留恋与不舍。

三句"静看长街晚"描述的是主人公（可能是诗人自己或诗中的"幽人"）在傍晚时分，静静地站在老门东的长街上，凝视着喧闹的街景，看着眼前桃花随风零落，想到时间流逝是不可改变的事实，便心生哀伤。主人公虽独自一人，但看着街上车水马龙，享受着闹中取静的孤独，坦然接受身边美好事物正慢慢逝去。这里的"静看"是主人公对外界环境细致观察的态度，透露出内心平和与超脱。"长街晚"暗示了时间流逝的不可抗拒与城市的寂静格调，为这幅略带忧伤的画面增添了几分孤寂与深邃。颇有种"逝者如斯夫，不舍昼夜"感叹世间一切美好易逝的惜时之意。

结句"幽人梦断崖"则是诗意的转折之句，增加了整首诗情感的层次，是此诗的点睛之笔。"幽人"常指性格内向、喜欢独处、思想深邃的人，此刻的"幽人"作为诗人的化身或诗中描绘的特定人物，仿佛一个隐居闹市的智者，内心深邃，思想敏锐。"梦断崖"则是对其内心世界的一次深入探索，但同时又给读者留下想象的空间。这里的"梦"可能指的是主人公的某种理想、追求或深藏于心底的某种情感愿望；

"断崖"则象征着这些梦想或愿望的破灭与无法实现。"断崖"也可理解为人生的转折点或是某种形式的终结，它不仅是指物理空间上的边缘，更是心灵深处的顿悟或觉醒。

诗人在闹市中看到桃花零落，触景生情，哀叹时光易逝。通过这一意象，表达了诗人对过往的诀别和对现实的坦然，同时也透露出一种超脱与释然。这种心态既是对个人命运的无奈接受，也是对生命本质的一种深刻领悟。

在一个春末的傍晚站在老门东的长街上，独自看着桃花零落，心中感慨万千。全诗运用丰富的意象捕捉周边环境，勾勒出一幅春日全景图，充分展现了自然之美与人文哲思的交织，引导读者在欣赏春日美景的同时，积极思考生命的终极意义、时间的最终价值以及梦想与现实的关系。

整个诗篇通过具象的桃花、长街，隐喻性的梦断崖，展现诗人对于生活、时间和梦想的独特感悟。无论是花开花谢的自然现象，还是长街静观的沉思，都展现出诗人对生命的细腻感知和对人生价值的深入思考。诗人并未沉溺于哀伤，而是以一种深沉冷静的态度，寓言般地揭示了人生漫漫旅程中不可避免的失落感和挫败感，以及在其中寻找片刻安宁与自我价值的过程。

自评

AI准确分析出了这首诗的主题和内涵，但对诗词整体性分析不够全面的短板也依然存在。从美学的角度看，前两句诗通过桃花的凋零与粉蕊的点缀，构建了一幅既美丽又哀愁的画面，展现了自然之美与人生之哀的交织。长街既热闹又安静，作为繁华都市的象征，诗中对其"静"与"晚"的描绘不仅展现了城市的另一面——宁静与孤寂，也反映了作者内心的孤独。在城市的喧嚣中，长街的宁静成了寻求心灵慰藉的港湾。桃花零落和梦断山崖首尾呼应，正是内心深处"静"的根源。身处长街闹市，如何静观？可以想象在立春时节，万物复苏，在车水马龙、人潮如织的老门东长街上，独留一份静思给自己，待日落江河，长街恨晚，梦断山崖，"幽人"还是那个幽人，一切都在变化，一切又仿佛从未改变。

迎新春

瑞雪纷飞尽，新春报喜来。
屠苏辞旧事，恭祝始登台。

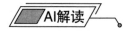

这首《迎新春》以简洁而富有想象力的语言，生动地描绘了新春佳节到来之际，到处弥漫着欢天喜地的节日气氛，表达了诗人对新年的美好祝愿。

首句"瑞雪纷飞尽"，在中国传统文化中，"瑞雪"通常被视为吉祥之兆，预示着来年的丰收和好运。古人认为下雪时天地相连，雪是上天与人沟通的桥梁。初雪代表着天地万物的更新，所以叫"瑞雪"。瑞雪不仅让大地银装素裹，美不胜收，也象征着希望和美好的未来。

"纷飞"二字描绘了雪花漫天飞舞的胜景，"尽"字则暗示了这场瑞雪已经停止，预示着寒冷冬日的结束，温暖如春的日子即将来临，大自然将开始一个新的生机勃勃的循环。这句不仅是对冬去春来这一季节更替的描绘，也象征着一年中所有不愉快的事情将随着新春的到来而消散。

次句"新春报喜来"直接点题，宣告新的一年带着喜庆的气息来临。这里的"新春"指农历新年，也就是春节，是中国最重要的传统节日之一，代表着全新的开始，充满了希望和欢乐。"报喜来"简洁有力地传达了新春佳节带来的喜悦。这里的"报喜"既指自然界万物复苏、生机盎然的景象，也指人们在新的一年里对幸福、健康、平安等的期待和祈愿。

三句"屠苏辞旧事"提到了节日里饮屠苏酒的传统习俗。饮用屠苏酒的习俗最早源自汉代，南朝时期的医药学家陶弘景在《本草经集注》中提到，屠苏酒有驱邪辟瘟、防病祛病的功效。因此，春节期间人们饮用屠苏酒，一方面是为了身体健康，另一方面也传达出驱除旧年晦气、迎接新年好运的美好寓意。饮屠苏酒也是一种告别旧岁、辞旧迎新的节日仪式，表达了人们对过去一年的告别和对新一年的期待。

结句"恭祝始登台"提到了"恭神"这一节日习俗，指在节日期间人们对天地神灵的尊敬和祭祀行为，彰显出人们对内心信仰的虔诚和尊重。"始登台"指的是祭祀天地神明的仪式，这里泛指仪式正式开始，象征着人们在新年之际对神灵的崇敬和对未来的祈祷。在春节期间，家家户户都会举行祭祖和祭神仪式，祈求来年平安顺利。这里的"登台"有多重含义。一方面，它指新年伊始，人们都站在新的起点上，准备开启新的征程。另一方面，也可以理解为新的一年为人们提供了更多的机会和可能，让人们有勇气、有信心去展现自己，追求梦想。

《迎新春》这首诗通过描绘瑞雪纷飞后的新春景象以及人们在新春期间的庆祝仪式，表达了辞旧迎新、告别过去的喜悦和美好祝愿。诗中的每一个意象都层层递进，展现了人们对新生活的向往和乐观态度。

这不仅是一首简单的迎春诗，更是一幅生动描绘中国春节风俗文化的美妙画卷，承载着中华民族对未来的憧憬和对生活的热爱。整首诗意境优美、情感真挚、寓意深远，充满正能量。

自评

　　AI准确地分析出这首诗所用意象的象征意义和春节习俗所表达的真挚情感。如果再多加评论，可以这样总结新春佳节的整个过程：雪尽、迎春、饮酒、登台、恭神、祝福、辞岁、喜来。

行至莲池所思

寂缈山中行路长，不知早晚白云低。

云深忘却来时路，一朵莲花不自啼。

《行至莲池所思》这首词以悠然自得的山中景色为舞台，以诗人深邃的心境为灵魂，通过精炼而富有韵味的语言，勾勒出一幅诗人在山间悠然漫步，直至莲池畔的绝美画面。

山路寂静，仿佛能听见时间的脚步在轻轻回响。低垂的白云如同历史的轻纱，轻轻拂过山巅，又悠然飘向远方。在这宁静中，一朵莲花悄然绽放，宛若生命的奇迹，静静诉说着岁月的故事。

诗人行走在这样的景色中，心境也随之变得悠然自得，不禁对人生进行了深刻的思考。那寂静的山路，不正是人生道路的写照吗，虽然曲折蜿蜒，但只要我们保持内心的宁静与坚定，便能一步步走向彼岸。

那低垂的白云如同人生的种种际遇，时而轻盈飘逸，时而沉重压抑。但无论何种境遇，我们都应像那朵莲花一样，保持内心的纯净与高雅，不被世俗所染，坚守信念。

在游玩的过程中，诗人不仅领略了山间的美景，更在内心深处进行了一场关于人生哲理的深刻探讨。他感慨于人生的短暂与无常，但同时也珍惜着每一个当下的美好。历史的长河中，每个人都是渺小而独特的存在，但只要我们用心去感受生活，去追寻梦想，就能在人生的舞台上留下属于自己的精彩篇章。

首句"寂缈山中行路长"，描绘了诗人在幽静而辽远的山中行走的情景。"寂缈"一词意含宁静、空旷，又带有一丝神秘，不仅指环境的静谧与空旷，也隐含了诗人内心的孤寂或超脱。"行路长"则暗示了这段旅途的漫长与艰辛，同时也为诗人的深思与感悟铺垫了背景。

诗人于寂静缥缈的山中行走，山路漫长，象征着诗人内心的思绪绵延不绝。这种景象既是对外在环境的细致描写，也是诗人内心情感的映射，展现出禅意般的宁静和悠远。

次句"不知早晚白云低"进一步渲染了山中的幽静与时间的模糊。行走在山中，诗人"不知早晚"，时间在这里仿佛失去了意义，这句承接上句突出了自然环境的静谧。只看见白云低垂，覆盖了整个山谷。这里的"白云低"象征着诗人心灵的高远境界，暗示诗人探索自然与自我内省的旅程。白云犹如诗人心境，白云低垂的姿态暗示着诗人内心思绪的绵延和沉静。此时此刻诗人似已超越了时间的概念，心境彻底融入了自然，达到了物我两忘的境界。白云低垂，仿佛触手可及，既展现了山之高峻，又突出了山谷的隐秘，走进山谷仿佛坠入仙境，让人忘却了时间的流逝，不知今夕是何夕。这种对时间的模糊感知，往往能引发人们对生命、宇宙等深层次问题的思考。

三句"云深忘却来时路"中云雾弥漫，山谷深处难觅，

诗人已经忘记了来时的路。这不仅是指地理上的迷失，也是诗人内心对现实世界迷茫状态的映射。在这幽静神秘的山谷中，诗人走了很远，走了很久，随心所欲地一直走到白云深处，甚至忘却了来时的路，暂时摆脱尘世的纷扰与束缚，进入更加自由、更加接近自然本真的境界。"忘却"也隐含着对过往的释怀与对未来的不确定。"云深"则进一步加深了这种超然的氛围：山谷幽深，云雾缭绕，深邃难测，让人迷失方向。"忘却来时路"则揭示了诗人的心境变化，他在自然的怀抱中忘却了尘世的烦忧，甚至忘记了自己是如何来到这里的。这不仅是对山谷中自然美景的沉浸和无法自拔，也是心灵的净化和内心烦恼的释放，暗示着诗人正经历一场精神上的洗礼。

结句"一朵莲花不自啼"是全诗的点睛之笔，也是诗人情感的集中体现。当诗人行至莲池，看到一朵静静绽放的莲花时，心中涌起了无尽的感慨。莲花在中国文学和文化中常常象征着纯洁、高雅和悟道。这里"一朵莲花"静静地存在，不发出任何声音，似乎在静静地诉说着某种真理。"不自啼"体现了大自然中自然而然的先天之理，是大自然中最本真的无为状态。这里的莲花独自开放，"不自啼"寓意着它无言语，仅凭自身的存在就足以表达深刻的哲理，强调了莲花超然物外、不惹尘埃的超脱特质。既是对莲花静美之态的描绘，也是对诗人内心情感的一种映射——在经历了山中的长途跋涉与心灵的洗礼后，诗人也达到了一种如莲花般宁静、淡泊的境界，不再为外界的纷扰所动，内心充满了平和与淡然。

通过描绘山中静谧的自然景色，表达了诗人内心由迷茫到平静再到领悟的情感升华过程。从孤独的行者到超脱的观察者，再到最终的领悟者，诗人在大自然的一步步引导下，经历了一场精神上的旅行。莲花的形象不仅是自然界的美，更是诗人内心世界转变的象征，它静静地绽放，无声地启示着关于生命、存在与超越的深刻哲理。

诗人以莲花为媒介，表达了对远离纷扰、回归内心宁静生活的向往。自然与人的心性、精神状态相互交融，展现了诗人对人生哲理的深刻思考，以及对朴素生活的向往。这首诗带给读者一种远离尘嚣，寻找内心宁静的力量。诗中的"云深""来时路""莲花"等意象，让读者感叹生活中有所舍弃，有所寻找，又有所获得，从而在喧嚣的世界里找到一丝恬静与解脱。

整首诗倡导了一种静观自然、内省自我的生活态度。在现代社会的快节奏生活中，人们往往忽略了内心世界的建设与滋养。这首诗提醒人们，通过与自然的亲密接触，可以唤醒内心的宁静与智慧，进而获得精神上的满足与成长。这种静观与内省，既是个人修养的提升，也是对生活本质的深刻领悟。

《行至莲池所思》不仅是一首描绘自然美景的佳作，更是一部蕴含深刻哲理与人生智慧的文学作品。它引导读者在繁忙与喧嚣中寻找到一片内心的净土，通过静观自然，实现心灵的净化与升华，领悟生命的意义与价值。它不仅是一首优美的山水诗，更是一首富含哲理与情感深度的佳作，值得读者反复品味与深思。

自评

AI擅长的领域在于诗词中意象的抓取分析和中国传统文化典故的理解，这是其具备大数据搜索分析能力的体现。AI智能分析得出的结论中，确有几分追求宁静生活的向往。但对心路历程的变化过程和整体描述仍是不够深入的。以下作为补充解读。

首句表达的是生活的艰辛，往往人生在向上发展的过程

中是孤立无援的，在外出拓业的过程中，常常感受到各种挫折和挑战，因此才会写"寂缈山中行路长"。

由于生活所迫，起早贪黑，不知早晚，结合山中景色写出了"不知早晚白云低"，太阳落在山头，一时恍惚，内心发出疑问：这一刻到底是早上还是晚上，天边的云彩是朝霞还是晚霞？

虽然生活是困苦的，但路还要继续走下去，不气馁不放弃，走到云深处，虽然不知最终结果如何，但是依然不后悔这一路经历的艰辛和付出。"云深忘却来时路"指的是对自己努力拼搏过程的肯定，即便云深处并没有自己想要的结果，也还是坚持走到最后，忘却来时路不重要，重要的是人生之路并不迷惘，目标依旧明确。

结尾点睛之笔"一朵莲花不自啼"：在云深处偶遇莲池，看到了美丽的莲花，顿悟达到了超脱的心境。莲花作为诗歌中的关键意象，承载了多重象征意义。在东方文化中，莲花出淤泥而不染，代表了纯洁与高尚。在这里，莲花的"不自啼"不仅表现了其静默之美，更象征着一种内在的力量和智慧。一路艰辛，孤独前行，来到了云深处，就算不被外人所知又何妨。莲花不自啼，但在人们心中依然是纯洁、高雅的存在，回忆来时的路，终于在此刻释怀。

联想到王冕《墨梅》"不要人夸好颜色，只留清气满乾坤"这句诗，在此也鼓励所有读者，忘却来时路，轻装上阵，活出自我，不必在意得失和最终的结果。

泾县查济古村怀古

一径通幽谷，流连至此休。
云遮山叠翠，日照稻香洲。
但见人烟渺，深藏万户侯。
清溪流百世，不忘圣德修。

AI解读

《泾县查济古村怀古》这首诗宛如一曲穿越时空的低吟浅唱，以其深邃而悠远的意境，细腻入微的笔触，将我们引领至如诗如画的查济古村。

诗人以轻盈的步伐，穿梭于古村的每一个角落。那青砖黛瓦，在岁月的洗礼下显得愈发古朴而庄重，它们仿佛是先贤留下的智慧印记，诉说着一段段尘封的历史。潺潺流水绕过村舍，穿过石桥，永不停歇地向前流淌，带走了岁月的尘埃，却留下了永恒的记忆。它们像是时间的使者，将古村的过往与现在紧紧相连。而那参天古树，枝叶繁茂，犹如生命的守护神，静静地屹立在村头巷尾，见证着世事的变迁与人生的起伏，见证古村的兴衰，也守护着这片土地上的每一寸光阴。古村里的祠堂更像是一本厚重的历史书，每一页都记载着先贤们的智慧与德行，让人在阅读中感受历史的厚重与生命的韵味。

诗人不仅描绘了查济古村的美丽风光和深厚的历史底蕴，更倾注了自己对往昔岁月的深切感慨和对先贤圣德的无限敬仰。

首联"一径通幽谷，流连至此休"描写了一条小径通向幽深的山谷——查济古村。"一径"是指诗人从泾县出发，顺着蜿蜒曲折的小路，一路到了查济古村。诗人之所以用"一径"是为了表达内心对查济古村的向往和到达目的地的迫切之情。"一径"不仅是指实际的路径，也象征着通往心灵深处的道路，它指引着人们探索查济古村历史与文化的秘密。"通幽谷"三字不仅描绘了到达古村路径的曲折，也暗示了古村远离尘嚣、藏于自然之中的隐秘地理位置。"幽谷"代表一片宁静、与世隔绝的天地。这里的"休"字，既指旅程中的停留，也隐含了诗人心灵上的安宁与满足。

诗人一路曲折到达古村，走进这片幽静之地后，便沉醉其间，流连忘返。可以说首联奠定了全诗的情感基调，表达诗人对古村静谧景色的依恋和赞美。

颔联"云遮山叠翠，日照稻香洲"通过对古村周围壮丽的自然景观的生动描写，展示查济古村的独特景色。

抬头望向天空，云雾缭绕，山峦重叠，一派苍翠高耸的景象。通过"云遮"与"叠翠"的对比，展现出山峦在云雾缭绕中层峰叠嶂、苍翠欲滴的美景，营造出一种朦胧而又不失生机的意境。

低头望下大地，阳光洒在稻田上，一幅阳光明媚、稻香四溢的画面。"日照"与"稻香洲"相结合，不仅展现了田园风光的宁静与美好，也暗示了古村物产丰饶、人民安居乐业的生活状态。

　　云遮山峰，刻画了水墨画式的古典中国韵味，叠翠的山峦与稻香四溢的田园交相呼应，描绘出一幅宁静致远、田园诗画般的美丽图景，蕴含了诗人对自然和谐、远离尘嚣的生活方式的赞美和向往。

　　诗中的"云""山""稻"等自然元素不仅是对古村秀丽风景的细腻描写，还隐喻着田园生活的艰辛与收获以及古村在岁月更迭中的恒常不变。诗中描绘的自然景色与人文景观的和谐共生，不仅是对古村实际景象的再现，更是中国传统文化中"天人合一"思想的象征。这种思想强调人与自然的和谐关系，倡导人们顺应自然、尊重自然的生活方式。

　　颈联"但见人烟渺，深藏万户侯"着眼于古村人文景观的描绘。表面上看，村中居民稀少，隐约见炊烟袅袅，却深藏着过往的辉煌和贵族世家的遗迹。通过这种今昔对比，表达了诗人对历史沧桑的感叹和对古村厚重历史文化的感叹，营造出一种历史沧桑的变迁之感。"渺"与"深藏"的对比，凸显了古村表面的平凡与内在的丰富历史，反映了古村低调而深厚的历史底蕴。"万户侯"指古代的显贵之家，暗示古村曾经的繁华与荣耀。"人烟渺"表面上写的是村落的宁静与稀疏人烟，其真正内涵则是反衬宁静背后隐藏的历史沧桑。"深藏万户侯"一句点明了古村曾经的繁华，尽管古人在世间的踪迹已无法追寻，但历史的痕迹和人文精神依旧隐匿其中。这种对比手法不仅加深了古村古今交融的变迁感，也让读者体会到历史的厚重与世事的变迁。

　　尾联"清溪流百世，不忘圣德修"对溪水的描绘强调了时间的流动和历史在古村的沉淀。"清溪"象征着潺潺流逝的岁月，也象征中国人对道德修养的永恒追求。诗人以不忘圣德修为结句，强调尽管时光荏苒，古村里的人仍然保持着对传统美德的敬畏和传承，是诗人对古村人文精神的高度赞

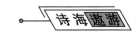

扬。也正是先贤的德行与智慧，才使得古村得以保留至今，继续滋养后人的心灵。

最后两句将前面的自然景色和历史人文完美地结合起来，达到了情感和思想的升华。"清溪流百世"象征历史的长河不断流淌，淙淙流水代表了时间的延续和不息。而"圣德修"则表现出诗人对道德与精神传承的重视。"圣德"在这里不仅仅指圣贤的道德，更广泛地指代高尚的品德。诗人借古村优美的自然景象和内在的历史深意，提醒人们在历史的长河中，要不忘初心，修德养性，继承和发扬前人留下的美德。此句引发了人们对时间流逝与永恒的哲学思考：时间如流水般匆匆逝去，但古村的文化和精神却能够跨越时空，永存于人们的心中。这种对美好品德的永恒追求，是人类共同的精神财富。

这首诗不仅仅是一幅美丽的风景画，更是一部承载着深厚文化内涵与历史记忆的佳作，引导人们去思考和探索古村背后的故事，以及古村所代表的传统价值观。全诗语言简洁凝练，意境深远，既充满画面感，又富有哲理性，兼具诗歌的艺术美与思想深度。

通过对古村自然美景和人文遗迹的描绘，表达了诗人对过往岁月的怀念与感慨、对先贤圣德的敬仰与传承以及对人与自然和谐共生的追求与向往，也反映了诗人对现代社会中迅速变化的社会道德的一种反思，在快节奏的现代生活中，人们往往忽略了内心的宁静与精神的追求。

回顾古村的历史与文化变迁，人们应当重新审视自己的生活方式和价值观，从而寻找内心的平衡与满足。我们每一个人都有责任传承和弘扬优秀的传统文化。古村作为传统文化的载体之一，对其保护和传承对于维护文化多样性、促进文化交流具有重要意义。诗人通过这首诗提醒我们，要珍

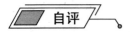

惜和尊重传统文化遗产，为子孙后代留下更多宝贵的精神财富。

自评

这首诗内容通俗易懂，属于传统借景抒情的写景诗。AI智能较好地分析出这首诗所要表达的含义，无须过多点评。

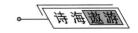

游十里长山凹

长山风景又如何，九曲交通复上坡。

处处芳香春浦渌，蓁蓁籍草远山多。

桃花更待渔夫返，五柳犹传适俗歌。

回首登山徐转去，微风落日水增波。

AI解读

　　《游十里长山凹》是一幅描摹自然绝美画卷，铺展出十里长山凹之旖旎风光。字里行间，古典意象跃然纸上，与山川草木共舞，勾勒出一幅恬静而生机勃勃的田园景致。诗人以笔为舟，泛游于这方净土，每一抹色彩，每一声鸣响，皆化作心中之绝妙赞歌，赞叹大自然鬼斧神工之余亦流露出对理想生活之境的无尽向往。

　　诗中山峦如龙脊蜿蜒，云雾缭绕似仙子轻纱，溪水潺潺，吟唱着古老而悠远的歌谣。林间鸟语不仅是自然的和弦，更是诗人心灵的回响，它们共同编织出一场人间绮梦，引领世间每一个自由灵魂向那超脱尘嚣的桃花源深处漫步。

　　此诗不仅是一首对自然美景的颂歌，更是心灵寻求归宿的温柔呼唤，它以独特的艺术魅力，邀你我共赴一场心灵的盛宴，于十里长山凹间，寻觅遗失已久的宁静与纯真。

首联"长山风景又如何，九曲交通复上坡"即点明这首诗的主题，以设问的形式引出十里长山凹景色如何的话题。设问句式的不确定性，暗含着诗人对未知美景的期待和好奇。"九曲交通"暗示寻找山凹的道路蜿蜒曲折，"复上坡"则进一步强调了地形的陡峭和复杂，使人感受到寻路的艰难。该句不仅以写实的手法勾勒出山路曲折、蜿蜒起伏的景象，同时为美景描绘渲染了动态背景，这句诗还隐喻了通向美景的道路崎岖难行，形象地表现出人们追求美好生活和理想过程中充满艰辛和挑战。

颔联"处处芳香春浦渌，萋萋籍草远山多"转而描绘长山凹内美丽的景致。在春意盎然的日子里，水边（浦）阵阵芳香袭来，湖水碧绿清澈，山凹里到处透露着勃勃生机。

"处处芳香"说明春天的气息无处不在，"春浦渌"中的"渌"字意指水色清澈，描绘了山凹里湖水清澈如镜，充满生机。"芳香"和"春浦渌"分别从嗅觉和视觉的角度，生动地描绘了春天的气息和清澈的湖水，增强了诗歌的画面感和感染力，让人仿佛身临其境。

"萋萋籍草"形容草木茂盛，生机勃勃，而"远山多"则让人感觉到景色的广阔和远眺的愉悦。"萋萋籍草远山多"一句通过对山凹内茂盛的野草和远处连绵的山峦的具象描写，进一步拓宽了山凹景致的空间感，营造出辽阔而深远的意境。

颈联"桃花更待渔夫返，五柳犹传适俗歌"引入了浓厚的人文元素，将自然景色与人文情感相结合。山凹的美景让诗人忍不住联想到世外桃源，桃花盛开，似乎在等待着渔夫的归来，五柳树下仍然传唱着世俗的歌谣，一派和谐宁静。这里既有诗人对渔舟唱晚、田园牧歌式的生活向往，也隐含了诗人对宁静和谐生活的赞美。

"五柳犹传适俗歌"引用了陶渊明"五柳先生"的典故，"五柳"指的是陶渊明。"犹传适俗歌"暗示了陶渊明悠闲自得的生活方式，借以表达诗人对超脱世俗、追求自然本真的生活态度的认同和向往。渔夫和五柳先生的形象，都是中国古代文化中超脱世俗、追求精神自由的象征。诗人通过引用这些意象，表达了自己对现实世界的超越和对精神家园的追寻。这种超脱与回归的哲学思考，反映了人类在面对物质世界与精神世界冲突时的一种内在平衡和寻找自我价值回归的需求。

尾联"回首登山徐转去，微风落日水增波"：回首间，山色渐远，微风拂面，落日的余晖映照在清澈见底的水面上，波光粼粼，给整个画面增添了几分诗意和生活的惬意。这一画面不仅是对自然景观的细腻描绘，更表达了诗人对此次山凹旅程的留恋。微风、落日、水波等都是瞬息万变的，但它们又共同构成了自然界永恒不变的规律。诗人或许在此时此刻感受到了时间的流逝和生命的短暂与无常，但同时也领悟到了生命与自然界的紧密联系和相互依存的深刻关系。

"回首登山徐转去"展示了一个游者回味旅程、渐行渐远的画面，不仅表现了诗人对美景的留恋，还体现了诗人对人生哲理的反思——欣赏过生活的千姿百态后，虽心有怀念，但更应从容退去，寻找内心的宁静。

"微风落日水增波"，以视听皆美的方式收尾：微风轻拂水面，落日余晖洒落，增添了几分律动，让画面更具诗意，传达出诗人内心的平静。此刻的落日晚照与微风轻拂让诗人放松下来，诗人表现出内在的平静和对现实世界的接纳，寓意着迷途中领悟到了自然与心灵的和谐。

《游十里长山凹》这首诗通过细腻的自然景色描写与巧妙的人文意象表达，展现了诗人对幽静田园生活的向往和热爱。整首诗情景交融、意境深远,是一首展现自然之美与心灵静谧的佳作。同时这首诗的哲学意蕴丰富而深刻,涉及人与自然的关系、超脱与回归的哲学思考、生命的短暂与永恒以及内在世界的探索与个人成长等多个方面。

全诗按照起承转合的传统结构布局,从开始的出发("游十里长山凹"),到沿途所见(中间四句),再到最后的回顾与感悟("回首登山徐转去"),层次分明,节奏感强。诗句之间押韵协调,语言优美,读来朗朗上口,增强了诗歌的音乐美和节奏感。

自评

此诗为传统古诗中借景抒情的题材。AI通过对具体意象的分析和五柳先生典故的准确理解,将此诗分析得较为透彻,唯有一点未能分析出,在此作补充。

"桃花更待渔夫返,五柳犹传适俗歌"中的五柳指五柳先生陶渊明,渔夫是指发现桃花源的渔夫,桃花指的是桃花源而不是春天盛开的桃花,但桃花源里应该也是有桃花的,此处AI的解读显得模棱两可,原因在于它对诗词意象的解读本身就存在多角度。

《桃花源记》里记载"既出,得其船,便扶向路,处处志之。及郡下,诣太守,说如此。太守即遣人随其往,寻向所志,遂迷,不复得路"。渔夫离开桃花源后回来再寻,不复得路。回过头再来看,渔夫如何发现了桃花源?按《桃花源记》原文里记载的渔夫发现桃花源之旅:"林尽水源,便得一山,山有小口,仿佛若有光。便舍船,从口入。初极狭,才通人。复行数十步,豁然开朗。""桃花更待渔夫返"此句明面上是指桃花源等待着渔夫返回,渔夫既出,处处志之,却不复得路。而来时渔夫发现桃花源时是缘溪行,忘路之远近后忽逢桃花林的偶然所得。实际上这里想表达的哲理是：无心插柳柳成荫，有心栽花花不开，凡事莫要刻意为之。此次游玩也是在九曲交通复上坡中偶然遇山凹美景，一方面想表达美好的事物来之不易，需要有坚强的毅力去不断探索追寻，但是实际生活中有些事情是偶然所得，非刻意求之，这就体现出生活中事物因果之间对立统一的一面。桃花源等待渔夫返回，这里"待"和"返"字，是想告诉读者，世间总会有一段美好在等待着某个人的出现，不要刻意为之，只需保持初心，便一定会遇到心中的桃花源。"返"字代表缘分中早已相遇，一切再遇只是回到最初的相识。

"五柳犹传适俗歌"，这里着重解释一下"适俗歌"的意义。按传统意义来解读，陶渊明过着悠然见南山的隐居生活，怎么会传唱起世俗歌呢？古语有云"小隐隐于野，大隐隐于市"，这句话蕴含了深厚的哲学思想。小隐是形式上的隐逸，通过物理空间的隔离来寻求心灵的宁静。这种隐逸方式虽然能够让人暂时远离尘世的纷扰，但并未真正达到心灵的超脱。所以说陶渊明心中的桃花源是物理上的隐逸，是小隐。

大隐则是更高层次的隐逸，它强调的是在喧嚣中保持内心的宁静与淡泊，不为外界所动。这种隐逸方式需要更高的精神境界和修为，是真正的心灵隐逸。

"适俗歌"的意义在于，小隐的陶渊明传唱起世俗歌，"俗"代表了日常的生活，不必刻意通过物理空间的隔离，以达到隐匿尘世的状态。"俗"还代表了一种积极入世的心态，在人潮汹涌和喧闹的尘世中寻求内心的宁静，是大隐的状态。

这两句诗结合起来看，表达的意思是不刻意避世，积极入世，保持这种顺其自然的"适俗"心态，那么生活中便处处是桃花源，桃花源自然也就在不远处等待渔夫的回归，一切如初缘，一切自会再相见。

贺龙年新春

新符片片抵家窗，爆竹声声放彩芒。
熠熠春晖呈四海，酣酣美酒敬八方。
素人相贺新年健，懒户无关祝福忙。
感物兴怀空绝叹，才衰无语索诗囊。

AI解读

这首《贺龙年新春》犹如一幅细腻的画卷，将春节的习俗与祝福场景描绘得栩栩如生，每一处落笔都浸透着诗人的独特视角与真挚情感。诗人不仅描绘了春节热闹的氛围，家家户户洋溢着喜悦与温馨，更巧妙地将个人的情感与生活感悟融入其中，使得整首诗作充满了感染力，让人读来不禁心生共鸣。

在这首诗里，春节不仅仅是一个节日，它更是诗人笔下流淌的温暖河流，汇聚了人们对新一年的美好憧憬与无限希望。而那些热闹的场景——鞭炮声声、笑语盈盈、团圆饭的香味——都被诗人以极富画面感的语言一一呈现。

然而，诗人的笔触并未止步于此，他在描绘这份普天同庆的喜悦之时，也不忘融入个人的沉思与感叹。这些细腻的情感交织，如同节日夜空中最亮的星，既照亮了春节的欢乐，也映照出诗人内心深处对时光流转、岁月更迭的深刻体悟。如此一来，这首诗不仅是对春节的一次深情赞歌，更是诗人心灵世界的一次深刻展露，让人在欢庆之余，也能感受到一份来自灵魂深处的共鸣与感动。

首联"新符片片抵家窗，爆竹声声放彩芒"描绘了春节期间贴春联、燃放爆竹烟花这一热闹景象。

"新符"指春节时贴在门窗上的春联、年画等，还可以引申为各种饰品、装饰符号等传统春节元素。贴春联是春节里重要的习俗，象征着辞旧迎新，表达了人们在新的一年里对生活的美好祝愿和吉祥祈盼。这里的"片片"形容春联数量之多，遍布各家各户，形象地描绘了春节期间各家各户贴春联的场景，给人一种温暖而充满欢乐的感受，增添了视觉上的美感。而"抵家窗"更是将这一年俗场景生动地呈现出来。

春节期间燃放爆竹是为了驱邪避灾，迎接新年的传统习俗。"爆竹声声"形象地再现了新年期间人们燃放鞭炮、烟花的热闹场景，爆竹声不仅驱散了冬日的寒冷，还点燃了新春的希望和热情。

"声声"从听觉角度描写家家户户都在燃放爆竹烟花，突出了燃放爆竹烟花的频繁，渲染了热闹的节日气氛。"放彩芒"指烟花爆炸时的绚丽光芒，不仅是视觉的细腻描写，更带有一种喜庆的氛围，含着人们对未来的美好祝愿和希望。

颔联"熠熠春晖呈四海，酣酣美酒敬八方"进一步扩展了新春的喜庆氛围，从家庭扩展到了更广阔的天地。

"春晖"既是指春天的阳光，也代表着新年带来的希望和光明。用"熠熠"形容春光的明媚和生机勃勃，以"呈四海"表达诗人对天下苍生的美好祝福和愿望。

"酣酣"形容喝得尽兴、醉醺醺的样子，"美酒"是春节庆祝时的饮品，在中国传统文化中以酒敬人，是表达情意与祝福的一种方式。"敬八方"中的"八方"不仅仅指地理上的四面八方，更代表所有的亲友和远方的知己。"醅醅美酒敬八方"，以美酒为媒介，表达了人们对来自四面八方的亲朋好友的诚挚欢迎和美好祝愿。这里的"醅醅"不仅形容酒的醇厚，也暗含了人们相聚时举杯共饮的欢乐情景和心情上的欢畅与满足。

颈联"素人相贺新年健，懒户无关祝福忙"转而从宏观的喜庆场景回归到具体的个人情感表达。

"素人相贺新年健"中的"素人"一般指普通百姓，"相贺新年健"表明在新春之际，无论身份高低，人们都会互致祝福，希望彼此身体健康，生活幸福。相互祝贺新年健康吉祥，是人与人之间最质朴、最真诚的关怀。"相贺"体现了人与人之间的亲近与和谐。"素人相贺新年健"这里体现了中国人互相关爱、共度佳节的传统美德，也暗示了生活中的平凡与素雅之美，体现了新时代社会的亲和力和传统佳节文化影响下中国人的凝聚力。

"懒户无关祝福忙"里的"懒户"指生活懒散的人，那些不参与热闹活动的人，抑或独处之人。这里的"懒户"或许是一种夸张或寓言式的表达，用以强调祝福的普遍性和超越性。即使有些人因为种种原因（如懒惰、忙碌等）未能亲自参与庆祝活动，但他们的心中依然充满了对新年的美好祝愿和对亲朋好友的深切关怀。"无关祝福忙"说明这些所谓的"懒人"没有加入祝贺新年的热闹中，而是显得比较冷淡或懒散，这句通过对比，既展现了新年热闹氛围的普遍性，又点出了一些人未能融入这份欢庆的特殊情形。一些游离在欢庆之外的人，他们的存在增加了诗中情感的复杂性和多样性。

尾联"感物兴怀空绝叹，才衰无语索诗囊"是诗人个人情感的集中抒发。面对如此喜庆而美好的新春景象，诗人不禁感慨万千，却又感到自己才情衰退，难以用恰当的诗句表达内心的感受。

"感物"即因外物而触动心怀，"兴怀"是心生感叹。"空绝叹"可能是指诗人感到自己的言辞无法充分表达心中的感动与喜悦。面对春节的新气象和人们的欢庆之情，诗人心中可能也生发出许多感慨，但这些感慨最终并未得到实际的表达，只得无奈叹息。

"才衰"指才华减退，诗人感到自己才思不如从前。"无语"是无言的意思，面对眼前的景象和心中的感受，诗人找不到合适的语言来表达。"诗囊"是古代文人用来装诗稿的袋子，此处借指诗人的创作才华或灵感源泉。"索诗囊"意思是尽力去寻找诗句，但最终无从下笔。这句表现了诗人的自我反思和淡淡的挫败感，可能因岁月的消逝或才情的减退而感到无力。

"感物兴怀空绝叹"，诗人面对节日里美酒佳肴和欢乐氛围，反而感叹时光飞逝和岁月无情。"才衰无语索诗囊"则抒发了诗人虽然才情渐减但仍欲用诗作表达情感的愿望，体现了诗人对创作的深情执着，同时这种才思枯竭的描写，带出了诗人的落寞和惆怅。

这首《贺龙年新春》从春节的热闹景象写到诗人个人的内心感受，通过对贴春联、放爆竹、饮酒庆祝等细节的描写，生动地展现了春节的欢乐气氛。而后四句则将视角转向个体，表达了在热闹背后的一些个人情绪和深思，也反映了诗人内心的微妙情感变化和对生活的深刻感悟。它不仅是一首描绘春节景象的诗歌，更是对中国传统文化、社会价值观和个人情感世界的深刻洞察和细腻刻画。它以节日为载体，传递了深厚的文化底蕴和积极向上的社会正能量，具有较高的文学价值和深远的社会意义。

自评

　　AI智能对这类意象清晰、叙事简单、主题明确的诗解读准确且深入，但不足之处依旧十分明显。此诗重点在于"素人相贺新年健，懒户无关祝福忙"这句。

　　节日祝福本来应是发自内心的，但在人情社会，有的时候不得不做出一些违背自己内心真实意愿的事情，比如春节期间群发祝福短信。"素人"原本是指普通人，这里夸张地引申为互不相识的人，那互不相识的人为何还要祝福忙呢？这里反讽节假日期间，群发祝福短信的社会风气，亲朋好友之间的互相祝福这个无可厚非，但群发短信确实也是作为社会人的无奈之举。等到越来越多的人认清这点的时候，选择做个"懒人"，不再群发祝福短信，也是习惯改变的开始。从龙年开始，群发祝福信息这种习惯正在慢慢改变，只有真正的亲朋好友之间才会互相道一声问候。

　　作者自嘲是变懒了，做个懒人，不再群发信息忙于祝福，这种变懒是一种取舍，也代表了社会风气积极向好的变化。新年期间有感而发写下此诗：不再群发祝福信息，支持这种社会风气的改良，倒并不是真的"才衰无语索诗囊"。

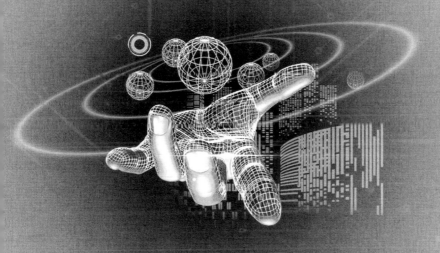

词林探秘

（一）骋怀

虞美人·观雪遐思

娜娜白雪风中舞，尽染金陵素。望天际渺渺无边，依是皑皑花落满庭喧。

北国峭冷独身抱，旧曲新弹妙。未闻琴语入谁家，爱似茫茫残雪尽天涯。

AI解读

在这首《虞美人·观雪遐思》里，词人孤身漫步于飞雪连天之间，心绪如雪花般翩翩起舞，交织成一幅动人心魄的冬日雪景。词人以细腻的笔触，捕捉漫天飞雪的凄冷之美，巧妙地将这外在的景致与内心的情感世界融为一体。

词中，漫天雪花犹如轻盈的仙子，翩翩起舞于空中，将江山装扮得如诗如画，却又带着一丝刺骨的寒意，仿佛是大自然对人生的某种隐喻。词人凝视这银装素裹的世界，天地一色，无边无际，心中不禁涌起对人生的深深感慨。静听雪落，那微弱而悠长的声响，如同仙乐缭绕，又似岁月的低吟，诉说着过往的沧桑与人生的无常。

在这缥缈的遐思中，词人仿佛随风而起，过往如梦般掠过。雪覆旧痕，不仅掩去了往昔的忧伤，更在词人心间映照出一片澄明，那是对未来的曙光与希望的期许。寒风吹拂，带着思绪徜徉于这无垠的雪景之中，词人仿佛是在寻找那足以表达此刻心境的诗章，又似在探寻人生的真谛与归宿。

词人借漫天飞雪，抒发着对人生的深刻理解与感慨。雪，既是寒冷的象征，又是纯净与美好的化身，它让词人感受到了生命的脆弱与坚韧，也让他对人生有了更深的领悟。在这银装素裹的世界里，词人仿佛看到了自己的内心，那是一片被岁月磨砺后依然纯净如初的雪地，映照着他的人生历程与心路历程。

通过这生动的比喻与形象的意象，词人将内心的情感与对人生的思考巧妙地融入这雪景之中，使得《虞美人·观雪遐思》更加引人入胜，让人在品味中感受到词人的情感世界与人生的韵味。

"娜娜白雪风中舞，尽染金陵素"，开篇即以"娜娜"形容白雪在风中轻盈舞动的姿态，赋予了飞雪以生命力和美感，仿佛是大自然的精灵在风中嬉戏，生动形象地刻画出了雪景之美。这种拟人化的手法，使得雪景更加生动可爱，描绘出一幅充满生机和美感的画面，也反映了词人对雪的细腻观察和个人内心的情感投射。

接着"尽染金陵素"一句则将视角拉远：白雪将整个金陵城（或泛指江南地区）染成素白之色。这句不仅描绘了雪的量级之大、覆盖的范围之广，也通过一个"素"字传达出纯净、高洁的意境，为全词奠定了清冷而雅致的感情基调，同时暗合了词人对家乡金陵的深深记忆和无限的热爱。

"望天际渺渺无边，依是皑皑花落满庭喧"一句将视线从眼前的雪景引向更广阔的天际，以"渺渺无边"形容天空的辽阔与深远，同时以"皑皑花落"的比喻，将雪花飘落的过程描绘得如同花朵般绚烂而短暂。这里的"喧"字，虽与雪的静谧形成对比，却巧妙地表达了词人内心因自然美景而激起的情感波澜，以及雪花飘落时那种细微而连续的声响，在静谧中显得尤为生动。

词人由近及远，目光越过辽阔的天际，心中却仍萦绕着雪花纷飞的景象。这不仅展现了漫天雪景的壮丽，同时也反映出词人内心世界的广阔与虚空。用雪花的"喧"与周围寂静环境来对比，虽然雪花本身是无声的，但"满庭喧"通过矛盾修辞的手法增强了雪的动态感和生命力，仿佛整个庭院因为雪花的飘落而活跃喧闹起来。暗示了词人在宁静中感受到的内心的喧嚣，即对过往记忆的回响。

这两句通过"天际渺渺无边"与"皑皑花落满庭喧"的对比，展现了从宏观到微观的空间转换，以及词人视野和思绪的不断扩展。其中，"皑皑"形容雪花的洁白与密集，"花落"则是以花喻雪，赋予了雪以生命的凋零之美。而"喧"字则打破了雪落无声的静谧，通过想象和联想，营造出细微而连续的声响效果，使得画面更加生动立体。这种动静结合的手法，展现了词人高超的艺术表现力。"满庭喧"字面上描绘的是雪花飘落的热闹景象，但结合词看，更多地透露出词人内心的孤独与寂静，反映了词人面对广阔天地时的渺小与情感上的落寞。

"北国峭冷独身抱，旧曲新弹妙"，这句从对漫天雪景的描绘转向词人个人情感的抒发。北国的峭冷天气与词人孤独的形象互相映衬，透露出词人内心世界的孤寂与清冷。然而，"旧曲新弹妙"一句却以乐观的态度展现了词人在孤独中寻找慰藉的方式——通过弹奏旧曲并赋予其新的生命力，来表达自己对于过往的怀念和对未来的期许。

"峭冷"一词生动描绘了北方冬天的严寒，而"独身抱"则直接点明了词人的孤独处境。这里的"独身"不仅指身体上的孤独，更暗含了心灵上的孤独与无助。这种孤独意象的塑造，为全词奠定了孤冷的情感基调，也引发了读者对词人内心世界的共鸣与思考。然而，在孤独与寒冷之中，词人选择以"旧曲新弹妙"的方式自我慰藉，"旧曲"代表了过去的美好回忆和情感体验，"新弹"则象征着未来的希望，这一行为不仅体现了词人对美好回忆的珍视，更表现出他面对困境时的坚韧与乐观。这里的"妙"字不仅是对音乐之美的赞美，更是对曲子作者的创意与情感的肯定。通过旧曲新弹的方式，表达了对过往的怀念之情，同时也展现词人面对孤独与困境时的积极态度和创造力。

"未闻琴语入谁家，爱似茫茫残雪尽天涯"尾句将词人的个人情感与更广阔的人生哲理相结合，将全词的情感推向高潮。

琴声悠扬却未闻其入谁家，这里的"谁家"既指具体的某户人家，也象征着世间万物、芸芸众生。"琴语"隐喻词人的心声和情感寄托，"入谁家"表现出一种寻觅和探问，谁能理解和接纳词人的琴心和情感呢？这一句以"琴语"未被听闻为引子，表达了琴声虽美却无人共鸣的遗憾与无奈，反映出词人对情感共鸣的渴望和对知音的漫漫追寻。

"爱似茫茫残雪尽天涯"一句，则将爱情比作茫茫残雪，既表达了爱情的纯洁与美好（如同初雪般无瑕），又暗示了爱情的短暂（如同残雪终将消融）。但更重要的是，这句词还传达了一种对爱的执着与追求，即使爱如残雪般易逝，也要让它洒满天涯，留下永恒的印记，揭示了爱情永恒留存的主题。这句不仅表达了词人对真爱的追求与理解，也蕴含了词人对生命、时间与爱情之间微妙关系的哲学思考。这种对爱的理解超越了时间的限制，展现了词人对爱情深刻而独特的思考。

这首词以细腻入微的笔触，精心勾勒出一幅冬日雪景的绝美画卷，字里行间无不透露出词人内心深处的孤独与深切思念，以及对美好爱情那坚定而遥远的向往。词中不仅流淌着对自然之美的由衷赞叹，更蕴含着对生命意义的深刻探索与独特见解，如同一曲悠扬的旋律，深情而真挚地歌颂着人世间复杂而细腻的情感。

词人以其独到的艺术手法，巧妙地将个人的情感体验融入那浩瀚无垠、银装素裹的自然之中，使得情感与自然达到了前所未有的和谐统一，仿佛两者本就浑然一体。这首词，已经超越了普通的文字表达，它不仅是一幅令人陶醉、美不胜收的雪景画，更是一首直击心灵、引人深思的咏叹调。它以其独特的艺术魅力，轻轻触动着每一个读者的心弦，让我们在文字间感受生命的厚重与情感的深邃。

自评

AI对这首词的分析并无过多的遗漏，特别是对自然环境观察的视角变化和个人情感表达相互交融的分析，让整首词的解读更加通俗易懂。但是AI在整首词格局上的综合分析仍然存在一定的短板。

这首词的上半阕写的是尽染金陵素，地点在南方，而下半阕抒情却指向北方，AI解读并未注意到这首词在地理位置和结构上的变化。

这首词写于金陵（南方）大雪之际，看到雪落的情景，不免睹物思人，联想到了北方的好友，此时好友仿佛化身为美丽的女子，在雪中娜娜起舞，这才有雪天"静中有动"的"喧"字。雪中静，雪中情，心中忆，心中喧。

两人虽未曾谋面，但已神交许久，这份感情像初雪一样纯洁，无论身在何方，这样的情感会一直在身边，陪伴彼此到天涯。

虞美人·故人重逢

无言默默重相见，旧忆眉间卷。红尘聚散两山之，最是夜深沉思自难持。

浮生旧事无留恋，回首如初见。问君离恨几人痴，静观花开花落不眠时。

AI解读

《虞美人·故人重逢》犹如一幅细腻的情感画卷，缓缓展开在读者眼前。词人以其深邃的洞察力和独特的笔触，精心构筑了一个充满韵味与情感的内心世界，让人仿佛置身于重逢的喜悦与夜思的深沉之中。

词中，故人的重逢如同春日里的一缕暖阳，穿透岁月的尘埃，照亮了词人内心深处的柔软角落。那转瞬即逝的一刻，虽是无言相对，却仿佛定格成了永恒，如初见般美好，让词人感受到了生活的美好与奇迹。而漫长无尽的夜思，则如同深邃的夜空，星星点点地闪烁着词人对过往的回忆与对未来的憧憬，让人不禁沉醉于这无尽的遐想之中。

整首词通过细腻的情感描绘和生动的意象选择，成功地展现了词人对人生的深刻理解与感慨。它不仅让读者感受到了词人内心的丰富情感与独特思考，更引领着每一位读者去共鸣于人生的喜怒哀乐与世事的无常变幻。

"无言默默重相见，旧忆眉间卷"开篇即营造了一种静谧而沉静的氛围，故人重逢，没有过多的言语，只是默默相视，但心中却涌动着千言万语。词人用"无言"之笔触，描绘了重逢时的寂静，虽然没有语言的交流，但是通过彼此的表情传达出旧日深厚的情谊和共同的美好回忆。无言中蕴含着千言万语，既有久别重逢的喜悦，也有岁月流转的感慨。这种沉默，是故人之间情感深沉的具体表现，也是这段情感经历时间沉淀的痕迹。

"无言默默重相见"不仅表达了故人重逢时的激动与感慨，也隐含了岁月流逝、人事已非的无奈。这种沉默，是多年情感积淀后的自然流露，也是内心深处对过往的一种尊重与珍视。

"旧忆眉间卷"以具象化的手法，将过往的记忆比作在眉宇间轻轻卷动的画轴，既展现了回忆的丰富和情感的深刻，也暗示了重逢时内心翻涌的情感波澜。

"红尘聚散两由之，最是夜深沉思自难持"，此句转入了对人生无常的感慨。人生如滚滚红尘，聚散无常。每当夜深人静，沉思往事，最是无法自持。这句表达了词人对世事变迁的无奈之情，如人生聚散无定，夜深人静时感触尤多，思绪难以平静。

这里借"红尘"象征世间的纷扰与变迁。词人暗示了人生聚散身不由己，相遇既是重逢，也可能暗示着即将到来的离别，表达了词人对命运弄人的无奈和对相聚时刻的珍惜。

"红尘聚散两由之"体现了"顺应自然，随遇而安"的思想，表明词人对于人生聚散的无常所秉持的超脱态度。

"最是夜深沉思自难持"：夜深人静时刻往往是情绪沉

淀和爆发的时候，词人在此时陷入了深深的反思，意识到旧情难忘，却又控制不住内心的情感波澜。这里的"难持"既指难以维持表面的平静，也暗示情感如同暴风骤雨无法抑制。夜深是个特殊的情境，更易让人沉浸在往事的感慨中。这句话画出词人内心的矛盾：一方面想要超然忘却，但另一方面难免被回忆击溃，让记忆更加深刻。这种情感的波动揭示了人之情欲的复杂和人生无法逃避的情感困扰。

"浮生旧事无留恋，回首如初见"：词人似乎从对过往的感伤中抽离出来，以一种超然物外的态度看待浮生旧事。他说自己对过去的种种已无留恋，回首往昔，仿佛一切都如同初次相见时那般美好而纯净。这种态度既是对过往的一种释怀，也是对人生的一种豁达理解。

"浮生旧事无留恋"这句表现了词人对往日情感的洒脱态度，不愿再为过去的事而牵挂。然而，这种"无留恋"实际上也隐含了词人对过去那些事情存在影响的某种承认与释怀。

"回首如初见"意味着每次回望过去，都像是第一次遇见那样新鲜而清晰。与其说是词人再度见到了旧人，倒不如说是重新审视了自己过去的心境。在重逢时，反而将过去的一切看作是第一次相遇时那般纯净，无所羁绊。这种心态体现了词人重新审视内心的决定和选择重新出发的勇气。"如初见"的描绘揭示了词人对过去记忆的深刻烙印，这表明即使时光变迁，那段感情依然鲜明如故。

"问君离恨几人痴，静观花开花落不眠时"，词人将话题转向了对人生"离恨"的思考和对"花开花落"的静观。问世间有多少人能真正超脱于离别的痛苦之外？而词人自己则选择以一种平和的心态，静静地观赏花开花落，即使因此不眠，也乐在其中。这里的"静观花开花落"不仅是对自然美景的欣赏，更是对人生的深刻思考：无论经历何种变迁，都能保持平静与淡然。

"问君离恨几人痴"是一句充满浓厚感情色彩的反问，直击人们的心灵。词人以提问的方式，提问中带有自省，询问对方（或自己）有多少人会因为离别而痴情难解。这句揭示了离别之痛并非只有词人自己才有，而是人类所共有的。这种"痴"不仅仅是对故人的留恋，更是对时间流逝、岁月变迁的无奈。它强调了重逢与离别之间深刻的情感交织。

"问君离恨几人痴"这句由个人情感扩展至他人，表达了离别痛苦的普遍性，反映出人与人之间情感的共鸣和理解。这种共鸣意味着无论何时何地，离恨都是人类情感体验中的主题。

"静观花开花落不眠时"这句中的"花开花落"一词象征着时间的流逝和生命的无常。"静观花开花落"是借自然景象来表达词人对世事变迁的淡然态度，然而"不眠时"又流露出词人因离别而难以入眠的哀愁。在这不眠之夜，词人静静地看着花开花落的自然变化，心中却波涛汹涌。表现出对时间和生命的深思，对自然规律的认知，使得整首词在情感深度和思想高度更上一层楼。

这里的"静观花开花落"不仅是对自然美景的欣赏，更是一种人生哲学的体现。花开花落，象征着人生的起伏如同花开花落一般自然，它告诉我们在思绪万千，剪不断理还乱时要学会释怀和随缘。静静地观察自然界中的花开花落，感受生命和时间的循环往复，提醒自己无论人生经历何种变迁，都应该保持内心的平静与淡然。

"不眠时"不仅是对失眠状态的描绘，也暗示了词人在重逢后的夜晚，无法入睡，思绪万千，愈发深入思考生命的意义和人生的多变。这种深度的思考，使得这首词呈现出一种独特的哲理情感。

"静观花开花落不眠时"这句将自然的更替与人事的变迁巧妙结合在一起，寓意人生起伏如同花开花落，无法抗拒。但词人借此传达出包容与接纳的人生态度，令人看到在无法改变人生的情况下，寻求自我超越和成长的意义。通过观察花开花落的循环往复，词人终于找到了内心平静与安宁的港湾，实现了对离恨的超脱。

《虞美人·故人重逢》是一首情感深沉、艺术精湛、思想深刻的词。它通过对重逢、旧忆、离别等主题的细腻刻画与深入探讨，展现了词人对人生哲理的深刻领悟与超脱心态的追求。同时，丰富的意象、精练的语言以及严谨的结构也使得这首词具有很高的艺术价值与文学价值。

这不仅是一首表达个人情感的作品，更是一首融合了深刻人生哲学与高超艺术技巧的佳作，它通过对故人重逢的描写、情感的细腻描绘和对生命意义的深刻探讨，进一步阐述了时间、离别和人世无常的主题，展现了中国古典诗词独特的魅力和深邃的思想内涵。词人用简单但富有张力的语言，表达了心中复杂的情感和对人生的深刻思考。无论是看似平静的沉默重逢，还是夜深沉思的情难自持，都在词人笔下变得深刻而动人。同时，它也引发了我们的情感共鸣：在快节奏的现代生活中，应该学会放慢脚步，用心感受生活中的每一个瞬间，品味那些看似平凡却又充满意义的情感与哲理。

自评

AI在这首词的分析上显示出特有的优势，但是仍有不足之处，可能这也是AI与人类创造力方面存在差距的具体体现。但是我们也相信，随着AI不断发展，通过不断地分析训练和深入学习，有朝一日，AI也能全面分析出中国古典诗词之美，甚至能够创作出媲美诗词名家所创作的诗词佳作。

　　这首词引用了鲁迅先生的"岂有豪情似旧时，花开花落两由之"，AI却未能解读出来，也许因为将"花开花落两由之"拆分到上下阕，这正是对诗词创作的一种创新和尝试。

　　将这首词中的两句合并后，重新组合得出新的诗句"红尘聚散不眠时，静观花开花落两由之"。相遇、相识、离别、重逢都是人生中常见的场景，虽然红尘聚散乃是人生常事，可与故人相逢，无言以对，心中久久不能释怀，以致夜深无法入眠。对于人生困惑感到无能为力，只能在不眠时静观花开花落，任由思绪飞扬，不受控制，无法入眠。这样写与这首词的主题故友重逢相呼应，才能明白为何夜深人静情难自持的原因。这首词真正想表达的是对旧事的无法释怀，人生其实需要这样的情感沉淀，不是所有的过去都不值得追忆，应该全部忘却。如果无法忘却，那就让它像花开花落一样，在心间起起落落，坦然接受。

如梦令·风动惊梦

曾记咚咚惊梦，昨夜帘飞门动。暗影透窗来，捫手欲辞难送。惊悚，惊悚，应是树摇风动。

《如梦令·风动惊梦》是一首短小精悍的小令，词人以简洁的语言描绘了一个由风引起的惊梦场景，富有画面感和情感色彩。

"曾记咚咚惊梦"，开篇即以回忆的方式，引入了词人被风吹门动声惊醒的经历，"曾记"二字，表示词人回忆起过去某一个时刻的经历。"咚咚"是形容声音的象声词，这里指风刮动门窗发出的声音，增强了听觉效果。象征着词人在睡梦中被声音突然惊扰，表明了梦境的突兀与不安。这个声音不仅打破了原有的宁静，也引起了词人对过去经历的回忆。回忆中的"咚咚"声是惊梦的触发点，给人以强烈的听觉冲击。"惊梦"表示这个声音惊醒了正在熟睡的人。

"咚咚惊梦"使开篇便带有一种突如其来的惊悸感，这种声音不仅打破了词人梦境原本的宁静。梦境常常是人潜意识的反映，这种惊悸感可能与词人内心原本的某种焦虑或不安有关，只是通过梦境的形式反映出来。

"昨夜帘飞门动"进一步描述了词人被声音惊醒时的景象。"昨夜"点明了时间是在昨天晚上。"帘飞门动"描绘了环境的变化：门窗的开启也象征着外界环境的影响与词人内心的不安全感。这句形象地展现了风的猛烈和梦境的不安，增加了全词的紧张气氛。

采用"咚咚""飞动"等声音与视觉的结合，使得整首词画面感更为生动，增强了情感的表现力。这样的深入刻画让读者能够更深切地感受词人所经历的惊悸与不安。

"暗影透窗来"描述了窗外的影子透过窗户映入室内的情景，给诗词增加了几分神秘。通过"暗影"这一视觉元素，增强了夜晚的神秘感和紧张气氛。"暗影"象征着无以名状的恐惧或未知的情感。

"挥手欲辞难送"表达了词人在梦中想要挥别这惊悸景象，却又难以摆脱的无奈：词人希望能够告别这惊悸的场景，但又被梦境所束缚。这里的"挥手欲辞"可能是词人在梦中的动作，表达了一种想要摆脱恐惧却又无能为力的无奈。

"惊悚，惊悚"，运用重复"惊悚"一词，强调了词人内心的惊恐和紧张，使读者也能感同身受。

最后一句"应是树摇风动"是情感的转折，词人通过理性分析，将恐惧的原因归结为风吹树动，从而平息了内心的恐慌。树摇风动本是自然界的正常现象，但在此时却充满了惊悚的感觉，暗示着梦境与现实之间的模糊界限，表达了词人在短暂的惊恐之后逐渐明白事情原委后的释然。

这首词充分体现了词人善于捕捉生活中的细节，并将其转化为文学作品的能力。词句简练，但内涵丰富，展示了词人在有限的字数中传达复杂情感的能力。这种简练使得每一个词语都显得尤为重要，增强了整体的表现力。

　　词人通过对风吹门动的观察和内心感受的细腻描绘，形象地描绘出人们在面对未知或突如其来的变化时所产生的情绪反应。通过对夜间因风动而惊醒的经历描写，展现了词人从惊梦到释然的过程。词中既有生动的场景描写，也有情感的细腻变化，既有声音的描写，也有视觉的刻画，通过简洁的语言勾勒出富有生动画面感的梦幻画作，让读者能够感受词人当时心惊胆战的心理状态。

　　这首词遵循了中国古典诗歌常用的起承转合结构，实现了前后呼应，前半部分描绘了梦中的惊悚，后半部分则反映了内心的困惑与不安，形成了一个完整的情感动线。

　　起：开篇"曾记咚咚惊梦"设定了故事背景。

　　承："昨夜帘飞门动"承接上句，具体描绘了事件的发生。

　　转："暗影透窗来，挥手欲辞难送"转折到词人的心理活动。

　　合："惊悚，惊悚，应是树摇风动"总结了整个事件，并给出了合理的解释。

　　《如梦令·风动惊梦》通过细腻的情感描绘和丰富的自然意象刻画，展现了梦境与现实之间的复杂关系。词人在梦中体验到的惊悚与不安，伴随着对离别的无奈与情感的纠葛，形成了对内心情感的深刻反思。这首词不仅体现了词人个人情感的复杂性，也反映了词人对梦境与现实的深思，不失为一首富有诗意和情感深度的作品。

　　自评

　　此作AI点评准确，特别是对起承转合的情感动线和结构分析很独到。对梦境与现实之间关系的分析，则体现了弗洛伊德《梦的解析》中"梦是人潜意识投射"这一观点。风吹帘飞门动，似咚咚敲门声，半梦半醒间，风动树摇，暗影透过窗来，这是现实，外界环境的惊扰，或是本就不安的内心导致梦中不安稳，欲挥手告别这种情景，两者连接的纽带是树摇风动，抑或是现实生活中，想要逃离不安的现状。

如梦令·风逗惊梦

栏外雨急风骤，夜扣西窗邀酒。疑是故人来，惊起卷帘人走。醒否，醒否，应是树摇风逗。

《如梦令·风逗惊梦》是一首充满独特趣味与情感转折的词作，词人通过细腻的场景描绘与心理刻画，展现了词人在雨夜中的微妙心境变化，表现出词人对故人深情的怀念和内心莫名的失落。

"栏外雨急风骤，夜扣西窗邀酒"，开篇即以急促的雨声和呼啸的风声营造出一种紧张而孤寂的氛围。这一幕不仅交代了时间和环境，也奠定了整首词的感情基调——孤寂、忧思。

"栏外"指的是窗外，"雨急风骤"形容了风雨的猛烈，这种恶劣天气往往能勾起人们内心的孤独和寂寞。雨急风骤，不仅描绘了自然界的恶劣天气，也隐喻了词中人内心的波澜与不安。

"夜扣西窗邀酒"一句采用拟人的手法，仿佛风雨在敲打窗户，邀请屋内的人出来饮酒，这里隐含着词人渴望陪伴的情感，透露出词人在这样的夜晚，试图通过饮酒来排解心中的愁绪或寻求片刻的慰藉。在我国古诗词之中，"西窗"所代表的意象丰富而独特。词人往往用"西窗"来传达思念，寄托哀愁。西窗的意象，往往还蕴含着对过往时光或远方故人的思念之情。

"疑是故人来，惊起卷帘人走"这句是词中的情感高潮部分。在风雨交加的夜晚，词人突然听到或感觉到某种声响，误以为是故人前来探访，这种突如其来的期待与惊喜，使得他急忙卷起帘子想要看个究竟。然而当帘子被掀起，却发现并非故人，而是自己的错觉或外界的风雨所致。"人走"二字，既指卷帘的动作，也隐含了词人心中的失落与怅然。这里的"惊起"与"人走"，生动地描绘了词人从希望到失望的心理变化过程。这一误会反映了词人对故人的强烈思念，甚至连风雨的声音都能让他联想到故人的到来。

结尾"醒否，醒否，应是树摇风逗"，词人以一种近乎自问自答的方式，对自己的错觉进行了释疑。他意识到刚才那一幕不过是因为风雨摇动树枝所产生的声响，从而引发的误会。这里的"醒否"二字，既是对自己是否清醒的询问，也是对内心情感的一种反思与自我提醒。通过"醒否"二字的重复，展现了词人内心从迷惘到清醒的变化过程，同时也透露出一丝失望和落寞。词人通过这一番自问自答，最终实现了对自我情绪的调节与慰藉，虽然故人未至，但风雨中的自然景象也足以让人心生感慨，感受生活的另一种美好与宁静。

这首《如梦令·风逗惊梦》通过雨夜、风声、帘动等自然景象的描绘，以及词人内心情感的细腻刻画，绘制出一幅富有诗意与哲理的生活画卷。词中既有对故人的深切思念，也有对自然之美的感悟与欣赏，更有对自我情感的深刻反思与自我慰藉。词人以简洁的语言和生动的画面，成功地营造出一种幽

深、凄美的意境，让人感受到了淡淡的哀愁和深深的思念，以及对生活变迁、人事无常的敏感体悟，不管是梦中还是醒来的瞬间，都充满了无尽的韵味。

全词仅三十三字，却包含了丰富的意象和情感转折，展现了古典诗词的凝练之美。通过"雨急风骤""惊起卷帘"等生动场景的描绘，使读者能够身临其境地感受词中的紧张氛围。

词人巧妙地将自然景象与人物情感相结合，通过风雨交加的夜晚氛围，烘托出词人内心的孤寂与思念。外部环境的恶劣与内部情感的波动相互映衬，增强了词作的艺术感染力。词中不仅描绘了具体的雨夜景象，还通过"疑是故人来"一句，巧妙地引入情感层面的想象与期待，使得整首词作充满了诗意和想象空间。同时，结尾的"醒否，醒否"更加引人深思，让读者在品味之余，也能对自己的生活状态有所反思。

当词人发现"惊起卷帘人走"并非故人时，内心的失落与怅然可想而知。然而他并没有沉溺于这种负面情绪中无法自拔，而是通过"醒否，醒否，应是树摇风逗"的自问自答，实现了对自我情感的调节与慰藉。这种积极面对生活的乐观豁达态度，正是这首词作所要传达的。

此外，通过风雨的比喻，喻示了人生的无常与不易。风雨不仅是自然现象，也象征着人生中的起伏不定和难以预料的变故。词中的"雨急风骤"不仅描绘了自然界的景象，也象征着人生的波折与挑战。词人在面对这些波折时，虽然有过期待与失落，但最终都能以平和的心态去面对和接受，这体现了他对生活的深刻理解和豁达态度。"应是树摇风逗"强调了生活中的诸多不确定，提醒人们生活的真谛在于接受现实，而不是被瞬间的幻象所误导，即使在醒来后也要学会辨识真伪，同时"逗"字也体现出词人在生活中颇具幽默感，懂得自我排解内心的苦闷和孤独。

"应是树摇风逗"既是对错觉的合理解释，也蕴含着深刻的自然哲理。风雨中的树木虽然被吹得摇摆不定，但它们依然坚韧地挺立着，展现出生命的顽强与不屈。这种自然景象也启示人们，在面对困难和挑战时，应该保持坚韧不拔的精神和乐观向上的态度。

自评

对这首《如梦令·风逗惊梦》AI点评基本准确，只是对于梦境与现实的解析不完全正确。这首词虚实结合，AI对于意象的表面含义或者引申含义的解释有一定道理，但未能联系上下文完全解读出虚实结合的意境来。

"疑是故人来，惊起卷帘人走"二句可以解释为：窗外风雨声大起来，睡梦中听到某种声响，以为是故人来邀酒，起身查看，却发现没有人。以为刚刚故人来过，现在已经卷帘而走。这是第一重解释，也是最为贴近现实的解释。

也可解释为：听到风雨声，以为有人来敲门邀酒，但还在睡梦中，并未起身查看，只是感觉好像有人卷帘而走，似真的有人来过，此时因为风雨交加，雨点敲打窗户发出声响，大风吹动帘子造成有人来的假象，等真正醒来时，雨拍窗，大风卷帘，人已走，无人留。一切都只是雨夜中的幻想。这是第二重解释，这种解释结合现实和梦境，虚中有实，实中有虚，虚实结合。

还有一种解释，可能是在半梦半醒之间，真的感觉自己起身查看，却发现人已走，然后又继续睡下。这是第三种解释，这种解释完全是梦境，最为虚幻。

一个"疑"字表达了以上三种境况的不确定性，让人产生联想；一个"惊起"，也烘托出这种真真假假不确定的氛

围：到底是现实中从梦中惊起卷帘而走，还是在真实世界中风雨动静太大，感觉是真的有人卷帘而走，还是睡梦中感受到风雨声，梦中起身卷帘查看？这就留给读者自己理解和思索了。此处用虚实结合的手法主要是为了接下来的抒情，不管是哪种情况，都是树摇风逗，卷帘人走，还是在孤独中继续残睡，都以一种幽默的方式来表达这种孤独和寂寞。

　　不管是真从睡梦中醒了，还是一直没睡，一直醒着，以这种反问自己"醒否"、"醒否"的方式，来寻找刚才的答案，为什么有扣窗声，有卷帘人，但结果仅仅是有风雨扣窗声，有风雨卷帘，却无故人邀酒，只是树摇风逗而已。似乎一直在等这样一个邀酒的人，却一直没来，外界的环境变化都能联想到有人邀酒，现实却是空无一人，于是乎反问自己，醒否，醒否，采用这种对比反差的创作手法加剧孤寂氛围，把整首词的情感表达推向高潮。

如梦令·心重惊梦

遥夜轰轰惊梦。风紧帘飞门动。恰似故人来，挥手欲言无用。难懂，难懂。应是树摇心重。

AI解读

这首词以夜雨为媒介，通过描绘一场突如其来的梦境，表达了词人无言的孤独、深刻的情感冲突以及对故人的思念和对人生无常的感慨。

"遥夜轰轰惊梦"描述了一个寂静的夜晚被"轰轰"的声音打破了，似乎是夜雨打在屋顶或者窗户上的声音。通过拟声词"轰轰"来突出雨声之大，惊扰了词人的梦。这不仅是对自然环境的描绘，也暗喻了词人内心的动荡不安。

"遥夜"指的是漫长的夜晚，强调了时间的深远与孤寂感。"遥夜"不仅是一个时间上的概念，更是空间和心理上的感受。漫长的夜晚，尤其是当它被风雨笼罩时，更容易感受到孤独与寂寞。词人的惊醒，或许正是因为这种深深的孤独感，使得他对外界的声响异常敏感。

"轰轰"形容雷声或雨声的响亮，这里指雨声大到足以惊醒词人的梦。开篇即设定了一个风雨交加的夜晚，描绘了词

人突然被雷雨声惊醒的情景，营造出一种突如其来的紧张与不安氛围，打破了词人原本的宁静梦境。

"惊梦"，直接点明主题，即词人被夜间的风雨声惊醒，从梦中回到现实。

"风紧帘飞门动"描绘了夜雨不仅带来轰鸣，还有狂风。大风吹动了窗帘，门也紧随狂风摇曳，影射了外在环境的不稳定和词人内心的波澜。

"风紧"进一步描绘了风雨交加的情景，风势之大，仿佛能紧束人的呼吸。

"帘飞门动"这种动态描写增强了画面的生动感，进一步渲染了夜晚风雨交加的紧张氛围。

"恰似故人来，挥手欲言无用"这句将夜雨带来的不确定性与故人重逢的描绘相结合。词人似乎在梦中遇见了故人，但试图与之沟通时却发现言语无法交流沟通的困惑。这可能是词人对于现有生活困扰和无法言说的复杂心境的写照。

"恰似故人来"这句可能是指梦中出现了一个熟悉的人影，或者是因为夜深人静时，风雨声让词人联想到故人的到来。这一句以虚写实，将词人内心的期待与幻觉巧妙地融入现实景象之中。这种虚实相间的表现手法，不仅增强了词的艺术感染力，也让读者在品味时产生更多的联想与共鸣。"恰似"意为"好像"，"故人来"指仿佛是旧日的朋友或亲人来访。这里词人通过比喻，将风雨声与故人到来的声音联系起来，表达了对故人的深切思念。"故人"唤起了词人对过去的回忆。挥之不去的故人形象以及想要对话却不能的情景，反映了词人对往昔美好时光的深深怀念。这一句是词人内心深处最温柔的期待。在孤独与寂寞中，我们往往渴望有故人相伴，分享生活的点滴，倾诉内心的苦闷。

"挥手欲言无用"，词人想要与故人打招呼，却发现对方并不回应，或者说这一切都只是一场梦，故人并未真的到来。"挥手欲言"形象地描绘出想要说话的动作神态，而"无用"则表示这种尝试是徒劳的，因为故人并不真正存在。表达了词人想要与故人交流，却发现无法做到的无奈。通过梦境中出现的故人形象，表达了词人对过去美好时光的怀念，同时也揭示了现实中词人对愿望无法实现的感慨。"无用"将这种期待瞬间打破，带来了深深的失落。这种从希望到失望的心理变化，是词人情感波动的重要体现。

"难懂，难懂。应是树摇心重"，"难懂"进一步强调了词人的困惑。"应是树摇心重"则采取反讽的笔调，将雨夜的自然现象与内心的感受关联起来，暗示词人心中的情感重若泰山，难以摆脱。这里的树摇似乎象征着词人内心的不安。

"难懂"强化了这种难以理解的情感，表达了词人对于此情此景以及自己内心感受的深深困惑与不解。这种困惑可能源于对人生、情感或命运的无尽思索。也可能是在表达词人对于梦境与现实交织的困惑，以及对故人思念的复杂心情。这两句重复加深了这种复杂情绪的表现。它既是对梦境的困惑，也是对词人自身情感状态的一种质疑。

更深入解读一点，"难懂"不仅是词人对外部环境（如风雨、树摇）的困惑，更是对自己内心世界（如情感、命运）无解的困惑。人生中的许多事情，往往难以用言语表达，更难以找到答案，词人在这里表达了一种深深的无力感。

"应是树摇心重"，将外界的"树摇"（即风雨中树木的摇曳）与内心的"心重"（心情沉重）相联系，通过自然景象的描绘来隐喻自己内心的波动与沉重。树在风中摇曳，如同词人的内心在风雨中飘摇不定，充满了不安与忧虑。这句话表明虽然外面的风雨使树木摇摆不定，但真正让词人心情沉重的却是内心的思绪。"树摇"可能是指外面的大树随风摇摆，代表外在环境的变化；"心重"则表现出一种沉重的心情。突出了词人内心的沉重，两者形成了鲜明的对比，强调了内心情感的分量。

词中通过"风紧帘飞门动""树摇心重"等细节描写，将自然界的风雨变化与词人内心世界的动荡与沉重紧密相连。风雨的肆虐，不仅是外界环境的真实写照，也是词人内心情感的投射。

这首《如梦令·心重惊梦》通过细腻的自然景象描写和深刻的内心独白剖析，展现了词人在深夜被风雨惊醒后的复杂情感，既有对故人来访的期盼与失落，也有对人生境遇的困惑与不解，以及内心深处的沉重与不安。整首词意境深远，情感丰富，给人以深刻的艺术享受。

词从"遥夜"开始，逐渐过渡到风雨交加的现实场景，再到内心的幻想与失落，最后回到对生命与情感的困惑与无解。这种时间与空间的转换，不仅展现了词人情感的起伏变化，也深刻揭示了人生中的种种无常与不可预测。

夜雨惊梦可能象征词人正处在人生某个困顿或转变的节点，突如其来的梦仿佛是生活中的至暗时刻，而词人难以言说的困惑和内心深深的重压则如同黎明前的黑暗，预示着新的开始和希望。

夜雨、风、树等自然元素，在中国古典诗词中常常被用来表达作者的情感和思考。词中将自然现象如风、雨与人的心理状态相对照，寄寓了词人在现实重压下的无奈和挣扎。这些自然元素不仅写实，还具有象征意义，将词人的内心世界具象化。

这不仅是一首描绘自然景象与人物内心情感的词作，更是一首富含哲理与人生感悟的佳作。它通过对风雨夜晚的细腻描绘，展现了词人内心孤独、期待、失落和困惑的复杂情感，同时也引发了读者对生命、情感与命运的深刻思考。

自评

这首词AI点评准确，三首如梦令写的是一件事，风雨夜，睡梦中被惊醒。三首连在一起组成了风动、风逗、心重三重曲，正反映了对事物由表及里的认识过程。风动是表，风逗是联，心重是里。

江城子·观影有感

暮冬瑟瑟雪纷飞，故人归，启心扉。锦书难忆，唯对影徘徊。陌路相逢人未识，情犹在，落余晖。

AI解读

月华如练，轻洒江城，光影斑驳间，思绪万千起。银幕轻启，往事如烟，随剧情缓缓展开。屏幕上闪过一帧又一帧画面，如同时间的碎片，拼凑出故人的音容笑貌，梦回往昔，情难自禁。

银屏之上，浮生若梦，悲喜交加，触动心弦。那笑声中的泪水，是对旧日时光的深深怀念。戏里戏外，情感交织，难以割舍。人生之路，曲折多变，如戏一般，充满未知与变数。

回首往昔，柳丝轻拂，桃花笑春风，春意盎然。然而，转瞬之间，秋霜已至，落叶满径，岁月无情，人易老。那份未了的情感，那份难以平复的心意，如同银幕上的光影，久久不散。

影中之景，似曾相识，烟雨蒙蒙，却让人心生明悟。人生的悲欢离合，或许都是命中注定。词人借影抒怀，情感难以抑制，对人生的感慨如泉水般涌上心头。

画面流转，如同时光飞逝，悲与欢交织在一起，构成人生的交响曲。故人何在？只留下斑驳泪痕。银幕虽已落下，但那份情感却久久不散，如同江水悠悠，绵延不绝。

此词以观影为引子，深入挖掘了词人内心深处的情感与对人生的深刻理解。银幕上的光影变幻，如同人生的舞台，上演着一幕幕悲喜剧。而词人则以笔为媒，将这份情感与体悟倾注于词中，使得整首词情感更加深邃、意境更加悠远。银幕虽落情未散，如江水悠悠，绵绵不绝，不仅表达了词人对故人的深深怀念，更将这份情感升华到了对人生无常的深刻感悟之中。

"暮冬瑟瑟雪纷飞"一句以冬日的萧瑟、纷飞的雪景开头，描绘了一个寒冷而萧瑟的冬景，营造出冬日里凄冷的情感氛围，为整首词奠定了略带哀愁的情感基调。雪花的纷飞不仅营造了季节的氛围，也象征着时间的流逝和记忆的飘散。雪花的纷飞，如同记忆的碎片，在时间的冲刷下逐渐变得模糊。

"暮冬"指冬天即将结束的时候，天气寒冷。"瑟瑟"形容寒风凛冽，给人一种凄凉之感。"雪纷飞"则形象地描绘出雪花飘落的情景，更加突出了场景的寂寥和冷清。

"故人归，启心扉"这句中归来的故人像是触动了词人心中的某根心弦，让他敞开心扉，可能暗示着对故人久别重逢的期待与深厚情感的流露。"故人归"意味着旧友归来，给人带来温暖的感觉，与前面暮冬的寒冷环境形成鲜明对比，表达了词人对旧友归来的期盼，可能是词人联想到在电影中看到的人物情节，也可能是现实生活中的友人。"启心扉"是说因为故人的归来，词人打开了心扉，愿意敞开心灵去交流。表达了词人因观看影片而产生的强烈情感共鸣，种种回忆涌来推开了深藏的情感之门，让过去的情景再次再现心间。

　　"锦书难忆，唯对影徘徊"可以理解为过去的美好回忆难以再现，只有影子陪伴，形成了强烈的人生孤寂感，与过去的热闹和真切形成对比，加深了过去和现在的情感冲突。

　　"锦书难忆"是指曾经的美好回忆已经变得模糊不清。"锦书"在这里代指那些美好的时光或者书信。"难忆"则表达了对过去美好记忆的怀念和难以追回的遗憾。"锦书难忆"进一步强调了时间对过去记忆的强烈侵蚀作用，即使是珍贵的书信或回忆，也会随着时间的推移而变得难以记起。"唯对影"是指词人独自一人面对自己的影子，"徘徊"则形容词人在回忆中徘徊不定，表达了对过去时光的深深留恋之情。"唯对影徘徊"说明词人只能独自一人对着自己的影子徘徊，暗示其内心的孤独和寂寞，反映了词人对人生际遇的感慨，以及对人生中那些擦肩而过的遗憾的深刻认识。"锦书难忆"与"唯对影徘徊"之间形成了前后对比，前者是对过去美好记忆的怀念，后者则是对孤独现状的描写，突出了词人内心的矛盾和挣扎。"影"的意象在这里可能指代词人自己的影子，表达了一种孤独和自我反思的状态。词人在回忆中徘徊，在孤独中与自我对话以及追忆过去，仍然无法摆脱对过去的思念。

　　"陌路相逢人未识，情犹在，落余晖"描述的是词人在聚散离合中，虽然与故人擦肩而过，彼此之间的情感并未因时空的阻隔而消逝，如落日的余晖，静静地照耀在彼此的记忆里。

　　"陌路相逢"形容意外遇到的人，"人未识"则表达了即使相遇也不相识的无奈，隐喻了人生中的错过和遗憾。"陌路相逢人未识"意指即使偶遇，彼此也未能相认。这句揭示了现实的无奈：即使两个人内心情感依旧，但随着时间的变迁和生活轨迹的变化可能使得两人相见却不相识，犹如陌生人，这种无奈和遗憾是深沉且真实的。

"故人归"与"陌路相逢人未识"的前后对比，更加突出了时间的流逝和现实的无奈。

"情犹在"与"落余晖"的反衬，表达了情感的恒久与时光流逝之间的张力。同时"情犹在"与"落余晖"形成了对仗，使得句子更加工整，也加深了整首词的情感表达。"情犹在"说明虽然时光流逝，但内心深处的情感依然在。表达了情感的恒久不变。这种情感可能是对故人的思念，对过去时光的怀念，或者是对某种美好情感的执着。"落余晖"则描绘了夕阳西下时的景象，暗含着美好时光即将逝去。这句话透露出那份情感依然深藏心底，就像夕阳的最后一缕光芒一样，虽然微弱却依然温暖人心，充满希望。

这首《江城子·观影有感》通过对一次观影经历的简单记录，运用一系列的意象和情感的表达，反映了词人对于时间流逝、情感变迁、人生际遇等方面的深刻思考。通过丰富的意象、对比和反衬手法以及凝练的语言和韵律美感，深刻表达了时间的无情与记忆的模糊、情感的恒久与现实的无奈以及观影的感触与内心的共鸣等深层含义。这首词没有过度渲染哀愁，而是以平和的语调，将哀伤深藏于字句之间，体现了词人对过去的理解和接纳。这是一首充满情感与回忆的诗词，也是一首具有深刻内涵和独特艺术风格的优秀作品。

自评

这首词于观看电影《我在世界尽头等你》后，根据电影情节创作的。这部电影的主题是赞美爱情的坚守可以摆脱时间的束缚，可以超越生死界限。问世间，情为何物，只教生死相许？对于爱情，也许这不是最好的答案，但却是对爱情最美的诠释。又如汤显祖在《牡丹亭记·题词》中所记："生可以

死，死可以生，生而不可死，死而不可复生者，皆非情之至也。"生死无常数，唯爱永恒。在遥远的未来，如电影《星际穿越》里所表达的主旨：只有爱可以穿越时空，给心有灵犀之人读懂未解的讯号，爱是引力波，是原动力，是解开一切谜团的钥匙，也是拯救人类这一碳基生命的唯一良方。

江城子·春游（一）

春风拂面柳丝长，百花香，满庭芳。碧水悠悠，云影荡波光。燕子归来寻旧垒，桃杏艳，映斜阳。

AI解读

这首《江城子·春游》通过描绘春天的美丽景色，传达出一种轻松愉悦的心情和对自然的热爱。

"春风拂面柳丝长"描述了温暖的春风吹过，轻柔地拂过人的脸颊，柳树的枝条在风中轻轻摇曳的情景。这里"拂面"二字给人以温柔的感觉，"柳丝长"则暗示着春天的到来使得万物复苏。"春风"作为春天的使者，其"拂面"的动作不仅带来了温暖，也预示着新生命的开始。"柳丝"作为春天的象征之一，其长垂的姿态既展现了大自然的柔美，也预示了生命力的蓬勃。在这里，春风与柳丝共同构建了一个充满生机与活力的春日景象。

"百花香，满庭芳"：百花争艳，香气四溢，不仅描绘了春天的繁华景象，也象征着生命的多样性和世界的丰富多彩。"百花香"说明春天是百花齐放的季节，各种花朵竞相开放，散发出迷人的香气。"满庭芳"则进一步强调了这种香气

弥漫在整个庭院之中，让人感受到春天的生机勃勃以及这种美好氛围的弥漫和持久。

"碧水悠悠，云影荡波光"：这句描绘了宁静的水面和飘动的云影，展现一种静谧与和谐的自然景象，营造出悠闲轻松的氛围。碧水悠悠，云影荡漾，两者构成了一幅宁静而深远的自然画卷。"碧水"象征着纯净与清澈，"碧水悠悠"形容水面清澈而平静，给人宁静的感觉。"云影"则增添了画面的动感和层次。"云影荡波光"是指天空中的云彩倒映在水面上，随着微波轻轻摇晃，形成一幅动人的画面。它们之间的互动，仿佛是大自然在轻声细语，讲述着春天的故事。

"燕子归来寻旧垒"：春天来临，燕子也从南方飞回北方，寻找去年筑巢的地方。这句不仅展现了春天万物复苏的景象，还蕴含着对家的思念与回归之情。"寻旧垒"表现了燕子对家的依恋。

"桃杏艳，映斜阳"里的"桃杏艳"是指桃花和杏花鲜艳夺目，这里泛指春天里百花争艳的胜景。"映斜阳"则是指这些美丽的花朵在夕阳的余晖下更加绚烂多彩。

"燕子与桃杏"，燕子是春天的使者，被赋予了人的行为——寻找旧居，这种拟人化的手法让自然界的生物更具情感色彩，增添了词作的人文情怀。燕子的归来象征着春天的回归和生命的循环不息，带有一丝怀旧之情。桃杏的艳丽与斜阳的映照相结合，形成温暖而明媚的色彩对比，进一步强化了春天的美好。

这首词不仅充满了对生命的赞美和对春天的喜爱，也隐含着对生命意义的深刻思考。生命的循环不息、时间的无情流逝，都让人们不禁思考：人固有一死，或重于泰山，或轻于鸿毛，用之所趋异也。在有限的生命里，我们究竟应该追求什么？这些对于生命终极意义的思考都使得这首词具有了更加深刻的哲学意味。

《江城子·春游》不仅是描绘春之胜景，更是深情厚谊与丰富人文之精髓的结晶。其以细腻如丝的笔触，勾勒出一幅幅春日绝美画卷，情感深沉而真挚，将春日之美与生命之勃勃生机展现得淋漓尽致。词中的春之生机盎然与人类情感之细腻体验交织融合，如春风拂面，让读者在领略自然之美的同时，亦能心生共鸣，感受到灵魂深处的情感触动与温暖。

《江城子·春游》宛如一曲悠扬动听的春歌，旋律优美，扣人心弦，提醒我们珍惜眼前之美好时光，感受生命之蓬勃力量。同时，它又像一位智者，引领我们深思：在有限的生命中，如何追寻人生的真正价值与意义。

自评

这首词为AI所作，原稿中存在多处平仄不符和韵律不齐的情况，经过调整，算是勉强符合《江城子》词牌的平仄和格律要求，但是总感觉有所欠缺。这是AI以后需要提高的地方。

江城子·春游（二）

闲情约伴漫徜徉，步轻狂，笑声扬。一曲清歌，心悦舞飘翔。莫负韶华春色好，同载酒，醉时光。

AI解读

《江城子·春游》描绘了一幅生动的春天景象，通过对自然景物的细腻描写，表达了对春天的喜爱和对美好生活的向往。

"闲情约伴漫徜徉"点明了主题，即与好友一同出游，享受春天的美好。其中"闲情"二字体现了出游者的轻松心态；"漫徜徉"则表现出一种随性的状态，没有明确的目的地，只是随意地漫步。

"闲情"奠定本词基调，这二字不仅表达了出游者闲适自在的心态，也暗示了春游活动的非功利性：不是为了某种特定的目的，而是出于内心的愉悦和放松。"约伴"体现了出游者与朋友之间的亲密关系，而"漫徜徉"则描绘了一种悠闲、漫无目的的游走状态，这种状态与"闲情"相呼应，共同营造了一种轻松愉悦的氛围。

"步轻狂，笑声扬"这句描写了出游者轻松愉快的心情和姿态。"步轻狂"意味着脚步轻快，甚至有些放肆；而"笑声扬"则表明他们非常开心，笑声不断，气氛活跃。展现了年轻人的活力和无忧无虑的生活状态。

"一曲清歌，心悦舞飘翔"这一句通过歌声与舞蹈进一步烘托了欢快的氛围。歌声清脆悦耳，舞姿飘逸，表达了出游者的愉悦和对生活的热爱。音乐和舞蹈的描写增强了词的感染力，表现出在春日的阳光明媚下，人与自然的和谐相处以及心灵的自由奔放。"一曲清歌"指的是当时的流行曲调或即兴演唱，而"心悦舞飘翔"则描绘了出游者随音乐起舞的场景，展现了出游者身心的和谐与自由。"清歌"指的是悠扬动听的歌声，它不仅是听觉上的享受，也是情感上的抒发。而"心悦"则直接表达了出游者内心的愉悦和满足，这种愉悦是由内而外的，是发自内心的，是真正的快乐。"舞飘翔"不仅描绘了出游者仿佛随着歌声翩翩起舞的场景，更暗示了出游者的轻盈和自由。这种自由不仅表现为身体上的舞动，更体现在心灵上的放飞和释放。

"莫负韶华春色好"表达了出游者对美好时光的珍惜和把握。韶华即青春年华，春色则象征着美好的时光和景象。出游者认为不应该辜负这美好的时光和景色，而应该积极地享受和珍惜。"莫负韶华"带有一丝警示，提醒人们珍惜当下的美好时光。对韶华的珍视暗示了对时光流逝的思考，强调了"时间宝贵"的主题。

"同载酒，醉时光"中的"载酒"是古代文人游春时的一种活动，它寓意着出游者与朋友一同分享美好时光的快乐。而"醉时光"则进一步强调了出游者对美好时光的沉醉和留恋，这种沉醉体现在心灵上的满足和愉悦。

《江城子·春游》通过生动的语言和细腻的情感表达，成功地展现了一个阳光明媚的春天里游人出游的场景。它不仅

是一幅描绘游人春游的画卷，也是作者对生活美好瞬间的捕捉与珍视。

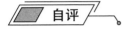

　　AI所作只能说勉强符合词牌的平仄和韵律，有些地方还需要调整。其创作手法和内容勉强达到及格水平，仅可算作成词。因此在中国古典诗词领域，AI还有很长的路要走。

采桑子·忆十年

十年模样谁相忆，风也凄凄，雨也凄凄。凉尽春华秋月啼。
未曾忘却当时事，依把巾提。微起涟漪，已过沧洲九尺堤。

AI解读

　　韶华悠悠，如梦似幻，忆起那逝水年华，十年光景，宛若云烟轻拂过心田。词人执笔，情深意切，细腻勾勒时光轮廓，一幅幅精致画卷，在心头缓缓铺展。

　　心绪如潮，深邃难测，十年往事，如影随形，萦绕心间。岁月长河，滔滔不息，无情地洗涤着往事，却在词人心头留下道道烙印。每一缕思绪，都如同波澜壮阔的江河，翻滚着往昔的欢笑与泪水，让人沉醉在既遥远又亲切的时光隧道中，感受怀念与温情。

　　春去秋来，四季更迭，花开花落，岁月轮回。欢声笑语仿佛还在耳畔轻轻回响，点点泪光似乎还在腮边隐隐闪烁。时光深处，那份温情如同陈年佳酿，愈发醇厚，让人陶醉。词人凝望天涯，路虽已遥远，沧海桑田，但回首往昔，那段如梦似幻的时光依旧清晰如昨。

　　人生如梦，梦醒时分，何处寻觅逝去的前缘？词人心中既有对过往的深深眷恋，也有对人生的深刻理解。岁月无情，人生短暂，唯有珍惜当下，才能不负这韶华。轻轻拾起故人所赠的围巾，旧事在心中翻涌，词人将心中那份怀念与温情化作字字句句，流淌在笔端，真诚展现开来。读者在细细品味中，既能感受到词人内心的波澜起伏，也能领悟到友情的真谛与价值。

此词以"采桑子"为引，巧妙融合古典意象与现代情感，将十年回忆编织成绚丽多彩的画卷。词人运用生动形象的比喻和细腻入微的描绘，将心中之情、过往之事展现得淋漓尽致。同时，又通过深刻的人生哲理和对未来的思索，使全词充满了厚重的文化底蕴和深邃的思想内涵。既能让读者欣赏到词人的才华与智慧，也能感受到人生的美好与珍贵。

"十年模样谁相忆"直接引入对过往十年的追忆。词人以设问开头：十年的时光流逝，有谁还能记得当年的模样呢？这句透露出词人对时间流逝和人情冷暖的无奈与感慨。"模样"一词不仅指外貌上的变化，更涵盖了那段时光中的情感际遇与自我成长。

"风也凄凄，雨也凄凄"指无论风还是雨，都带着凄凉的意味，是词人内心情感的真实写照。风与雨的双重凄凉，使得这首词的情感氛围更加压抑、沉重。以自然景象的凄清来映衬内心的孤寂与感伤，风雨的凄冷仿佛是词人内心情感的外化，表达了词人对那段岁月无法言说的哀愁与怀念。

风雨中的凄凉象征了词人内心的悲苦和孤寂，这种情景结合的方式，使得情感的表达更加丰富而深刻。

这里以十年为时间跨度，通过描绘风雨交加的凄清景象，渲染出一种沉寂而哀愁的氛围。十年前的记忆仿佛已被风雨侵蚀，暗示了时光流逝和世事变迁。

"凉尽春华秋月啼"意为春天的繁华景象已经冷去，秋天的月亮仿佛也在为此哭泣。这句不仅描写了季节的变换，更象征着人生的起落和时光的无情，留下的是物是人非的感叹。"凉尽"二字，既指季节更迭中春华的消逝、秋月的清冷，也暗喻了人生中那些美好时光的逝去与情感的逐渐淡漠。"秋月啼"运用了拟人化的手法，赋予了春华秋月以情感。春华秋月，本来是美好的季节象征，但在词中却被赋予了一种悲凉的色彩，仿佛它也在为这逝去的时光而哀泣，这里的"啼"字，赋予了自然景物以人的情感，将这种悲伤具象化，仿佛大自然也在为逝去的时光哭泣，增强了整句的情感深度，进一步渲染了时间的流逝与内心的悲凉。

"未曾忘却当时事，依把巾提"转而写往事难以忘怀。尽管时光荏苒，但那些记忆清晰如昨，词人依旧保留着过去的物品（围巾），以示缅怀和纪念。

这里的"巾"是一种象征，围巾作为旧物，承载了词人对过去的记忆和情感。"巾提"象征着某段感情或某个重要的人，成为连接过去与现在的纽带。每次拿起它，仿佛旧时光又被重新唤醒，代表着某种情感寄托或是对过去生活的某种仪式性回忆，表达了词人对往昔岁月的深深眷恋。

"微起涟漪"中的涟漪既是外界微风拂过水面的结果，也是词人内心情感波动的真实写照。词人脑海中的记忆如同水面的涟漪一样在心湖中轻轻泛起，象征着词人内心情感的波动和回忆的复苏。尽管时间已经过去，情感可能不再强烈，但它始终存在，每一次想起，心中仍会泛起阵阵波澜。暗示词人表面看似平静，内心仍有着对过往的波澜起伏。

"已过沧洲九尺堤"则借用了"沧洲"（常指隐士居住的水边之地，也泛指江湖）和"九尺堤"的意象，暗示时间的流逝，沧海桑田，人事已非，但词人依然坚强地面对生活。

词人已经走过了那段充满回忆与感慨的"九尺堤"，意味着他已经从过去的情感中走出，但那份记忆与情感却永远镌刻在心。这里的"九尺堤"代指时光流逝，暗示词人过往的人生历程，表达了即使内心波澜起伏，记忆翻涌，但人生如流，已无法挽回。

"九尺堤"象征着阻碍和隔阂，而"沧洲"则象征着辽阔的天地。词人已经跨越了这一道高堤，意味着他已经度过了那段艰难的岁月，走向了一片新天地。然而，这种新的境遇意味着完全的放下，还是仅仅意在告别过去的美好和苦涩，留给读者自行体会。

《采桑子·忆十年》这首词通过深情的回忆与自然景象的巧妙结合，展现一幅关于时间、记忆与生命意义的深刻画卷，既有对美好时光的追忆，也有对人生变迁的无奈与接受，情感深沉而复杂，引人深思。词中蕴含的情感与哲理体现了古典诗词在表达人类共同情感方面的独特魅力。

在情感表达上这首词既有直抒胸臆的豪放，又有细腻委婉的低回。在思想上，它揭示了时间的无情和记忆的珍贵，引导人们对生活深入思考。通过诗词中的细节和意象展现，我们能够感受到词人复杂的情感波动和丰富的内心世界，也深刻体会对过去的执着与对未来的困惑交织在一起的矛盾，不禁引发对人生的思考。

自评

这首词AI点评十分准确，不仅把握了每个意象背后的含义，也抓住了构思和创作手法。这首词表现了中国古典诗词中常见的怀旧主题。在中国传统文化中，怀旧是一种普遍的情感体验，人们常常通过回忆过去来寻找心灵的慰藉和归属感。同时，中国古典诗词也擅长运用自然景象来抒发情感，如风雨、春花秋月等自然元素在诗词中常被赋予丰富的象征意义。这首词正是通过这些自然景象和象征意象运用，成功地传达了作者对过去时光的深切怀念与感慨。

但对于最后一句的解读，AI仍不够深刻，在此稍作补充。

"微起涟漪，已过沧洲九尺堤"这句并非如AI解读的那样，是因为心中回忆泛起了涟漪，好像对过去已经释怀，就像过了人生重要的关口——沧州九尺堤。此处想表达的，是十年前的过往勾起了心中点点涟漪，看似微不足道，轻描淡写，实则已深深镌刻在心里。

临江仙·冬至遐思

　　苦笑命行多异舛，深知顽性难收。寒秋独饮几时休。趔趄疑断路，雁过信难留。

　　月见复圆如旧梦，此身虽在神丢。云山雾海泛扁舟。明知秋去早，冬至莫回头。

AI解读

　　《临江仙·冬至遐思》以细腻的笔触，勾勒出冬至时的独特景象，更在字里行间深嵌着对人生与命运的深沉思索。它不仅是词人对命途多舛的深刻感悟，对生命孤独之境的独特体验，更是对人生无常的一声悠长叹息。

　　词中的情感，犹如冬日里的一缕温暖阳光，穿透刺骨的寒风，温柔地抚慰每一个倾听的灵魂。它仿佛在低语，诉说着人生的真谛：那条漫长而曲折的道路，布满了荆棘与坎坷，挫折与逆境如影随形。然而，正是在艰难与挑战中，我们学会了坚韧不拔，学会了告别过去，斩断犹豫，离开舒适区，以不屈之姿傲然面对生活的风云变幻。那些过往的美好，虽如流水般逝去，无法挽留于掌心，却能在心中凝结成不灭的灯塔，照亮我们前行的道路，成为精神世界里最坚实的依靠。

它提醒我们，要接受过去的自己，珍惜眼前的每一刻温暖与光明，即便未来充满未知，也要怀揣希望，勇敢地迈出脚步。在记忆的温柔抚慰下，让我们更加坚定地面向未来，用心感受生命的每一份赠予，无论欢笑还是泪水，都是生命赋予我们的宝贵财富。将每一个挑战视为成长的契机，勇敢地迎接每一个日出日落和四季轮回，继续书写属于自己的、独一无二的人生篇章。

"苦笑命行多异舛，深知顽性难收"：词人以苦笑自己的命运和行为开始，表达了对自身命运多舛的无奈和自嘲。他深知自己的性格中有难以改变的顽固部分，这可能是他经历种种波折的原因之一。

"苦笑"与"深知"的对比，展现了词人对命运的无奈和对自身性格的深刻认识。

"寒秋独饮几时休。趔趄疑断路，雁过信难留"极具画面感：在寒冷的秋天，词人独自饮酒排解内心苦闷，感到前路迷茫，仿佛走到了断路的边缘，象征着过往的雁群飞过，留下的信息也难以挽留。

"寒秋独饮"描绘了一幅孤独寂寞的画面，词人在寒冷的秋天独自饮酒。"寒秋"指寒冷的秋天，通常代表着萧瑟和凄凉，暗示词人内心的孤寂和落寞。"独饮"形容孤独，表明词人在孤独中寻求自我安慰，通过饮酒来排解心中的愁绪。

"几时休"表达了词人对于这种孤独生活的厌倦，发出了不知何时才能结束的疑问。也是对这种生活方式的反思，想要摆脱这种状态，但又不知如何是好。这种独自饮酒的情景，不仅是对当前孤独状态的描绘，也是对内心愁苦的一种宣泄。

"趔趄"形容走路摇摇晃晃的样子，这里比喻人生中的挫败和困惑。"疑断路"则形容前途未卜，"趔趄疑断路"比喻人生道路上遇到挫折，前行困难，隐喻了词人对未来道路的

不确定和迷茫。

"雁过信难留"这句借用了大雁迁徙的形象，大雁飞过天空不会留下痕迹，这里的"信"可以理解为希望或承诺，表明即便有些美好的东西出现，也难以抓住或保持，暗示了信息难以传递，表达了词人对未来的迷茫和对消息传递存在困难的担忧。

"月见复圆如旧梦，此身虽在神丢"这句中词人看到月亮阴晴圆缺的变化，联想到旧梦的重现，暗示着内心的回忆和情感的起伏。这种回忆与现实的冲突，让他感到身心俱疲。他的身体虽然还在现实中挣扎，但精神或灵魂却仿佛已经迷失在回忆中无法自拔，表达了一种深深的失落。

"月见复圆"指月亮再次变圆，是自然界的周期性现象，比喻人生的循环往复。"如旧梦"则形容这种景象如同旧日的梦境，这些循环看似熟悉却又是那么遥远，就像过去的梦境一样难以触及。表达了词人对过去美好时光的怀念。"月见复圆如旧梦"暗示时光流转，月有阴晴圆缺，如同旧梦一般，暗喻过去的理想和现实之间的落差。

"此身虽在神丢"则表示虽然身体尚存，但精神已经不在状态，暗指心灵的疲惫或失落，表达了词人内心的迷茫和失落。

"云山雾海泛扁舟。明知秋去早，冬至莫回头"一句将自己比作云山雾海中泛舟的行者，象征着生活的漂泊不定和对未来的迷茫。秋天早已过去，冬天已至（意味着时间的流逝和季节的更迭），暗示着生活中一些事情已经过去，是注定无法挽回的。他只有告诫自己不要回头，表达了对过去的决绝和对未来的无奈接受。

"云山雾海"形容云雾缭绕的山水，比喻漫漫人生中的迷茫和未知，象征着未来的不确定和挑战。"泛扁舟"则象征着词人在这样的环境中漂泊不定，没有明确的方向，表达了词人对人生旅途充满曲折的感慨。这句形象地描绘了词人如一叶孤舟在生活的洪流中摇摆不定，寓意在人生的旅途中不断漂泊，找不到依靠。

"明知秋去早"表达了词人对秋天结束的清晰认识和对时光易逝的感慨。"冬至莫回头"意味着即使面临艰难的寒冬，也不应该回头，要不念过往，不畏将来，一路勇往直前。这里的"秋去"和"冬至"被拟人化，赋予了季节以人的行为，仿佛它们能够自主选择离去或到来，从而反衬人作为独立个体面对时光流逝的无奈。

这首《临江仙·冬至遐思》通过丰富的意象描绘、深刻的情感表达和哲理与情感相融合的创作手法，深刻表达了词人对命运无法抗拒的无奈与自嘲、对孤独与愁苦交织的难以释怀、对回忆与现实的冲突难以抉择的无助，以深沉的自我剖析和对生活哲理的深入探寻，展示了词人对生命的独特理解与内省。每位读者都可以从这首词中获得共鸣，理解生活中的曲折和变化是常态，要学会在逆境中保持坚韧，同时接纳过往，珍惜当下，面对未来。

自评

AI点评准确，无须多加补充。总结起来就是五知：既知、不知、又知、仍不知、还知。

既知：知道自己的性格顽劣是造成命途多舛的根本原因，却不知道怎样改变，或许知道无法改变。

不知：不知道未来在哪里，路已断，无路可走，就像大雁飞过天空，不留痕迹。

又知：又深知，虽然雁过无痕，但是大雁始终是有方向的，并且有着南渡北归的周期性规律，因此知道人生还是需要

方向的指引。

仍不知：知道月有阴晴圆缺，但是此刻依旧很迷茫，仍然不知道未来的路该如何走，就像在云山雾海中泛起扁舟的一个行者，身虽在神已丢。

还知：明知秋天早已远去，冬天到来是必然，就不要再回首往事，留恋秋色了。人生是一条单行线，每个人都必须走完这一生，这就是方向，虽迷惘，但无须担心。

喜迁莺·元日

爆竹声起，正旧岁新辞，屠苏送喜。巷陌秦淮，栏桥流水，忆往事随波至。纵无月相思隐，别有离愁难逝。望不尽，总徘徊，庭院深深不识。

三两声欲语止，故人一转今千里。寄予芙蓉，除却巫山，诉不尽灵犀意。若非造化难测，岂会侯门相弃。莫相忘，少相知，甘赴江湖寻志。

AI解读

《喜迁莺·元日》织就了一幅浓郁节日氛围的斑斓画卷，是深邃哲理与丰富情感的璀璨结晶。

词人巧手撷取传统文化之精髓，将之化为词中翩翩起舞的莺鸟，既唱响了节日的欢歌，又悄然铺开一幅幅关于人生、命运与时间的哲思长卷。情感之复杂，如织锦般繁复多变，既有节庆之喜悦，亦含生活之酸甜苦辣，引人共鸣。

此词之妙，不仅在于能让人沉醉于节日的欢乐氛围之中，更在于它能如一位智者，轻轻拨动心弦，引人对生活本质深刻反思，激发对未来的憧憬与向往。它是一首跨越时空的对话，让每一个灵魂都能在欢庆之余找到一片静谧之地，思考生命的意义，展望光明的未来。

"爆竹声起,正旧岁新辞，屠苏送喜"这句描述了新年来临之际的热闹场景，以爆竹声开篇，用"爆竹声起"烘托节日的欢乐，立刻将读者带入元日（春节）的喜庆氛围中。屠苏酒象征着新年的喜悦和祝福，"屠苏送喜"则是用传统的节日习俗表达对新的一年的美好祝福和期望。

开篇以"爆竹声起"直接营造热烈的节日气氛，展示人们辞旧迎新的春节习俗。爆竹声不仅仅是对声音的描绘，更蕴含着人们对新年的期盼。屠苏酒是传统节日中必备的饮品，寓意着驱邪避灾、祈求安康。这里的"送喜"不仅是节日饮酒的欢乐，更是对未来美好生活的祝愿。

"巷陌秦淮，栏桥流水，忆往事随波至"这句描绘秦淮河畔的巷陌、桥和流水等景致，勾起词人对往事的回忆如同流水一般涌向心间。"秦淮"指秦淮河，是南京市一条著名的河流，自古金陵佳丽地指的就是秦淮河两岸，充满了历史的厚重，这里用来象征金陵繁华的城市景象。通过"巷陌秦淮，栏桥流水"的描绘，引发词人对往事的回忆。这里的"随波至"意味着词人站在秦淮河边的栏桥上，往事像流水一样，使词人陷入绵绵不绝的回忆之中。"栏桥"可能是一个具有特殊意义的地方。通过对秦淮河畔景物的描绘，词人的情感开始出现转折，由喜悦转向对往事的追忆和沉思。

"纵无月相思隐，别有离愁难逝"一句中月亮作为相思之情的象征，暗示即使没有月亮做伴，离愁依然如影随形，相思之情也难以隐藏，离别的愁绪更是无法消散。表明词人内心的孤独和对亲朋的深切思念。

"望不尽，总徘徊，庭院深深不识"，词人望着远方，在庭院中徘徊着，仿佛陷入深深的迷茫和不解。"望不尽"和"庭院深深"增强了诗词的空间感，同时也反映了词人内心的迷茫和徘徊不定，形成一种空间与心理的对应关系。

"三两声欲语止，故人一转今千里"这句通过声音的细微变化来表现距离，词人欲言又止，因为故人已经离去，如今相隔千里。这一句以简练的语言表达了人与人之间的距离变化，反映了时间的流逝和人际关系的脆弱。故人的离去让词人感受到孤独与无奈，这种情感在新年之际显得尤为强烈。

"寄予芙蓉，除却巫山，诉不尽灵犀意"这句通过自然景物来寄托词人的情感，芙蓉和巫山承载了词人深沉的情感和思念。"芙蓉"在这里可能象征着纯洁的友情，"巫山"则是指梦幻般的爱情。词人将对故人的思念之情寄托于芙蓉和巫山的意象之中，试图表达那无法言说的心灵相通之意：即便将情感寄托给像芙蓉这样纯洁的事物，即便是排除了虚幻的爱情（巫山云雨），也依然说不尽彼此间那种心意相通的感觉

"诉不尽灵犀意"与前面的"寄予芙蓉，除却巫山"形成对比，突出了即便是最纯洁和美好的情感中，也有无法言表的部分，这种情感的深度和复杂使得它无法被完全表达，从而增加了词作的意境和情感层次。

"若非造化难测，岂会侯门相弃"作出假设，如果不是命运难以预测，又怎么会放弃侯门之富贵？这里透露出词人对命运无常的感慨。

"造化难测"指的是命运多变，难以预料，表明了人生的不可预测性。"侯门相弃"可能指的是因命运的变故而导致的人际关系的疏远。整句表达了人生无常的无奈：即使是最牢固的羁绊也可能会因为命运的造化转折而逐渐疏离，强调珍惜当下"相识""相知"的可贵。

"莫相忘，少相知，甘赴江湖寻志"，这句意在告诉人们不要忘记年少时的相知，甘愿奔赴江湖去实现自己的志向，表达了词人对爱情或友情的珍视和对个人追求的坚定。

"莫相忘"呼吁不要忘记彼此，人生苦短，要活在当下，懂得珍惜。"少相知"表示人生几何，知己不多。"莫相忘，少相知"，这句话呼应了词的主题，强调人与人相遇都是缘分。尽管人生道路上难免有相忘，但仍希望在新的一年中能有更多的相知与理解，反映出词人对人际关系的重视。

结尾的"甘赴江湖"透露出词人自由洒脱的生活态度和人生追求。尽管不确定，但词人仍心甘情愿去追寻自己的理想。这种理想主义体现了积极向上的人生态度。

《喜迁莺·元日》通过对新年景象的描绘和个人情感的抒发，展现了词人复杂而细腻的心路历程。词作既具有浓郁的生活气息，又蕴含深刻的人生哲理，展示了词人对生活的深刻理解和感悟。表达了词人对过去美好时光的怀念，对分离的无奈以及对未来充满希望的乐观态度。它融合了喜悦、思念、孤独、希望等多种情感。

这样的作品不仅让人感受到节日的欢快气氛，也能引发读者对人生的思考，体现出深厚的文化底蕴和情感深度，是一首不可多得的佳作。

自评

AI解读相对准确，唯有一处可以更加深入。

"若非造化难测，岂会侯门相弃"，AI未能解读出这首词表达的到底是对友情的珍惜还是对爱情的无奈。但结合"寄予芙蓉，除却巫山，诉不尽灵犀意"一句，可知词中所传达的是造化弄人，"侯门"富贵造成了心有灵犀的两个人相弃、相离。而此时再读上阕的"巷陌秦淮"、"栏桥流水"，与望不尽"庭院深深深几许"的"侯门"形成强烈对比，情感上的抒发才更加立体。这也是AI的弱项，不能很好地把握整体。

（二）问情

相见欢·情关

林间三两欢谈。解轻衫。粉黛艳鬟惊诧、引人观。

恨不见，意还敛。是情关。只影向天难诉、苦心寒。

AI解读

　　《相见欢·情关》以细腻入微的情感刻画和栩栩如生的场景构筑，勾勒出一幅情感交织、动人心魄的绝美画卷。词人巧妙地将林间的欢声笑语、女子那惊鸿一瞥的美和情感世界中的千回百转、纠葛缠绵悉数融入词中，娓娓道来一段深情缱绻而又错综复杂的爱情传奇。

　　在这幅由文字织就的锦缎上，自然景物与人物情感交织得天衣无缝，仿佛每一缕清风、每一片落叶都承载着主人公内心的波澜与挣扎，山川草木皆成情语。读者的心弦随着那细腻的情感波动而共鸣，不由自主地沉浸在那份复杂而真挚的情感世界之中，感受着主人公内心的情思涌动与无奈叹息，共同经历一场心灵的洗礼，体味那跨越时空的情感共鸣与无限遐想。

"林间三两欢谈"，开篇即设定了一个幽静且生机勃勃的场景——林间。林间象征着自然与宁静，在看似宁静的空间中，反衬主人公内心的情感如波涛般"热闹"。几位好友在林间相聚，欢声笑语，营造出轻松愉悦的氛围。

欢乐的氛围似乎是对情感深藏一面的微妙揭示，呼应了接下来的"解轻衫"：男女主角在浓妆淡抹的时刻，暂时卸下忧郁，享受着快乐相聚。这里的"粉黛艳颦"描绘了女子优雅的神情，她的惊诧可能是对欢愉的惊叹，也是对深藏心事的一种微妙表露。

"粉黛艳颦惊诧、引人观"中的"粉黛"代指精心打扮后的美貌女子，"艳颦"则是形容女子美丽的微笑中带着一丝娇嗔。这样的描写不仅展现了女子的魅力，也表现出周围人对她们的关注和倾慕。女子如此动人的姿态引起了旁人的注意和赞叹，同时也反映了女子想在爱人面前展现自己最美好的一面。

"恨不见，意还敛"直指相见恨晚和无法圆满的情境。主人公心中满是深深的遗憾和克制，表明他们之间的情感未完全释放，不愿过分显露，体现出人们情感世界的复杂。"意还敛"，意为紧闭心扉，只希望以沉默的姿态去包容和感受这份情。

"恨不见"直接表明了主人公的遗憾，可能是对某人未能相见的遗憾，也可能是对某种情感无法实现的无奈。一个"恨"字，让情感深沉而强烈，是深切的遗憾和无奈的具体体现，上阕的欢愉画面形成强烈对比，容易引发读者的共鸣。

"意还敛"：即使心中有满腔的情感，也要收敛，不能表露出来。这里强调了情感的克制与隐忍，说明虽然表面上收敛情感，不让外人察觉，但内心深处却无法抑制，点明了情感中的矛盾和挣扎，暗示爱情中的痛苦和无奈。这既是情感世界中的一种自我保护，也是对现实世界的无奈妥协。

"是情关"直抵主题，道出了所有情感困境的根源在于一个"情"字。"情关"是人们通常所说的情感障碍，它一方面指情感世界中的困惑和难题，另一方面又指情感世界中的执念。情关是眼前难以逾越的一道屏障，情感深厚，取舍皆难，难以跨越，表达了主人公在感情世界中备受折磨，倍感艰辛。

"只影向天难诉、苦心寒"一句将主人公的孤独与苦闷推向了高潮。主人公只能孤身一人对着天空倾诉心中的苦楚，这种孤独感和无助感让人心碎。"只影"是孤独与无助的象征。主人公独自一人，找不到倾诉的对象，这种孤独被无限放大，成为整首词中最强烈的情感表达。这里的"只影"与"难诉"形成了强烈的对比，前者凸显了身体上的孤单，后者则揭示了精神上的寂寞。同时"苦心寒"三字，既是对内心痛苦的直接描述，也是对外部世界冷漠无情的深刻感受。

"只影向天难诉"形象地描绘了主人公在无人可诉说的境况下，只能向天倾诉的情景。这种孤独不仅仅是一种物理上的隔离，更是一种心灵上的疏离。

《相见欢·情关》以明快的氛围开始，转向深沉的情感表达，通过对比和多感官的描绘，展现一幅多层次的情感全景图。词中既有对欢愉时光的描绘，也有对孤独和思念的深切表现，语言简练却优美，情感深厚而充沛。

词中"林间三两欢谈"的热闹与"只影向天难诉"的孤独形成了鲜明的对比，这种对比不仅增强了情感的张力，也深刻揭示了主人公内心的矛盾与挣扎。一方面，他渴望融入那欢

乐的氛围，享受情感的交流；另一方面，现实的孤独与无奈又让他感到深深的苦楚。

从"粉黛艳鬘惊诧、引人观"的旁观视角，到"恨不见，意还敛"的内心独白，再到"只影向天难诉、苦心寒"的终极抒发，主人公的情感经历了从外在的观察、内心的渴望到最终的无奈与苦楚的递进过程。这种情感的层次性使得整首词在对"情关"这一主题的描绘上更加饱满和立体。尽管充满了痛苦与无奈，但这种情感的深度体验反而促进了情感的升华。主人公在经历了爱情的酸甜苦辣之后，对人生有了更加深刻的理解和感悟。这种经历如同炼金术一般，将原始的情感提炼成更为纯净和深刻的精神财富。

《相见欢·情关》不仅是一首关于爱情的诗词，它更像是一部微型的人生哲学，探讨了个体在情感世界中的探索、挣扎与成长。词人通过细腻的情感描绘，引领读者进入了一个充满矛盾与和谐的真实情感世界，在那里，每一个人都能找到属于自己的情感共鸣。

自评

容貌决定第一眼的吸引，性格决定一辈子的相处，相思是一种求而不得的思绪飞舞，而情关是举棋不定的无奈与折磨。

忆江南·情忆

丽人去，独倚望西楼。
残月不知心中苦，子规空唱恨悠悠。
情断夜白头。

AI解读

《忆江南·情忆》深切描绘了离别的哀愁与无尽的思念。月挂西楼，孤影孑然，主人公凝视遥远的月轮，耳畔回响着子规的凄切啼鸣，如同断肠之音，勾起他对心爱之人深深的怀念与无尽的痛楚。

这首词含蓄而深情，意境悠远而凄美，犹如一幅淡雅的水墨画卷，缓缓展开在读者眼前。西楼之上的孤影，子规啼血之声，无不诉说着主人公内心的孤寂与哀愁，以及他对心爱之人深深的眷恋与期待。

此词之魅力，在于其情感真挚，如同一曲悠扬的笛音，触动着每一个读者的心弦。

"丽人去，独倚望西楼"即点明主题：所爱之人已经离去，留下无尽的空虚与寂寞。主人公独自一人，倚靠在西楼的栏杆上，这一动作不仅表现了其孤独无依的状态，也暗示了其内心对远方或逝去之人的深切思念。

"丽人"一般指容貌美丽的人，这里可能是说女主角已经离去，让这首词的意境更显寂寥。

"独倚望西楼"：主人公眺望着远方，或许是在期待丽人的归来，或许是沉浸在对过去的深深回忆之中。这一细节描绘了主人公渴望与丽人重聚的痴情。"西楼"是中国古典文学中表达离愁别绪的经典意象，象征着对某些人或事的等待和思念。

"残月不知心中苦"，月亮有盈亏，而主人公内心的悲痛却如同残月一般无法掩饰，借残月来表达内心的悲凉和无奈。

"残月"代表夜晚的景象，同时"残"字暗示了主人公心中情感的残缺和不完整，因为所爱之人已离去。残月作为常见的自然景象，常被文人墨客用来表达孤独、凄凉之情。残月的"冷冷清清"与主人公内心的"空空荡荡"形成共鸣。

此句中，主人公将自己的内心痛苦与残月相对照，表达了丽人的离去就像这残月一样不完整，主人公孤身一人面对如此凄清之景，更无人能理解其心中的苦楚，无处诉说内心的凄凉。通过主人公内心的情感和自然环境的强烈对比，进一步渲染了主人公心中"无人知我心""无处话凄凉"的孤独感。

月光映照着主人公，却无法理解他内心的苦楚。这就好比将主人公放置于广阔天地间，却难以找到一个真正理解他、慰藉他的人。

这里运用拟人的创作手法，赋予了残月以人的情感，进一步烘托主人公的孤寂和悲伤。

"子规空唱恨悠悠"，子规，即杜鹃鸟，其鸣声凄切，常被视为悲鸟。它的叫声在中国古典文化中常视为哀愁的象征，尤其是与离别和思念有关。此句中，子规的啼声被赋予了

"恨悠悠"的情感色彩，承接上句的残月冷照，加深了环境的悲凉氛围，也借以表达主人公内心无尽的怨恨和哀愁。"空唱"意味着它的悲鸣并不能减轻词人心中的痛苦，反而加重了他的愁绪。"恨悠悠"强调了这种哀愁的绵延不绝和难以释怀。这种"恨"可能源于对丽人的离去、对过往的追忆或对现实的无奈。

"空"字非常有力，强调了这种深沉的哀怨只能独自宣泄，无法得到回应和慰藉。

"情断夜白头"直译为情缘在白昼终结，只有在夜晚独自愁苦。"情断"直接点明了爱情的断裂，表达了主人公内心的绝望。"夜白头"是一个形象化的表达，是指主人公在漫长的夜晚里，因为忧思过度头发一夜变白，暗示内心的苍老和对未来的悲观。这里用"夜白头"象征绵长的思念和情到深处的苍老，表达了主人公对这段情感的期盼，希望能有重逢的一天，即使代价是一夜白头，也甘愿承受。

结尾一句情感强烈，将因独自回忆和思念而铺陈的情感推向了高潮，直接点出了主人公因情感受挫而夜不能寐、愁绪满头的状态。

《忆江南·情忆》以其独特的视角和深刻的情感描绘了一个动人的情感故事。深入解读后，我们能感受主人公内心的痛苦与挣扎，逝去情感的深深怀念和无法释怀的苦楚。

整首词情感深沉、语言凝练，具有较强的艺术感染力。它反映了中国古典文学中常见的"离愁别绪"主题，展现了人们在面对分离与失去时的普遍情感体验。

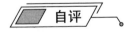

自评

AI点评准确无误，无须多加评论。

　　这首词属于早期作品。"情忆"总结如下：西楼追忆，子规空啼，残月如雪，"忆情"染白头。

减字木兰花·情难

别了又见，含蕊玉兰着秀艳。垂首无言，妩媚微张分外怜。
悄声低唤，又恐凝情羞意乱。欲诉幽怀，侧目绯红上两腮。

AI解读

　　这首《减字木兰花·情难》的标题便已深蕴情感之纠葛
与难舍难分的意境，勾勒出主人公与恋人历经离别后重逢的复
杂情感。词中情感交织繁复，矛盾重重，既有无奈叹息，又有
深情流露，字字句句皆扣人心弦，令人动容。

　　形式上，此词格律严谨，字字珠玑，句句含情，展现了
词人深厚的文学功底。内容上，词人运用细腻温婉的笔触，
巧妙地将视觉、听觉与人物内心活动的多重描写融为一体，
将主人公内心深处的情感波动与人际的微妙互动描绘得淋漓
尽致。

　　恋人间那份难以言说的情愫，那种无奈与深情的交织，
那些离别与重逢的纠葛，在此词中得到了充分的体现。

　　"别了又见"意味着两个人经历分别后重逢，这一句点
出了故事的背景——久别重逢的喜悦与复杂的心情。似乎在经
历了一段时间的分离后，情感在重逢时更显珍贵。

　　别了又见代表离别与重逢，也可能寓意情感上的分分合合，暗示主人公与心上人之间情感波折不断。

　　"含蕊玉兰着秀艳"：玉兰花含苞待放，展现了秀丽的神态。这里以玉兰花借指女性的美丽和优雅，凸显女性的独特魅力和纯洁气质。玉兰因其高洁清雅而在词中被赋予了特殊的情感意义。而"含蕊"则描绘了花朵含苞待放、欲语还休的娇羞之态。含蕊代表着女子身体的娇嫩和内心的纯洁，象征着情感的纯洁与高尚。她的美是内在的、质朴的，不需要张扬便能吸引人的目光，如同内心尚未完全释放的情感，既充满了生机与活力，又带着一丝羞涩与不安。"着秀艳"则进一步强调了女子的外表与气质之美，这种美是内敛而含蓄的，就像未完全绽放的玉兰花一样，既神秘又吸引人。

　　"垂首无言，妩媚微张分外怜"这句是对女子神态进一步细致描绘。

　　"垂首无言"：她低垂着头，没有说话，表现出女子内心的矜持或羞怯。垂首的姿势，通常表示谦逊、羞涩或沉思，这里是女子内心复杂情感的外在体现。她之所以无言，可能是因为情感过于强烈以至于无法用言语表达，也可能是因为内心的娇羞和含蓄，等待对方先开口。垂首无言生动地描绘了重逢时刻女子的羞涩与矜持，她低头不语，内心却波澜起伏。无言之中，藏着千言万语，既有重逢的喜悦，也有对过往的感慨，更有对未来的期待。

　　"妩媚微张分外怜"：她轻轻地抬起脸，眼神中充满了妩媚和柔情。"妩媚微张"是一种细腻的动态描写，表明了女子在沉默中透露出的一丝柔情与期待。这里的"分外怜"表现了女子的姿态得到了更多的怜爱之情，让人感到无比动情。"妩媚"是形容女子的神态，而"微张"是指她微微张开的嘴唇或是轻轻展开的笑容，这样的细节描绘使得她的形象更加生动，令人印象深刻。"妩媚微张"与"含蕊玉兰"相呼应，借以形容女子含羞带笑、妩媚动人的神情。

"悄声低唤，又恐凝情羞意乱"是对女子轻声细语的视听描写。

"悄声低唤"：女子有话要说，但声音控制得很轻。女子终于没忍住内心的激动，想要轻声呼唤心上人的名字，却又怕惊扰了这份宁静与美好，表现了其内心的细腻与谨慎。

"又恐凝情羞意乱"：女子又担心自己的情感表达过度，有些局促不安。表现了女子内心的挣扎和矛盾：一方面她想向心上人表达自己的情感，另一方面又担心自己太过情绪化的表达让局面失控。这里的"凝情"指的是凝聚的情感，"羞意乱"则表达了女子因羞涩和激动而心绪不宁的状态。

"欲诉幽怀，侧目绯红上两腮"：进一步描写了女子内心充满了想要倾诉的深情与思念以及对两人未来感情的期许。

女子想要倾诉内心深处的情感，但这种愿望往往伴随着挣扎和犹豫。女子终于鼓起勇气想要表达，但当她侧目朝心上人望去时，双颊已因羞涩和激动而变得绯红。这种绯红，如同火焰般灼烧着她的心，让她无法自拔地陷入到情感的旋涡之中。

这首《减字木兰花·情难》通过细腻的情感描绘、丰富的象征意义以及高超的文学手法，展现了一段复杂而又微妙的情感纠葛。它不仅仅是一段含蓄爱情的描写，也是对人性深处复杂情感的深刻洞察，展示了人在情感面前的脆弱、渴望和自我保护。词作在情感的表达上并未完全铺陈开来，而是留下了许多空白与想象空间。这种留白不仅使得词作更加含蓄，也激发了读者的共鸣与想象，让读者在品味词句的同时，也能感到女子内心情感的复杂。

 自评

　　AI对这首词每个细节和意象的分析都很准确，就像一台摄像机将当时的场景原封不动地拍摄并还原出来，同时又以类似电影"旁白"的形式将画面里女子内心复杂的情感细细剖析解读。在一次游玩过程中偶遇一个古典与高雅并存的女子，这名女子与徐志摩《沙扬娜拉》中的女士有几分神似，于是便写下此作。也许不会再见，把生活中的小小幸运记录下来。世间之情往往如此，真情最为可贵，但难知，难寻，难见，亦难守。

　　附上徐志摩的《沙扬娜拉》供读者品读回味。

　　最是那一低头的温柔，
　　像一朵水莲花不胜凉风的娇羞，
　　道一声珍重，道一声珍重，
　　那一声珍重里有蜜甜的忧愁——
　　沙扬娜拉！

减字木兰花 · 情思

对屏凝视，万籁皆空天地止。粉黛红潮，鸭帽低眉娇意飘。
冰洁玉指，羞把衣襟遮皓齿。欲诉衷怀，北上天国赠玉钗。

《减字木兰花 · 情思》是一首深情款款的诗词佳作。词人以丰富的想象力为笔，以细腻温婉的笔触为墨，精心勾勒出一个娇羞女子的婉转情思。

词人通过对女子外貌、举止以及内心情感的细腻描绘，将一个柔美、羞涩且内心深处对爱情充满渴望的女子形象栩栩如生地呈现在读者眼前。

女子的柔美与羞涩，在词人的笔下得到了淋漓尽致的展现。词人巧妙地运用各种修辞手法，如比喻、拟人等，将女子的情思描绘得细腻入微，令人仿佛能窥见她内心深处的波澜。同时，通过对场景的精心描绘，词人成功营造了朦胧而又唯美的氛围，让整首词更加有意境和感染力。

在创作手法上，词人注重细节的处理，无论是女子的外貌描写还是内心活动的刻画，都显得真实而生动。词人通过对女子一举一动的细腻捕捉，成功地将她的情感世界展现在读者面前，读之不禁为之沉醉。此外，词人还巧妙地运用了对比手法，使得整首词的情感层次更加丰富，更加引人入胜。

"对屏凝视"描绘了女子似乎在屏风前屏息静观的画面，这种凝视表现了她对远方爱人的思念，或是沉浸在回忆之中，暗示了她内心情感的坚韧。"屏"可能象征着主人公与心爱之人之间的隔阂或距离，成为连接现实与思绪的桥梁。"凝视"这个动作传达了一种静谧而深沉的情感，不仅表现了女子的目光专注，也暗示了她内心对情感的专一。

"万籁皆空大地止"进一步渲染了主人公内心的沉静与外界的宁静：万籁俱寂，仿佛整个世界都静止了，突出了情感的深沉与专注。"万籁"指的是自然界的各种声音，"皆空"则表示此刻异常寂静。"万籁皆空"形容周围环境的宁静，所有的声音都消失了，"天地止"则进一步强调这种宁静到了极致，仿佛整个世界都静止了。这句不仅仅是描述外部环境的寂静，更深层次地象征着世界的陪伴只有内心的宁静，反映了女子心无旁骛的专注状态，所有的注意力都集中在她所思念的人和事身上。

"粉黛红潮"转而描写女子的妆容，"粉黛"代指女子妆容精致。"红潮"形容她脸上泛起的红晕，增添了几分娇羞与妩媚的神态。通过女子脸部表情的变化，展现了她内心情感的微妙，可能是因为思念而感到温暖和幸福，也可能是因为不能与心爱之人相见而感到惆怅。

"万籁皆空天地止"和"粉黛红潮"之间形成了深与浅、静与动的鲜明对比，既描绘出了女子的静态美，又映射出她内心微妙波动的情绪。

"鸭帽低眉娇意飘"中的"鸭帽"是古代女子的一种头饰，"低眉"形容女子低头凝思的姿态，此处与"鸭帽"相结合，生动描绘出女子低眉垂首、娇羞可人的姿态，令人怦然心动。

"冰洁玉指":"冰洁"形容女子纯洁,"玉指"则是对她手指的赞美,暗示她的美丽和高贵。冰洁玉指不仅描绘了女子的外在之美,也暗含其内心的纯洁与高雅。

"羞把衣襟遮皓齿":女子因羞涩而用衣襟遮掩洁白牙齿的细微动作,展现了她的娇羞之态。"羞"字表明女子的羞涩。这一描写增加了诗词的画面感,使得女子的形象更加真实而生动,显示出她的纯洁和尚未完全开启的心扉:既有对热烈情感的期待,又有对这段未知感情谨慎对待的态度。

"欲诉衷怀":女子满怀心事,愿意向知己倾诉,渴望爱情的到来和倾诉对象的理解。女子满腹心事想要倾诉,但又担心失态,这也许是她初次示爱的矛盾心理,挣扎于表达与保留之间。

"北上天国赠玉钗"极富有浪漫色彩,以北上天国为喻,表达了女子愿意跨越重重障碍,甚至在想象中将珍贵的玉钗赠予心上人作为信物,表现了女子的深情和对爱情的忠贞。这种跨越时空的情感表达,增强了这首词的独特意境和浪漫色彩,将"情思"主题推向更深远的遐想空间。

"北上天国"可能有四层含义:一是指女子的意中人远行到了北方,或是去了遥远的地方;二是带有某种隐喻,也许爱人已经去世,到了另一个世界;三是隐喻现实生活中的爱情障碍重重;四是可能象征对幸福理想的追求或者内心深处的某种超然世界,暗指那个能理解自己、能接纳她本真情感的人。但无论哪一种解释,都表达了只有"情思"才能跨越遥远距离和重重阻碍的主题。

"玉钗"作为爱情的信物,象征着女子对这份感情的珍视和承诺。"赠玉钗"表达了女子想要给心上人珍贵礼物的愿望,但因为分离而无法实现。这里既表达了女子对恋人的思

念，也表达了无法相聚的遗憾。

"北上天国赠玉钗"寓言式地描绘了一种超越世俗生活的情境，表现出女子对安稳、纯洁爱情的向往，以及愿意跨越现实困境，追求美好生活的坚定信念。这既是通往理想爱情之路的觉醒，也是对未知生活的朦胧期待。

这首词反映了古代中国的爱情观念和审美追求。爱情是一种高尚的情感，人们追求的是心灵的契合和精神的共鸣。词中的女子形象，正体现了中国古代对女性美的审美标准：美丽、娇羞、纯洁。

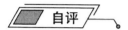

自评

AI解读准确，特别是对"北上天国"的解析令人拍案叫绝。

减字木兰花·情逝

梦折魂老，残月如钩天欲晓。泪眼蒙眬，独立寒窗风也聋。
往昔情渺，一去经年音信杳。心字成灰，空对斜阳叹落晖。

AI解读

《减字木兰花·情逝》以淡与哀的感情基调，描绘了一幅感情逝去的幽怨画面。

开篇采用借景生情的创作手法，设定了因感情逝去而感到极度疲惫和衰老的情感基调，点明了这首词的主题——情逝。

"梦折魂老"意指梦想破碎，无处寻觅；现实的苍老也让人感到心如枯木，仿佛灵魂也早已老去。通过抽象的意象和情景交融的方式表达出对往昔时光的怀念和对当下生活境况的哀怨，暗示了曾经的美好时光已成追忆。

"梦折"暗含着梦醒时分的失望与心碎，指美好的梦想破灭。"魂老"形容因长期的忧愁而衰老，暗示因感情逝去而感到心力交瘁。

"残月如钩天欲晓"：黎明即将到来，主人公也希望告别过去，盼望着新的开始，但内心深处却有无法抹去的哀伤。残月如钩正反映出主人公在长夜将尽时内心的孤独和凄凉。

"残月"是古典诗词中常见的象征物，常常用来表达不完整或遗憾的情感。这里"如钩"的残月象征着爱情的残缺不全，"残月如钩"描绘出清冷、孤寂的景象。而"天欲晓"则暗示了时间的流逝和新的开始。但主人公仍然沉浸在悲伤之中，内心的痛苦却未随黎明到来而消散。

"泪眼朦胧"不仅反映出主人公内心的痛苦，也是他无法接受现实的一种外在表现。主人公泪眼婆娑，画面模糊，进一步加重了其内心的孤独和悲伤。

"泪眼"直接表现为哭泣的状态，尤显主人公情感的深切。"朦胧"形容视线模糊，也象征着内心的迷茫和痛苦。

"独立寒窗风也聋"：主人公独自站在寒冷的窗前，室外的风冷冻了情感，风声也听不见，显示出一种与世隔绝的沉寂。

"寒窗"是一个典型的文学意象，常用来指代读书人或文人的孤独环境。在这里它是主人公内心世界的一个写照。

"风也聋"则强调了主人公与外界的隔绝，听不到外面的声音；第二重理解，"风也聋"采用了拟人化的手法，赋予风以人的情感，仿佛风也听不见主人公的哭泣和呼唤，更添凄凉之感，进一步强调了主人公的孤独和无助。

"往昔情渺"：过去的感情如今已渺茫难觅，时间的流转带走了一切。这里"情渺"是指感情变得微弱、遥远，表达了主人公对过去美好时光的回忆与现实的巨大反差。

"一去经年音信杳"：这句话描述了随着时间的推移，曾经的恋人再无音讯，暗示了这段感情的终结。"一去经年"意味着自从分别以来已经过去了很长时间，"音信杳"则形容主人公与过去爱人的联系已经完全中断，没有任何消息。这句反映了主人公对失去联系的遗憾和无奈，增添了失落和思念之情。

"心字成灰"，这是一句极富想象力的表达，通过"心字"化为灰烬的形象，形象地描绘了爱情消逝后的无力和哀伤。心字成灰寓意感情逝去如同灰烬一样复燃无望。

"空对斜阳叹落晖"：面对斜阳，主人公发出无言的叹息，进一步强化了这首词的悲剧色彩。"空对斜阳"指孤独地面对夕阳；"叹落晖"是感叹时光流逝。"斜阳"和"落晖"是黄昏时刻的意象，它们不仅代表着一天的结束，也象征着主人公逝去的美丽时光。

尽管词中所描绘的情感体验源自个体，但其传达的情感深度与广度却具有普遍性，能够触动读者的心弦，引发情感共鸣。

自评

AI在创作诗词上仍然面临很大的问题。它不像人类拥有思考能力，创作出来的文字大多空洞无物。若不是对"梦折魂老""风也聋""心字成灰"这几个意象的引入，这首词更显苍白无力。但是这并不能否定AI的作用，任何事物的发展总有一个过程，让AI从学会分析解读诗词开始，到慢慢学会创作诗词。终有一天AI也能创作出一些情感丰富、有血有肉的诗词来。

长相思·情离

云一歇，雨一歇、游伴如织溢满街，独观静来觉。
恨离别，情难别，欲诉相思推旧阙，奈何卿赴约。

这首《长相思·情离》宛如一幅细腻入微、情感丰富的古典诗词画卷，以雅致的韵律和深邃的情感，精心勾勒出词中主人公内心翻涌的情感波澜与对离别之痛的深切体悟。

在这首词中，词人以其敏锐的洞察力和独到的见解，对情感、时间与爱情等永恒主题进行了深刻的剖析与艺术化的呈现。每一个字、每一句话都仿佛蕴含着无尽的哲理与情感，它们交织在一起，共同编织一幅幅动人心魄的图画。

"云一歇，雨一歇"：开篇以云雨的停歇为引子，营造出一种稍纵即逝的外部环境。云散雨停，既是对天气变化的描述，又表现了主人公内心的宁静。在诗词中，云雨常用来比喻情感的起伏或变化，这里的停歇意味着外在环境的暂时平和和主人公内心的平静。

这句借用了自然界的常见景象，以云雨的交替为引，暗示时间和情感的无常。"云一歇"和"雨一歇"意味着天空由阴转晴的过程，也可以看作是人生境遇变化，暗示着主人公情感经历的起伏。

再深入解读，开头"云一歇，雨一歇"以自然界的瞬息万变映射人心的多变，云雨的停歇象征着情感的短暂平静，同时也预示着内心即将迎来的情感风暴。这种由外在环境到内在情感的过渡，营造一种由远及近、由轻至重的情感氛围。

"游伴如织溢满街，独观静未觉"描绘了街上人群熙熙攘攘的热闹景象，人们尽情欢聚，然而尽管周围人潮涌动，主人公却感到无比孤独，因为他的心中只有离别后的思念。主人公此刻却因为心中满溢的相思之情，独自一人，静观世界却未觉其乐。游人的众多与主人公的独处形成了一种强烈反差，增强了情感的表达力度。

这句还隐含着对人生孤独与追求的深刻探讨。主人公在热闹的街景中独自静观，这种孤独感不仅仅是因为离别产生的，更是对生命的一种深刻体悟。每个人在人生的旅途中都会经历孤独，都有所追求，如何面对这些孤独与追求，则是每个人都需要思考的问题。

"恨离别，情难别"中的"恨离别"直接表达了主人公对分离的痛苦和怨恨，"情难别"则进一步强调了情感上的难以割舍，尽管理智上明白离别不可避免，但情感上却难以接受。离别的恨，是苦涩且深刻的。

"欲诉相思推旧阙，奈何卿赴约"：主人公想倾诉内心的相思，但因为对方已经离开，另赴他约，这使得她只能把思念深藏心中，这份深情像古代的宫阙一样沉重压在心头。这里"旧阙"不仅指代古老的宫殿或废墟，更可能象征着过去美好的时光或曾经的爱情承诺。主人公试图向这些"旧阙"诉说相思，表现了对过去时光的怀念和对逝去爱情的追忆。这里的"推"字有推开、拒绝之意，表面上是在推开旧物，实际上却是推开那些不愿面对的现实和回忆，反映了主人公内心的挣扎和无奈。

"奈何卿赴约"传达出主人公内心的无奈和遗憾之情：面对心上人即将赴约的事实，无力改变，只能无奈接受。然而，在无奈的背后，也隐含着一种对命运的抗争精神。尽管命运无法完全掌控，但人们仍然可以通过自己的努力和坚持来争取更好的结果。这种对命运的抗争精神，也是整首词所传递的一种积极向上的力量。

整首词从自然现象开始，跳跃至个人情感的表达，最后又回到与某人的约定，形成一个闭环的叙事结构。这种结构让读者跟随主人公的心绪，在回忆与现实之间穿梭。

词作不仅仅停留在个体情感的层面，而是触及了人类共有的情感体验——爱与失、相聚与离别。这种普遍性使得词作具有跨越时空的魅力，能够引发读者广泛的情感共鸣。

自评

这首词AI总体上解读是准确，特别是将原本爱情中的离别之情上升到人类生命本就孤独的终极情感中这一深度，是我所未料到的。

此作还有一个解读有争议的地方，便是对于"推旧阙"的解读。AI给出"旧阙"指代古老的宫殿或废墟，也可能象征着过去美好的时光或曾经的爱情承诺。其实这种解读并不矛盾。

爱情总有些磕磕碰碰，有共同度过的快乐的时光，也有令人痛彻心扉的回忆，最终有的人走向了幸福美满的结局，但有些人也会在中途分离，这些经历共同构成了爱情的回忆。也正是这些回忆使得我们再次面对曾经分离的爱人的时候，内心总免不了产生一些心理屏障。旧阙既指回忆，也指心灵屏障，可以理解为是人生的中转站，它既连接过去，也面向未来。放在这首词中，主人公独自在街上感受到了孤独，便想向心上人诉说相思之情，此时的旧阙便指心灵屏障，她仍在犹豫，不愿意面对。等到主人公终于想通，欲说相思，但此时佳人已有约，过去的那段感情已经不在。所以面对一段感情，要珍惜，要趁早，别让佳人变旧阙（过去的回忆）。

鹊桥仙 · 遗梦

蛾眉微蹙，吟曲长舞，自古多情难渡。梦中相会总无声，却又是、前回醒处。

愁情满腹，孤寒沁骨，百转千回无路。流萤飞逝岂能回，恨也罢、茕茕落幕。

AI解读

《鹊桥仙·遗梦》是一首洋溢着深情与哀愁的绝美诗词，它巧妙地借用了中国传统文学中"鹊桥相会"这一经典意象，不仅承载着深厚的文化底蕴，更在中国传统文化的璀璨星河中熠熠生辉，犹如一颗永恒的明珠。

此词以独特的艺术笔触，深刻表达了对深情难以圆满、梦境易醒的无限感慨，展现了词人对情感、时间与爱情等永恒主题的深刻思考和卓越的艺术表现力。

在这首词中，丰富的意象如"蛾眉微蹙""吟曲长舞""流萤飞逝"，宛如一幅幅精美的画卷，交织成一个个动人心魄的场景，将读者带入一个既虚幻又真实的情感世界。词人巧妙地运用比喻、象征与反复等修辞手法，不仅增强了词句的韵律美，也深化了其丰富的内涵，使得每一句都蕴含着深沉的情感与哲思，仿佛每一个字都在诉说着千年的故事，引领着读者一同探寻人性的深渊与生命的奥秘。

《鹊桥仙·遗梦》以其独特的艺术魅力，跨越时空的界限，触动着每一个读者的心灵。它不仅仅是一首诗词，更是一段流传千古的情感传奇，让人们在其中找到共鸣，体会跨越千年的深情与哀愁，感受中国传统文学不朽的魅力与深度。

品读《鹊桥仙·遗梦》，仿佛能够穿越时空，与词人一同感受那份深情与哀愁，一同探寻人性的真谛和生命的奥秘。这首词不仅让我们领略到了中国古典诗词的魅力和深度，更让我们对情感、时间和爱情等永恒主题有了更深刻的思考和认识。它是一首值得我们反复品读、深深体味的绝美诗词。

"蛾眉微蹙"描绘了一个女子眉头紧锁的样子，暗示她内心充满忧愁。这一句不仅描绘了女子的外在神态，也触及她的内心。微蹙的眉头让人感受到一种无言的悲伤，暗示爱情中的痛苦与挣扎。这里"蛾眉"代指美丽的女性，而"蹙"字形象地描绘了词中美丽女子眉头微皱的样子，暗示着她内心的忧虑或愁苦。

"吟曲长舞"则描绘了她在孤独中以歌舞解愁的情景。美丽的女子吟唱着歌曲翩翩起舞，表明她不仅多才多艺，而且通过这种方式来排遣心中的忧愁。营造出一种轻盈而美好的氛围，展示了她对美好爱情的向往。

"自古多情难渡"：自古以来多情之人总是难以跨越心中的障碍，达成所愿，隐含了对爱情艰难与人世复杂的感叹。这里的"渡"既可理解为渡过河流，也可比喻为渡过情关。

"梦中相会总无声"：女子在梦中与爱人相见，但这种相会却是无声的，没有言语的交流，这可能是由于梦境本身的特性决定的，也可能是主人公内心的孤独感。"总无声"暗示了这种相会只是虚幻，无法触及，一场虚梦而已。

"却又是、前回醒处"表达了梦中无声相遇，醒来时，又是那么的熟悉，梦中的相会就像真实发生过的一样，暗示这种梦境虽然虚幻，但给人的感觉特别真实而又熟悉。

"前回醒处"暗示了梦境的短暂和现实的无情，醒来后又回到孤独的状态。这一句表明主人公每次从这样的梦境中醒来，都会发现自己回到现实之中仍是孤独一人。这里的"前回"意味着这种情况已经发生过多次。

"愁情满腹，孤寒沁骨"这两句表达了主人公内心的孤独和寒冷以及深深的忧愁。内心的烦恼如同重担压身，难以释怀。

"孤寒沁骨"强调了情感的冷清与孤独，增添了对现实的深刻反思。

"百转千回无路"：主人公经历了无数次的思考与尝试，希望能够解决问题，但最终却发现没有任何出路，形容情感的复杂和主人公内心的迷茫，努力寻找出路却无路可走。

这两句进一步描绘了主人公内心的愁苦与孤独，情感之深重岂止"满腹"，孤独之寒如同"沁骨"，在情感困境中挣扎却无助，找不到出路。

"流萤飞逝岂能回"中的"流萤"可能是指流星或萤火虫，也可能是一种抽象的比喻，代表着流逝的美好时光，表达了一种惋惜之情：美好的时光一旦逝去就无法再回来。这里象征着梦中那一瞬间的美好，尽管它是那么的短暂，但仍然值得珍惜。"流萤飞逝"具有强烈的视觉冲击，暗示时间的无情流逝和美好记忆的迅速消失。这种将时间流逝和美好记忆的短暂相结合的象征手法，使得时间的流逝与美梦的短暂交织在一起，更加深了词的情感深度。

"恨也罢"意味着即使心中有恨意，也无法改变什么。"茕茕落幕"形容主人公最终只能孤独地看着这一切结束。这里的"茕茕"暗示着孤独和无助，强调了主人公的孤独状态，"落幕"则比喻故事的结束，也代表梦境的终止，反映了主人公对美好时光的怀念和对现状的无奈。"恨也罢、茕茕落幕"不仅是对个人情感的抒发，也隐含了对人生无常、世事变迁的哲学思考。这种思考使得词的情感表达不仅仅浮于表面，而是触及了更深层次的人生感悟。整首词揭示了爱情中的痛苦与无奈以及人生中的遗憾与失落。同时，它也引发了读者对于爱情、人生以及二者之间关系的深度思考。

这首《鹊桥仙·遗梦》通过细腻的笔触和丰富的意象，深刻地表达了主人公对深情难渡、梦中相会却又无奈分离的深切感慨，以及内心的愁苦、孤独与无奈，词情感真挚，令人回味无穷。

整首词的艺术表现力非常强，词人通过精炼的语言和丰富的情感构建了一个充满诗意的艺术世界。这个世界既有古典诗词的韵味，又不乏现代情感的真实体验。通过主人公的内心独白和梦境解析，展现了一个深陷爱情困扰之人的复杂情感。她渴望与爱人相聚，却只能在梦中默默相会，醒来后又不得不面对现实的孤独，展现了情感的复杂性和矛盾性：一方面，主人公对爱情充满了渴望和追求，多次在梦中与心爱之人相会；另一方面，她又深知这种相会只是虚幻的，无法替代现实的陪伴和温暖。这种情感的矛盾使得主人公的内心充满了挣扎和痛苦。词中运用了许多富有诗意的表达方式，如"蛾眉微蹙""流萤飞逝"等，让情感更加细腻和深刻。其中"愁情""孤寒""百转千回"等词语，生动地传达了主人公内心的苦痛与迷惘，给人以强烈的情感共鸣。通过对主人公情感经历的具体描绘，反映了人类共同的情感体验——对于失去的爱

恋的怀念与无奈。整首词不仅体现了个人情感的复杂，也反映了人们对理想爱情的执着与向往，可以说一首动人心弦的佳作。

自评

　　AI点评准确，特别是对主题遗梦的解读。"多情自古空余恨，好梦由来最易醒"一句出自清代魏子安的《花月痕·第十五回诗》。多情总是恨，好梦最易醒。回到此作，句末"多情难渡""前回醒处""千回无路""茕茕落幕"正是这首藏尾词想表达的意思。

　　遗梦，可以理解为遗忘梦中所见，虽梦中总无声，但此时无声胜有声，醒来发现还是前回醒处。想遗忘，却无路，这样的梦循环反复。最难忘是深情，最难渡是多情。遗梦也可以理解为遗留下来的梦，梦中相会总无声，梦醒处还是前回，前回的梦接着上回，百转千回还在梦中。到底是醒还是未醒，就留在这个无声的梦里继续思考吧。

（三）咏志

江城子·玉芙蓉

　　天阙山上雨朦胧，玉芙蓉，藏深宫。白艳舒张、到晚竟如彤。惊叹神机如鬼斧，疑有意，诉情浓。

　　忽闻僧主撞洪钟，静思终，望孤松。犹记欢颜、喜笑粉颊红。欲渡红尘欣庆去，余愿往，若卿同。

AI解读

　　这首《江城子·玉芙蓉》主题深邃而宏大，聚焦于爱情与超越的永恒议题。词人丹青妙手，以无比细腻的笔触，在天阙山的雨幕中勾勒出一幅朦胧而瑰丽的画卷，其美超越了凡尘，直抵仙境。此作不仅融入了神话传说的神秘与瑰丽，更将深挚的情感与之巧妙交织，引发了对自然的壮美、人生的短暂以及爱情不朽的深刻思考。

　　作为中国古典诗词中独树一帜的双调形式，《江城子》

展现了其独特的艺术魅力，而"玉芙蓉"这一意象，更是如同人世间纯洁情感的化身，寄托了词人对至真至纯情感的无限向往与赞美。

值得一提的是，该词作在艺术特色上独树一帜，词人巧妙运用丰富的意象，如雨中的天阙山、神话中的玉芙蓉等，构建了一个既虚幻又真实的情感世界，辅以精妙的修辞手法，使得整首词意境深远，情感真挚，既是对传统文化的致敬，也是对人性与爱情不朽的歌颂。

"天阙山上雨朦胧，玉芙蓉，藏深宫"这句词首先描绘了如诗如画的美妙场景：大阙山上，细雨朦胧，仿佛给山景蒙上了一层神秘的面纱。而"玉芙蓉"这一形象，可能是指山中盛开的芙蓉花，在雨雾中若隐若现，如同藏在深宫中的美女，引人遐想。

"天阙山"是一个具体的山名，是词人理想中的仙境或高雅之地，代表高远或神圣的地方。"雨朦胧"为全词渲染了神秘而梦幻的氛围，增添了些许神秘的美感。"玉芙蓉"通常用来比喻纯洁而美丽的女子。"藏深宫"暗示玉芙蓉被藏在深宫之中，可能象征着这段感情难以触及，也隐含了对美好世界的渴望和追寻。

词的开头就用"天阙山"、"雨朦胧"和"藏深宫"构建了一个超凡脱俗的场景，既给人一种神秘感，又表达了词人对于美好事物的追求和向往，这种向往在"玉芙蓉"的形象中得到了体现。

"白艳舒张、到晚竟如彤"一句描绘了玉芙蓉在夜晚绽放时的华美，白净的花瓣逐渐变得如红霞般妖娆，显示出其鲜活的生命力。展现了"玉芙蓉"的动态美，象征着时间的流转和情感的转折变化。从白天的洁白无瑕到晚霞映照下的绚丽，这种变化不仅令人惊叹，也让人感受到时间的流转和生命的律动。

这两句进一步描绘了"玉芙蓉"的美丽和变化。在白天，它洁白无瑕，舒展自然；而到了晚上，却仿佛被晚霞染红，呈现出一种别样的艳丽。"白艳"指女子白皙娇艳的容颜，"舒张"形容她优雅从容的姿态。随着时间推移，她的美丽更加夺目，到了傍晚时分，竟然如彤云般灿烂。彤云常被用来比喻夕阳的余晖，此处暗喻女子的魅力犹如夕阳般温暖而绚烂。词中出现了"白艳"与"彤"两种色彩对比，前者象征着女子的纯洁无瑕，后者则代表着成熟与热情。这种色彩的变化，象征着情感的深化和时间的流逝，同时也反映了女子魅力的多姿多彩。

"惊叹神机如鬼斧，疑有意，诉情浓"：词人感叹玉芙蓉的变化过程犹如鬼斧神工，惊叹于女子之美仿佛是大自然的杰作，不可复制，独一无二。词人极言玉芙蓉的美丽与神奇，仿佛它有着自己的情感，悄悄地向人诉说着浓浓的深情。这也可能暗示词人对玉芙蓉所指代的女子的深切思念或情感的寄托。"疑有意"表达了词人对女子可能怀有深情的猜测，认为她的一举一动都似乎在倾诉着浓烈的情感。词人由对自然美景的赞叹上升到了对生命和造化的思考。

"忽闻僧主撞洪钟，静思终，望孤松"：听到寺庙的洪钟声，词人顿生静思，望着孤松回忆起那些欢颜与笑语以及曾经与粉颊微红的女子相处的喜悦时光。这句突然转换了场景，从玉芙蓉的描写转向了僧人撞钟的描写，从对女子的赞美转为僧主撞钟的清幽画面，钟象征着宁静和超脱，表达词人内心由热烈转向平静的过程。

"静思终"意味着词人在宁静中反思自己的情感，"望孤松"则表达了他内心的孤独与坚守。孤松象征着坚韧和持久，他望向远处的孤松，心境也随之变得平静而深远。

钟声的出现打破了词人之前的沉思，也象征着词人从对自然的欣赏和对生命的思考中回到现实。通过引入"僧主撞洪钟"，使得词的情感基调发生了变化，从热烈的赞美转为对现实的沉思与自我反省。

"犹记欢颜、喜笑粉颊红"这两句词中，词人的思绪回到了过去，回忆起那些欢乐的时光和笑脸，心中涌起些许温馨。词人最后的回忆聚焦于女子的笑靥，那曾经的欣喜与娇羞历历在目，表达了词人对这段美好记忆的珍视。

"欲渡红尘欣庆去，余愿往，若卿同"：结尾部分，词人表达了对红尘俗世的厌倦，希望能离开这个纷扰的世界，去找寻更加宁静和美好。而"若卿同"则表达了词人的期望：如果能和心爱的人一同前往，那该有多好。词人感慨时光流转，内心渴望穿越红尘，寻觅那旧日的欢庆和未来的美好。他希望在这一过程中，能有"她"的陪伴。

"欲渡红尘"表示词人愿意面对世俗的挑战与纷扰，"渡红尘"可能是指超脱世俗，追求更高层次的精神境界。"欣庆去"表明词人乐观积极的生活态度和追求。"余愿往，若卿同"表达了词人希望女子能与他一同前行的愿望，无论未来如何，只要两人能够携手，便是最大的幸福。这里的"卿"指代的是词人心中所爱的人，表达了一种深切的情感和对未来的期盼。

这首《江城子·玉芙蓉》通过描绘天阙山上的自然美景、静思过去和对未来的期望，展现了词人对人生、爱情与红尘世界的深刻思考和感悟。整首词不仅富有美感，更蕴含着深刻的哲理，使得它成为一首具有深刻内涵的艺术佳作。这首词通过对自然美、女子美以及愿望美的细腻描绘，传达了词人对于理想生活的向往和对于真挚情感的珍视。同时，也反映了中国文人普遍的价值取向，即在世俗生活中寻求精神的慰藉与心灵的归宿。词人在表达个人情感的同时，也触及了普遍的情感体验，如对美的追求、对时间的感慨、对过去的怀念等，使得诗词有更广泛的情感共鸣。

整首词情感丰富，意境深远，充满了浪漫想象、语言精练、结构紧凑，情感层层递进。前半部分主要描绘了以玉芙蓉为代表的女子之美与天阙山上自然美景之间的和谐，后半部分则是词人情感的升华与个人愿望的抒发。词的节奏感强，通过韵脚的运用，增强了诗词的音乐性，读起来流畅而富有韵律，很好地体现了词特有的美感。

自评

这首词AI解读精准，表达的情感和主题解析得非常准确，对于个别意象的理解也能够做到详细和深入，同时对整首词结构和情感的转折解析也较为清晰，但对于"玉芙蓉"这个贯穿全文的意象解析不够准确，这里做补充。

此处设置了一个特定的场景，天阙山上雨朦胧，给整首词添了几分神秘梦幻的色彩，再引出这首词中最重要的意象——玉芙蓉，这不是一般的芙蓉花，它藏在深宫，不为外人所知。朦胧和深宫是为芙蓉花惊人的变化烘托神秘氛围的。

木芙蓉别名芙蓉花，花单生，花萼为钟形。其生长过程中有一独特之处：花冠始为白色或淡红色，后逐渐变为深红色。其花或白或粉或赤，皎若芙蓉出水，艳似菡萏展瓣，故有"芙蓉花"之称，又因其生于陆地，为木本植物，故又名"木芙蓉"。

此处抓住了芙蓉花"花冠初为白色或淡红色，后逐渐变为深红色"这一特点，将这种变化浓缩在一天内，采用了拟人化的手法，赋予芙蓉花以"鬼斧神工"的感情，疑似芙蓉花有深情，诉情浓，才能有这样的自然造化。也可以将芙蓉花的变化过程理解为感情由陌生到情浓的过程，象征着这段感情的炽热与真挚。

玉在古代诗词歌赋中经常出现，成为文人墨客抒发情感、寄托理想的重要意象。许多经典作品中都有关于玉的描写，反映了玉在中国古典文化中的深远影响。玉在中国古代传统文化中占有极其重要的地位，其文化内涵极其深厚，古代中国有"君子比德于玉"的说法，玉被视为君子品德的象征。《礼记》云"君子比德于玉焉"，认为玉具有仁、义、智、勇、洁等美德，反映了古人对玉所寄寓的高尚人格理想。在中国古代宇宙观中，玉与天地自然紧密相连。被认为能沟通天地，有灵性，吸收天地之精华，可以用来辟邪祈福。玉也是爱情和婚姻的吉祥物。成语"金玉良缘"就是形容美好的姻缘，寓意双方结合如同金玉般珍贵和谐。

词中带有一定的神话色彩，正是玉吸收了天地精华，赋予了芙蓉花特殊的力量，让芙蓉花一天时间经历了"白艳舒张，到晚竟如彤"的神奇变化，而这种上天赐予的变化又蕴含了人们对感情的珍视。再读起来，简直一气呵成，行云流水，不仅赋予这朵芙蓉花吸收天地精华的特殊力量，更重要的是它代表着一段天赐的金玉良缘。此处的"玉芙蓉"正是暗喻金玉良缘。此时的玉芙蓉却藏在深宫，暗指这段感情目前有不为人知的一面，"疑有意"暗示这段感情不确定，这才有了下阕的情感转折。一个"疑"字，情感的抒发和叙述发生转折，玉芙蓉的背后是一位有情有义的女子，让人心生悸动：正所谓落花有意，是因为芙蓉花有意，虽然它不会说话，但是却通过一日由白变红的变化来诉说衷情。这里以景喻人，通过场景的设定，氛围的烘托，借用芙蓉花特有的自然特征和变化来表达这段感情的朦胧及对这段感情的猜测。AI大致读懂了这首词所表达的含义，唯独没有把芙蓉花的特点和玉所传达的含义解读出来。

正当AI和读者都读懂了这层意思的时候，下阕"忽闻"二字恰到好处地打破了心中的"疑"。听着钟声，仿佛超脱了世俗的束缚，沉浸在美好的回忆中，似乎这段感情又变得不确定，由热烈转为平静。孤松代表词人此刻的心情又变得孤寂而沉静。而此处又与开头呼应，天阙山或许指某处具体的地名，山上有座寺庙，寺庙里面有僧、有钟，还有几分神秘和静谧。但回忆总是美好的，欢颜嬉笑印刻在脑中，此刻又恢复乐观积极的态度：立下誓言，发出了"余愿往，若卿同"的人生之邀。愿意与"卿"一起勇闯红尘，表达了对未来美好生活的向往。到此处，这首词的感情线索才实现了闭环，给这段神秘而又朦胧的感情画上了句号，同时也给读者留下了思考的空间：这段感情的后续又是如何呢？

卜算子·幽情

娇月藏流云，欲露忧人愤。谁见幽情匿迹行，难断空余恨。
欣喜怯无名，卿去心忽困。莫道相识不遇时，寂寞人微闷。

AI解读

　　《卜算子·幽情》是一首蕴含深邃情感的古典词作，
词人以其幽微细腻的笔触，勾勒出一幅隐晦而动人的情感画
卷。此词宛如一泓深泉，流淌着词人复杂微妙的情感波澜，借
由月色之柔和、流云之缥缈、爱恨之缠绵，巧妙地织就了一幅
情感浓郁的绮丽图景，令人沉醉其中，难以自拔。

　　在这幽深的情感世界里，自然景象的描绘与人物心理的
细腻刻画两相交织，互为表里。月色朦胧，既映照着词人内心
的孤寂与渴望，又仿佛是那不可言说的秘密的见证者；流云缥
缈，时而轻盈时而沉重，如同情感变幻莫测，映射出词人心中
的起伏与挣扎。而那丝丝缕缕的怨恨，更是如细针密缕，悄
然缝入每一个字句之中，让人感受到一种难以名状的哀愁与
无奈。

　　正是通过这样的艺术手法，词人成功地将其深沉而复杂
的内心世界展现于读者眼前。那内心的矛盾，如同月下的光影

交错，既明亮又晦暗；那遗憾之情，犹如流云过后的天空，虽空旷却留有痕迹；而那落寞之感，则如同怨恨之后的寂静，深沉而绵长，引人深思。

"娇月藏流云"这句描绘了一个静谧而朦胧的夜晚，明亮的月儿被几朵流动的云彩轻巧地遮掩，月色忽明忽暗，似乎正在玩"你追我藏"的游戏。"娇月"形容月亮柔美，象征着词人心中的理想，"流云"暗示了外在环境的不确定以及词人内心的不安。"藏流云"则描绘了月亮被流云遮挡的景象。象征着词人的理想或期待被现实的困扰所遮蔽，无法完全实现。这一句通过自然景象的描绘，暗示了词人内心的情感状态：理想或追求的情感因外界因素的影响，呈现出忽明忽暗的不确定性。

"欲露忧人愤"：月亮（理想）试图从云层（困扰）中露出，云层的遮掩恰恰激发了词人内心深处的忧郁和愤懑，反映了词人内心的挣扎和不甘，同时也透露出对现实的忧愤之情。"欲露"二字表达了词人试图释放情感的愿望，但又陷入无法完全表露的困境，透露出词人想要表露却又受到外部环境限制的情感状态，"忧人愤"则直接表达了词人内心的忧虑和不满。

"娇月"通常象征着美好、温柔和希望，而"流云"则代表着变幻莫测、难以捉摸的现实或心境。"娇月"被"流云"所遮掩，不仅是一种自然景观的描绘，更深层地刻画了词人内心的美好愿望被现实的困境或不确定性所遮蔽。这种遮蔽带来的不是简单的失落，而是一种"忧人愤"——对现实的不满，对困境的愤怒。

"谁见幽情匿迹行"：词人用疑问强调了这种深藏不露的情感，如同留下了足迹却没有被发现，表达了无人理解的孤独。"幽情"指的是深沉或隐秘的情感，可以理解为词人的深情或者内心的憧憬。"匿迹行"则形容这种情感被隐藏起来，不易被人察觉，可能是出于某种顾虑或是环境的限制。这一句表达了词人内心的某种情感，可能是爱情、友情，也可能是词人内心对理想的追求。

"难断空余恨"：言下之意，词人的情感纠葛无法解脱，只剩下无尽的遗憾和哀伤，表明这种情感虽难以割舍，却也留下无尽的遗憾和痛苦在词人心底。"难断"意味着难以割舍或解决，"空余恨"则表达了词人无法释怀的遗憾或怨恨。这一句进一步反映了词人对某种情感或心中美好愿望无法实现的无奈和挣扎。

"幽情"通常指的是深藏不露、难以言说的情感。这里的"幽情"可能是词人对某人的深情厚谊，也可能是对某种理想或信仰的坚定追求。"匿迹行"表明这种情感或追求是隐秘的，不为外人所知，甚至可能被误解或忽视。正因为这种隐秘性，使词人感到"难断空余恨"，既难以割舍这份情感，同时又因为无法实现而心生怨恨，这种恨可能是对外部环境限制的恨，也有可能是词人自己难以控制这种情感的无奈之恨。

"欣喜怯无名"：他在遇见所爱之人时，满怀喜悦，既兴奋又羞怯，反映了初次遇见可能带来的突然和不为人知的心动。"欣喜"表达了内心的喜悦或兴奋的情感，代表着对未来的希望和期待，反映了词人在某一刻体验到的喜悦或希望，但这种喜悦是短暂的、不稳定的，因为它伴随着"怯无名"的恐惧感。这种恐惧可能源于对未来的不确定，对结果的担忧，或者对失去所爱之人的害怕，透露出词人对于内心期待能否实现的担忧。这也许是指词人在喜悦的同时，担心这种情感无法持久或不被理解。

"卿去心忽困"：直接表达了对方离开后，词人内心的空虚和疲惫，仿佛是心被突然困住，加剧了内心情感的波动和失落，因为对方的离去就像生活突然陷入中断。"卿"可能指的是词人的理想、憧憬，或者某个特定的人。当这个"卿"离去后，词人的心忽然感到困扰和迷茫。这一句表达了词人对离别的不舍。

"莫道相识不遇时"：这句话表达了词人对无法把握相遇时机的惋惜，暗示了在茫茫人海之中，两个人即使相逢也可能因为各种原因最终无法在一起的遗憾，表达了词人对过去未能把握时机的自责和对未来的忧虑，暗示着生命中某些美好的相遇也许总是稍纵即逝，告诫人们要珍惜生命中的每一次相遇，每一次相知。我们可能无法在最好的时候遇见，但这并不意味着我们就此放弃。

"莫道相识不遇时"似乎在告诉人们，不要因为错过了相遇的时机就感到惋惜或绝望。生活中总会有遗憾和不完美，但这并不意味着我们不能继续前行或寻找新的机遇。词人通过"莫道相识不遇时"进行自我劝慰，悟出一个重要的人生哲理：人生充满了无常和变数，我们无法控制所有事情的发展，但我们可以选择如何面对和接受这些变化。

"寂寞人微闷"：即使在孤独和寂寞中，词人仍然保持着对生活的热爱和期待，只是这种期待带着一种淡淡的忧郁和沉闷。"寂寞人微闷"是对词人当前孤独和沉闷心态的描述，透露出词人并未完全放弃希望，只是在现实的重压下感到些许沉闷和无力。"寂寞"形容内心的孤独，"人微闷"则进一步强调了这种情感的沉重和压抑。这一句总结了词人的整体情感状态，是对孤独和无奈情绪的深刻表达。在寂寞的时刻，词人陷入了一种微妙的忧郁和沮丧的情绪，与首句的"娇月藏流云"形成了呼应，体现了整首词完整的情感旅程。

《卜算子·幽情》不仅是一首情感深沉、意境优美的词作,更是一首能够引发人们对人生、情感和理想深入思考的佳作。

整首词通过对"娇月""流云""幽情"等意象的运用,深入地描绘了词人的内心世界,展现了他的挣扎、期待、失望和坚持,充满了真情实感。词人的情感经历了从隐藏到显露,再到最终的无奈和接受,同时也蕴含着对未来的期望和不放弃,展现了人类情感的脆弱和复杂。以含蓄的手法,通过情景交融的方式,展现了词人内心深处的幽情,让人感受到一种淡淡的哀愁和对美好事物的留恋。这些丰富的意象和细腻的情感描绘,同时还展现了词人在隐秘情感或郁郁不得志的情况下,在现实困境中的矛盾和挣扎,哀而不伤,细腻地展示了词人内心世界的一角。但通过一个很小的切入点,词人又仿佛告诉给我们很多人生哲理,令人深思。

这首词采用了起承转合的创作手法。

先说情感的起承转合。

起:开篇的"娇月藏流云,欲露忧人愤"描绘了一幅朦胧而忧郁的画面,奠定了全词的情感基调,表达了词人内心深处的压抑与不满。

承:"谁见幽情匿迹行,难断空余恨"进一步深化了这种情感,强调了情感的隐蔽与难以割舍的痛苦。

转:"欣喜怯无名,卿去心忽困"情感转向了对过去美好时光的怀念与失去的痛苦,表现出一种深深的眷恋与无奈。

合:"莫道相识不遇时,寂寞人微闷"总结了整个情感经历,表达了对命运安排的无奈以及孤独寂寥的心境。

词人的情感状态在喜悦、忧愁、愤怒和寂寞之间流转,反映了其复杂的心理活动和对人生经历的深刻感悟。通过对这首词的深入解读，我们可以感受到词人对真挚情感和人生境遇的深刻思考。这是一首感人至深的诗词，它让我们看到了人性的复杂和丰富，也让我们感受到了生活的苦与乐。

自评

对于这首词AI点评有一定的水平，能够准确把握感情线索，并逐句分析出来，但是短板依然是对诗词整体性、连贯性分析不够到位，尽管它分析出起承转合这个常用的叙事方式。

我是一个积极拥抱新事物的人，早在互联网兴起的时候，就在网络上发表了不少作品，那个年代也曾创出日点击率破万的纪录。对于诗词始于爱好，忠于爱好。子曰："知之者不如好之者，好之者不如乐之者。"希望有一天能达到"乐之者"的境界。杜甫在《天末怀李白》中曾道"文章憎命达，魑魅喜人过"。在对诗词深入学习以后，发现一个命理：正是命运的不公和人生的曲折才能造就一篇篇好的诗文。

联想到这首词，当时身处逆境，诸事不顺，甚至看到"彩云遮月"这样的美景，都能联想到命运的不公和时运的不济。十年之后，再读这首词，心中仍有不平，但庆幸的是，我从未放弃，一路坚持到底，如今更能体会古人的豁达。送自己也送给所有读者一句话：凡事都要看淡，好运自然来。

菩萨蛮·平湖寻幽

长空湛湛依山尽，桃源深处花香隐。上水入平湖，径幽绝景孤。

问渔翁怎渡？未想来时路。何处是前程？凌烟阁莫登。

AI解读

《菩萨蛮·平湖寻幽》主题深邃而富有意境，以寻幽探胜为核心，引领我们步入一幅词人漫步平湖、寻觅幽静意趣的雅致画卷。

词人以幽深的笔触，细腻地描绘了平湖寻幽的整个过程，将情感体验与哲学思考巧妙地融为一体。我们仿佛能随着词人的步伐，感受他内心的波动与变化，一同探寻那片幽静神秘之地，体验其中的深意与韵味。

通过对自然景象的精心描绘，词人巧妙地映射出内心的丰富与对人生的深刻思考。词中景象不仅展现了词人对自然美景的热爱与向往，更深刻地揭示了他对漫漫人生路和前路未知的深深感慨与哲思。在词人的笔下，自然与人生相互交织，形成了一幅富有哲理与诗意的画卷，令人陶醉其中。

值得一提的是，词人还通过细腻的人物心理描写，展现了对未来的深刻思考与憧憬。在寻幽的过程中，词人不断反思人生道路的选择与意义，表达了对未知世界的向往。这种对未来的思考，使得整首词意境更加富有深度与广度。

"长空湛湛依山尽"展现了一幅宏大的自然画卷，描绘了碧蓝开阔的天空与连绵不断的山脉互相交融的壮阔。天空广袤而碧蓝，如镜子般镶嵌在山脉的尽头。"湛湛"形象地表现出天空的碧蓝透亮，营造出广阔无垠的视觉效果。"长空湛湛"形容天空的广阔和清澈，象征着无边的宇宙和无尽的时光。而"依山尽"则描绘了天空与山脉相接，直至视线尽头的辽远景象，暗示了万物皆有尽头，无论是山峦还是人生，都有其终点。这一句既体现了词人对大自然的热爱和赞美，也透露出对生命短暂的深刻认识。

"桃源深处花香隐"，词人借用"桃源"这一经典意象，表达了对理想境界的向往，也表明了词人此次外出探幽的目的：寻找心中的理想之地。"桃源"在中国传统文化中，常常代表着理想社会或生活环境，象征着远离尘嚣的充满宁静与美好的理想之地。而"花香隐"则进一步强化了这种理想境界的美好与神秘。这里的花香，增添了一种神秘和宁静的氛围，既代表自然界的芬芳，也象征着精神世界的馨香，暗示着自然的生机和隐者的怡然自得，也可能代表词人心中所追寻的志向，"隐"字突出了这种志向的不易实现，注定此次探幽寻志之路的不寻常。

"上水入平湖，径幽绝景孤"以细腻的笔触描绘了一路而来的旅程：沿着水流进入一片宁静的湖泊，路径幽深，景色独特，人迹罕至，显得十分孤寂，进一步深化了平湖幽径的静谧与孤独。这句与"无限风光在险峰"有着异曲同工之妙，强调了美好的风光往往隐藏在艰难险阻（需要人克服一切困难，坚持寻找）之后的思想。

　　"上水"可能指的是上游的水，"入平湖"则形容这些水流汇聚到平静的湖中。这一句通过水的流动，展现了自然景观的动态美，也体现出"上善若水"的哲学思想。"绝景"形容景色之佳绝，"孤"字透露出一种天地唯一的孤寂，象征着经过一系列艰难的寻找，走过幽静的小路，才找到这不为外人所知的孤景。"孤"字也是词人独自探幽的心境映射，象征着词人追寻人生志向过程中的孤独与坚守。"上水入平湖"寓意着词人对绝景的深入探索和追寻理想的决心。

　　"径幽"形容小径幽深，"绝景孤"则形容这绝美的景色显得孤绝，不易被人发现。这一句表达了词人对幽静美景的欣赏，同时也反映了词人对孤独美的独特感悟。"径幽绝景孤"表达了词人经历过的孤独与寂寞。这里的"绝景"不仅指自然景色绝美，更象征着诗人在精神探索中所达到的高远境界。"幽""绝景孤"等字眼，不仅描绘了自然景观的幽静，也反映了词人内心的孤独感。然而，在这份孤独和坚守之中，词人似乎找到了一种超越凡俗的宁静洒脱。

　　"问渔翁怎渡？未想来时路"，词人通过试问渔翁如何渡过湖面，表达了自己在人生旅途中的迷茫与困惑，他开始反思自己的人生轨迹，这不仅是对过去的回顾，也是对未来的不确定性探索。"怎渡"表达了词人对未知的探索和对前路的迷茫。"未想来时路"则暗示了词人在平湖寻幽的过程中，已经忘记了来时的路，体现了词人的执着与专注。

　　渔翁在古典文学中通常象征着隐士或智者。"怎渡"不仅指物理上的过渡，也隐喻着对人生道路的探询。词人向渔翁（智者）询问如何解决眼前的困境，却发现已经忘记了来时的路，象征着在人生旅途中迷失方向。这里的"未想来时路"也可以理解为对于过往经历的遗忘或者不愿回首。这句话表达了词人对过去经历的回顾，带有对过去选择的反思和总结或对未来的迷茫。

最后两句"何处是前程？凌烟阁莫登"，词人提出了对前程的疑问，同时告诫自己不要登上凌烟阁。这里的"前程"不仅指未来的道路和方向，更象征着词人对精神世界的追求和人生意义的探索。"何处是前程？"直接表达了词人对未来的不确定和探索的欲望：不再满足于传统的成功标准（如凌烟阁的荣耀），而是渴望找到一条符合自己内心真实追求的道路。

这两句提出了关于未来和人生目标的疑问。唐代设立的凌烟阁，是表彰开国功臣的场所，往往代表着高官厚禄和显赫的名声。在中国古代文化中，"凌烟阁"通常被用来象征权力、地位和荣耀。这里词人却建议"莫登"，"莫登"有不攀附权贵、不为名利所累的意味，表明词人看重的不是世俗的功名利禄，而是内心的宁静和精神的提升，追求一种更为超然的内在价值。反映出了词人对于人生价值的深刻思考：真正的幸福和成就不是外在的荣誉，而在于内心的平静与满足。词人通过"凌烟阁莫登"，表达了对功名利禄的淡泊和对世俗价值的超越，表明词人更倾向于追求精神上的自由和超脱。

《菩萨蛮·平湖寻幽》这首词通过描绘一路艰辛寻找平湖这一幽景的历程，巧妙地融合了个人情感、文化典故和社会批判，展现了词人在追求心灵自由和平静生活道路上的复杂心态。这首词不仅仅是对平湖这一自然美景的赞美，更是一次深刻的人生哲学探讨，它触及了人类共有的关于生命意义、个人价值和幸福定义的永恒话题。

整首词展现了词人在寻找内心平静和自我定位过程中的心路历程。从对自然美景的向往，到对世外桃源的追寻，再到内心的迷茫与反思，最后是对未来方向的疑惑及对功名利禄的质疑，构成了一个完整的闭环。这首词不仅仅是一次自然之旅

的记录，更是词人对人生意义和价值的一次深刻探索。在纷扰的世界中寻找真正属于自己的道路，以及在功名与内心平静之间的抉择，是古代文人普遍面临的问题，也是现代社会人们需要反思的话题。

自评

这首词承接上一篇，正是偏早期的作品。那时的境遇虽有所改善，但仍十分艰难。某次骑行，路过羊肠小道惊现一处平湖绝景，人迹罕至，似一处尚未被人发现的人间仙境：周围高山环抱，水流汇入湖内，湖面平静似镜。试想，若无人引领，如何能寻找到如此绝美之景，且来时之路已然忘却。假设此处有一渔翁，他又是如何找到此处的呢？渔翁反问道，"何处是前程——你要去往哪里？"意思是：既然到了这里，为什么还要询问去往哪里，前程在何处呢，此刻才明白其中的道理：只有具备渔翁的智慧，将一切功名利禄看淡，心有桃花源，便处处是桃花源。来时不重要，既来之，则安之。最后反思，面对如此美景，凌烟阁还那么重要吗？去往哪里还重要吗？

这次骑行偶遇平湖绝景使我迷茫的生活中找寻到了内心的平静和方向。

一剪梅·月掩天王

玉镜重妆举世观，初染寒霜，浅浅幽兰。广寒宫外莫凭栏，枯蕊香残，孤兔难还。

千里银河别样宽，梦里金銮，巧遇琼蟾。觉来明月戏人间，一面之缘，更待千年。

AI解读

《一剪梅·月掩天王》一词，以皓月为核心，织就一幅意象繁复、情感深邃的古典诗词画卷。词中的月亮不仅是高悬夜空的自然之景，更是情感与哲思的璀璨载体。其盈亏圆缺，如同人生的起伏与变迁，映照着神话传说中天王掩面的幽微光影，诉说着词人超然物外、遗世独立的情感体验。

在这清辉之下，时光之河悄然流逝，带走了尘世的喧嚣与浮华，只留下一首孤独与期盼交织成的无言的歌回响在心间。词人借月之眸，窥探宇宙的奥秘，将哲思融入每一笔细腻的描述之中，似乎在带领我们穿越时空的隧道，探寻那未知而神秘的领域。

词中的意象丰富多样，如流云轻拂月面，似是天王的轻纱遮掩；又如星辉点点，犹如天神洒落的智慧之光。这些细节

描绘，不仅增强了文学性和吸引力，更使内容生动具体，引人入胜。全词既富有浪漫情怀，又不失深邃哲理，令人回味无穷。

"玉镜重妆举世观"开篇即以"玉镜"喻月，采用了拟人化的手法，赋予月亮以人的情感，形象地描绘了月亮经过精心装扮之后重新与世人见面，赢得了举世关注。这句既强调了月光的纯净与明亮，也表达了月亮被世人所共赏和喜爱。

"玉镜"是对月亮的美称，"重妆"一词既形容月亮经过重新装扮，又暗指月亮高悬夜空，光辉照耀世间，吸引着全世界的目光。"玉镜重妆"不仅描绘了月亮表面的美丽，"重妆"二字还暗示了月亮经过夜晚的洗礼，如同女子重新化妆一般，焕发出光彩。这一形象化的比喻增添了月亮的神秘和女性化特征，使其成为这首词中情感的重要载体。作为核心意象，这里的"重妆"不仅指月亮的圆满与明亮，也隐含了时间的流转与月亮周期性的变化，每一次满月都是一次新的装扮。月亮不仅代表了时间的流转和大自然的美丽，还象征着人生的无常、孤独与期盼：月亮的圆缺变化，就像人生的起伏跌宕，既有圆满也有残缺。

"初染寒霜，浅浅幽兰"：寒霜和幽兰都是秋天的典型景物，"寒霜"象征着季节变换，"浅浅幽兰"可能是月亮般的冷色调与月夜中略微温暖的细微对比，如同兰花般清淡，又带着些许哀婉之美。它们与月光相结合，营造出一种清新而又略带凉意的美，同时也隐含着淡淡的哀愁。

这两句通过"寒霜"与"幽兰"的意象，进一步渲染了清冷而高雅的氛围。月亮初升时，仿佛给大地披上了一层薄薄的寒霜，而月光下淡淡的兰花香气，则增添了几分幽静与雅致。寒霜和幽兰分别代表寒冷与高洁，通过这两个典型意象来表现月光下的静谧与清冷。同时幽兰也象征着词人内心的高雅和孤独。这里的"浅浅幽兰"也可能象征一种高洁而不易察觉的美好情感。

"广寒宫外莫凭栏，枯蕊香残，孤兔难还"，这几句词引用了神话中嫦娥奔月的故事。广寒宫是传说中月亮上的宫殿，嫦娥居住的地方，代表着遥远与不可触及的美，词人借用这个意象来表达对理想境界的向往和对现实世界的疏离。

这两句告诫人们不要在此刻凭栏远眺，因为那里只有枯萎的花蕊和残留的香气，以及孤独的玉兔和难以回归的凄凉，提醒人们不要在月夜中过度沉浸，暗示月宫的孤独与离愁。这里通过广寒宫的孤寂景象，来强调远离尘世的孤独与寂寞，表达了词人对于美好事物易逝的感慨，发出了对人间孤独与分离的深深叹息。

"枯蕊香残"形容月宫中的花已经凋谢，香气也渐渐消散，"孤兔难还"则指月宫中的玉兔（玉兔是中国古代神话中的月宫象征）难以回到人间。这一句通过描绘月宫的孤寂和凄凉，进一步表达了月亮孤独无伴，像一只永不归来（玉兔的传说）的孤寂之物，表达了对美好事物易逝的哀愁。

"千里银河别样宽"：下阕开篇，词人将视野从地面扩展到浩瀚的宇宙，银河的宽广无垠象征着时间与空间的无限，反衬出人类的渺小和人生的短暂。"千里银河"指的是夜空中宽阔的银河，在月夜中显得更为深邃广大，象征着时间的无尽和宇宙的神秘。"别样宽"则强调了银河的宽广与壮观。这里提到的银河，也可以理解为夜空中横跨的星河，象征着广阔无垠的梦想空间。

"梦里金銮，巧遇琼蟾"："金銮"常指帝王宫殿，这里或可理解为词人心中理想的仙境，"琼蟾"则是月亮的美称。这两句描述了词人在梦中进入仙境，与月亮（琼蟾）的奇妙相遇，表达了对美好事物的向往与追求。

金銮殿是古代皇帝处理朝政的地方，而琼蟾则是对月亮的美称，这里通过梦境将人间的权力象征与月亮联系起来，表达了超越现实束缚的梦幻与渴望，寄寓了对美好事物的向往与期盼。金銮殿象征着尘世的权力与荣耀，而琼蟾（即月亮）则代表了超然物外的精神追求。在梦中，两者相遇，暗示了词人内心深处对于理想与现实、精神与物质平衡的渴望。

"觉来明月戏人间，一面之缘，更待千年"：梦醒之后，词人发现明月仍在人间嬉戏，但那种梦中的相遇如同短暂的"一面之缘"，让人不禁期待如此美好的重逢，哪怕需要等待千年。这里既有对现实与梦境之间差距的无奈，也有对未来坚定不移的信念与期待。

从梦境中醒来，词人发现明月依旧在人间嬉戏，与梦中的相遇形成鲜明对比，暗示了现实与梦境之间的模糊界限，同时也表达了人与月之间短暂而又珍贵的缘分，反映了词人对人生无常和世事如梦的感慨。

最后一句"更待千年"则透露出深深的遗憾与期待，似乎在说，尽管与月有一面之缘，但想要再次相遇，却需要等待漫长的岁月。这里点出题旨，天王指天王星，月掩天王是一种奇特的天文现象，千年难得一遇，此处赋予月亮以人的情感，说是月掩天王戏人间，一眼之缘，再看更待千年。"更待千年"这一表述暗含了词人对永恒真理的追求和对时间流逝的无奈。千年的时间跨度，既是对长久缘分的期待，也是对转瞬即逝的美好时光的怅惜。

《一剪梅·月掩天王》不仅是一首描绘月亮之美的词作，更是一首蕴含深刻情感与哲理的艺术佳作。通过对月亮、广寒宫、银河等自然景象的描绘，表达了对时间流逝、孤独与期盼的深刻感悟。

在文学魅力的背后，这首词还蕴含着深刻的哲思。月亮的圆缺变化、银河的宽广无垠，都暗示着宇宙的永恒与变化以及人类认知有限和宇宙变化无穷的矛盾。词中也透露出词人超脱世俗、追求精神自由的人生态度。这种对哲理的深入探索，使得整首词不仅仅是一首抒发个人情感的词作，更成为一首具有深刻思想内涵的佳作。

全词以月为中心，从月的外观描写开始，逐渐深入到月背后的神话故事和情感层面，最后回归到月与人的关系上，形成了一个由外向内再向外的圆形叙事结构。通过描绘月亮、广寒宫、银河等自然景象，借以抒发自己的情感与哲学思考。这种借景抒情的手法，使得词中的情感更加含蓄而深邃。情感方面，从最初的欣赏月色之美，感受月色带来的孤独与思念，再到梦中与明月的奇妙相遇，最后是对现实与梦境交织的深刻体会，词人的情感经历了一个由表及里、由喜至忧的复杂变化过程。

整首词弥漫着一种淡淡的孤独，无论是广寒宫的孤寂，还是梦里与琼蟾的短暂相遇，都透露出词人对孤独境遇的深刻体验。同时，这种孤独又蕴含着对美好事物的深切期盼，即使需要等待千年，也愿意坚守那份信念。

现实与梦境的对比，展现了词人对现实世界的无奈与对理想世界的向往。梦里的金銮、琼蟾，是词人心中的理想之境，而现实的明月却只能戏人间，让人感受到理想与现实之间的巨大鸿沟。

月亮的圆缺变化、银河的宽广无垠，都暗示了时间的无情与人生的短暂。词人通过对这些自然现象的描绘，表达了对时间流逝的感慨和对人生意义的思考。

通过现实与梦境、圆满与残缺、广阔与渺小等对比手法，突出了词人内心的矛盾与挣扎，增强了词的艺术感染力。整首词语言优美，意象丰富，而富有表现力。如"玉镜重

妆""浅浅幽兰""枯蕊香残"等词句，都展现了词人高超的语言驾驭能力。同时还运用了对比、反衬等多种手法，增强了艺术表现力。

此作写于2022年11月8日，适逢天文奇观月掩天王星出现，词中蕴含了宇宙恒久、人生苦短的宇宙哲学。月虽有阴晴圆缺，宇宙规律周而复始，天文现象也是一样，此次月掩天王后，月亮与天王星再次相遇需等待千年，千年对每个人来说，都是一道无法逾越的时间鸿沟，因此月戏人间，笑人生苦短，疾苦无边。AI解读中有关月掩天王这一天文现象可为补充解读，但对于梦境的解读仍不够深入。

"梦里金銮，巧遇琼蟾"一句上接月色孤寂之境，金銮象征着人间权力，在梦中与琼蟾相遇，但也只存在于梦中，现实中甚是遥不可及，就像此刻月色虽可见，同样不可触及。此刻遇到了千年一遇的月掩天王这一景象。人生苦短，但千年对于宇宙来说，不过是弹指一瞬。这句表达了词人对一切不可能说不的坚定立场。

玉蝴蝶·玄武湖观景

　　散尽烟花空静，湖中闪耀，异彩横流。累累人潮，争看不厌不忧。晚风凉、仲秋已至，早寒露、新月如钩。伫菱洲。故人何在，孤影幽幽。

　　城头，闲情漫步，往来复返，舞乐清悠。曲终人散，未知何处可消愁。莫相忘、难凭锦鲤，宿命归、遗恨难收。泛轻舟。浪平风静，壮志难酬。

AI解读

　　这首《玉蝴蝶·玄武湖观景》细腻地勾勒了一幅既绚烂多姿又略染哀愁的玄武湖秋景画。词人凭借深邃的情感，巧妙地将秋之韵味、湖之景致与人心之波澜紧密交织，构筑出一种既温婉细腻又饱含岁月沧桑的美，深刻映射出词人内心世界的繁复情感和深邃的人生哲理思索。

　　词人运用幽深而富有诗意的笔触，缓缓描述了一场玄武湖畔的观景之旅，这里不仅描绘了玄武湖景色的绝美变化，更细腻捕捉并传达了词人在观景过程中的情感体验与心灵触动。借由自然景象的细腻刻画，巧妙映射出词人内心的微妙变化，将外在的景致与内在的情感世界无缝对接，展现一种超越视觉体验的深刻感悟。

词人通过对秋意盎然的玄武湖景象的描绘，不仅抒发了对眼前美景的无限感慨，更蕴含了对过往时光的深切怀念与对未来不可预测的深沉思索。在这幅秋景图中，每一缕轻风、每一片落叶都似乎承载着词人对生命轨迹的深刻反思，以及对明天的殷殷期许，使得整首词作不仅成为一幅生动的自然风景画，更是一篇富含哲理与情感深度的内心独白。

"散尽烟花空静，湖中闪耀，异彩横流"：描述的是烟花燃尽后的宁静氛围，湖面倒映着天空的光芒，各种色彩在水面上流淌。

"散尽烟花空静"描绘的是玄武湖上烟花绽放后留下的寂静，烟花散落，繁华已逝，只留下湖面的寂寥，象征着喧嚣与热闹的终结，留下的是一片宁静与空灵。这一景象与词人内心的平静与超脱相呼应，展现词人超然物外的心境。

"异彩横流"这四个字形象地描绘了湖水中倒映的灯光，既是对湖面波光粼粼的景色描绘，存有烟花的余韵，也是玄武湖充满活力的体现，暗喻了世间那些美好而短暂的事物。"异彩"与"横流"一静一动之间的鲜明对比，更加突出了词人内心的平静和超脱。"散尽烟花空静"与"湖中闪耀，异彩横流"也形成了鲜明对比，象征着从繁华到宁静的转变，反映了词人内心从喧嚣到平静的心理变化。

"累累人潮，争看不厌不忧"反映了玄武湖的热闹与人气，即便秋夜凉风乍起，皓月新挂，人们仍然不断涌来，争看湖景，共赏秋意，词人心中却隐含着淡淡的忧愁。

"累累人潮"形容观湖的人络绎不绝，人群熙熙攘攘，都沉浸在各自的欢乐与好奇中，无忧无虑。玄武湖的热闹景象与词人内心的孤独形成鲜明对比，暗示了词人在人海中寻找归属却不得的无奈。而"争看不厌不忧"则表达了人们对玄武湖美景的欣赏和享受，没有烦恼和忧愁，这又与词人内心淡淡的隐忧形成强烈的情感冲突，增强了整首词的情感张力。

"晚风凉、仲秋已至，早寒露、新月如钩"：随着季节的更迭，寒露已降，晚风带来凉意，新月如钩挂于天际，这一句通过自然景象的变化，点明了时间的推移和季节更迭的背景，营造出清冷而孤寂的氛围。这些自然景象不仅描绘了玄武湖的秋夜美景，也寄托了词人对故人的思念和对过往的追忆。词人对"晚风凉""仲秋已至""早寒露"的细节描写，体现了对季节细微变化的高度敏感性，这种敏感性也反映了词人对时间流逝的感慨和细腻哲思。"新月如钩"描绘了秋夜的美景，新月象征着新生与希望，但词人却沉浸在过去的回忆中，形成了一种微妙的情感张力，让读者浮想联翩。

"伫菱洲。故人何在，孤影幽幽"："菱洲"指的是玄武湖中心的小岛，词人独自站在菱洲之上，望着茫茫湖面，四周一片寂静，怀念着故人，只留下自己的孤影在幽幽的夜色中。"故人何在"表达了词人对故人的怀念之情。"孤影幽幽"不仅是对词人孤独身影的描绘，也是其内心深处孤独情感的真实写照，为整首词渲染了孤独与哀伤的气氛。

"故人何在，孤影幽幽"不仅仅是对某个具体人物的思念，也是词人对过去美好时光、纯真情感的追忆。这些记忆如同词的开头那些燃放后的璀璨烟花，虽然短暂却难以忘怀。然而，现实却是故人已去，只留下词人自己独自面对这空旷的湖面和内心的孤寂。

"累累人潮"与"孤影幽幽"之间形成了群体与个体的对比，突出了词人的孤独感，这种对比进一步增强了词作中的哀愁感与无奈感。

"城头，闲情漫步，往来复返，舞乐清悠"：视角转移，城楼上的人在悠扬音乐下悠闲地散步，描绘出人们闲适的生活状态，体现了词人在平凡生活中寻找和体验着诗意与快乐。这与上阕的孤独感形成对比，暗示着寻常生活的丰富多彩，同时也表现了群体生活的幸福和个体的孤独并存。城头之上，这欢快场景间却透出一丝空荡与寂寥，暗示着人生的短暂和世事无常。词人看似闲适地漫步、欣赏舞乐，但内心却充满了对人生、命运的深刻思索。这种闲适与深思的并存，展现了词人复杂而丰富的内心世界。

"曲终人散，未知何处可消愁"：当曲终人散之时，词人不禁感到一阵空虚与迷茫。他不知道自己该如何消解内心的愁绪与忧虑，这种对未来的不确定让他倍感无助。

"曲终人散"不仅是对一场聚会结束的描述，也象征着人生的无常和终极的孤独，表达了词人对生命短暂的感慨。这一句借用了戏曲散场的意象，暗示了人生中的相聚与别离、欢乐与忧愁都是暂时的。当繁华落尽，留下的往往是无尽的空虚与迷茫。这种对人生无常的深刻洞察，让词作充满了哲理意味。尽管词中充满了对过往的追忆、现实的无奈以及对宿命的认同，但词人并未完全放弃对未来的期许。在"未知何处可消愁"的迷茫中，仍有一丝希望之光在闪烁。未来的不确定既是一种挑战也是一种机遇，它激励着词人继续前行，不断探索。

"莫相忘、难凭锦鲤，宿命归、遗恨难收"：词人深知命运难以抗拒，即使寄情于锦鲤也无法改变宿命。他对自己未能实现的壮志感到遗憾与不甘，这种遗恨如同沉重的负担压在他的心头难以释怀。"锦鲤"在中国文化中常被视为吉祥之物，锦鲤作为传递愿望的象征，但词人却认为即便有锦鲤也无法改变自己的命运。"宿命归"则透露出一种对命运不可抗拒的认同。然而，"遗恨难收"又表明词人内心深处仍存有一丝不甘与挣扎，希望通过自身的努力超越宿命的束缚。

"泛轻舟。浪平风静，壮志难酬"：最后以泛舟湖上的画面作结，虽然湖面平静，没有风浪，但词人却感到自己心中的壮志难以实现，表达了理想与现实之间的冲突和词人的无力感。"浪平风静"象征着外在环境的平和与宁静，与词人内心的波澜和难以平息形成强烈对比：壮志难酬的遗憾如同湖面下涌动的暗流让词人无法真正释怀。但同时词人也表现出了一种淡然与超脱。悲壮与淡然并存，让这首词在情感表达上更加具有震撼力。

《玉蝴蝶·玄武湖观景》不仅是一首描绘玄武湖自然美景、抒发个人情感的词作，更是一首反映人生哲理、探讨人的命运的佳作。它通过细腻的笔触和丰富的情感，引领读者进入一个既美丽又充满哀愁的世界，让人在欣赏美景的同时也能感受到生命的厚重和复杂，思考人生的意义与价值、过去与未来的关系以及自由与宿命的矛盾等问题，反映了词人的情感深度、思想广度和艺术创造力。

自评

AI对这首词的解读非常准确，已无须补充。这首词写于2019年国庆期间，玄武湖举办了盛大的烟花秀，庆祝新中国成立70周年。此时的境遇较之前有所改善，恰逢盛世之年，对比一事无成的自己，心生忧患和迷茫。

玉蝴蝶·秋思

　　落叶纷飞满径，寒烟轻笼，水榭幽清。孤雁南飞，声声唤尽离情。暮云深、月华初上，纷飞叶、花影伶仃。立桥亭。故人千里，梦绕心萦。

　　闲行。故园何处，霜风瑟瑟，吹老曾经。往事如烟，空余回首泪盈盈。寄相思、难凭尺素，诉衷肠、谁与倾听。望长亭。秋光渐老，愁绪难平。

AI解读

　　这首《玉蝴蝶·秋思》以秋叶满径启幕，通过运用众多秋日意象，巧妙地织就一幅细腻繁复的秋日画卷。

　　整首词以深秋的苍茫为背景，不仅勾勒出幅凄清绝美的秋景，更深刻地挖掘了主人公内心深处对故人、旧事的无限眷恋，以及对岁月无情流逝的深切感慨。

　　此词以幽深而细腻的笔触，缓缓铺陈开秋日的景致，每一片落叶、每一缕轻风、每一只孤雁都仿佛承载着人物内心无尽的情思与追忆。这首词巧妙地将自然景象与人物心理紧密融合，通过描绘枯黄的叶、萧瑟的风、寂寥的天空、孤独的雁，映射出人物内心对过往时光的深深怀念和对现实的无奈叹息。

尤为动人的是，词作对自然景象的精雕细琢，不仅展现了秋天特有的凄美与哀愁，更借此深刻揭示了人生的短暂与无常。那飘然而去的玉蝴蝶，或许正是人物心中对逝去时光的无尽追忆与不舍。在这份深沉的怀念与感慨中，我们仿佛听见了人物内心深处的低吟浅唱，跨越时空产生了情感共鸣。

"落叶纷飞满径"这句描绘了秋天落叶遍布小径的景象，落叶的纷飞象征着秋天的到来和生命的凋零，给这首词增添了一丝离别的伤感。"满径"则进一步强调了落叶之多，营造出一种萧瑟凄凉的氛围。

"寒烟轻笼，水榭幽清"这句通过对"寒烟"和"水榭"的描写，构建了一幅寂静冷清的画面，烘托出主人公内心的孤寂与哀愁。"寒烟"是指秋天的薄雾，"轻笼"描绘了雾气笼罩的景象。"水榭幽清"则形容水边的亭台在寒烟中显得格外幽静而清新。

通过"落叶纷飞"、"寒烟轻笼"和"水榭幽清"等意象，勾勒出一幅秋日寂寥、落叶凄清的景象，为全词奠定了思念与哀愁的情感基调。

"孤雁南飞，声泣唤尽离情"：黄昏时分，一只孤雁展翅南飞，挥泪呼唤着同伴，寓意离别的深情。孤雁常被用来象征孤独和离别，是古典诗词中常用的寄托思念之情的意象。大雁南飞一般会选择结队而行，而此处却有一只大雁正孤独地飞向远方，一声声雁鸣像哭泣一样呼唤着失散的伙伴。"声泣"是对孤雁叫声的一种形象化描绘，进一步强化了对离别之情的哀伤。"声泣唤尽离情"通过赋予孤雁以人的情感，声声泣尽，增强了作品的感染力。

这一情境既对应了词中"月华初上"的思乡情切，又是对主人公内心情感的浓缩描绘，提醒人们应该珍视眼前，不让孤独与离愁侵蚀了美好情感。

"暮云深、月华初上"：夕阳渐渐西沉，渲染出一片淡淡的青白色，那映在水面上的月华如初，洒满四周。暮云和初升的月亮共同营造了一种朦胧而神秘的氛围，增加了这首词的意境美。"暮云深"形容傍晚时分浓厚的云层，"月华初上"则描绘了月亮初升的景象，增添了秋夜里宁静而深远的氛围。

"纷飞叶、化影伶仃"：树叶与花影在暮色中相互映衬，营造出凄美、孤独的画面，表现了主人公内心的孤单与无助。这里的"伶仃"形容花影在月光下的孤单和凄凉。"纷飞叶"与"花影伶仃"之间形成了动态与静态的对比，为整首词增添了强烈的画面感，凸显了孤独的情感基调。

"立桥亭"：桥亭作为地点的转换，为主人公提供了思考的空间，也暗示了主人公在桥亭中对过往的回忆和对未来的憧憬。

"故人千里，梦绕心萦"这句表现了主人公对远方故人的思念，即使身在梦中也难以忘怀，心绪被离别之情牵动。这句直接点出了主题：梦境与现实相互交织，主人公内心满是萦绕不去的思念之情。通过"梦绕心萦"强调了这份思念之情的深切和持久。

"闲行。故园何处，霜风瑟瑟，吹老曾经"：主人公在故园中闲行，不禁思考故园何在，霜风瑟瑟，吹拂着过往的岁月，让人感叹时光易逝，容颜易老，青春不再，表达了主人公对故园的变迁和岁月的流逝的感慨。这里通过"霜风"的寒冷和"吹老"的过程，形象地表现出时间的无情和岁月的流逝，同时也隐含着主人公对过去的追忆。故园和往事是主人公回忆过去、怀念旧时光的重要元素。运用拟人化的手法，将霜风瑟瑟赋予了人的情感，瑟瑟秋风象征着时间的摧残，秋风一吹，人也老去，一切都成为无法挽回的曾经，表达了主人公对过去美好时光的深深怀念，以及对往事无法挽回的无奈和遗憾。

"往事如烟，空余回首泪盈盈"：往事如同烟雾一般消散，只剩下回首时的泪水，表达了主人公对过去美好时光的怀念和无奈。这里的"往事如烟"运用了比喻的手法，将曾经的美好记忆比作轻烟，既美丽又短暂，只剩下无尽的思念与泪水。

"寄相思、难凭尺素，诉衷肠、谁与倾听"：主人公想要寄托相思之情，却发现难以通过书信表达，内心的情感也无人倾听，反映了主人公内心的孤独以及渴望被理解、被倾听的深切愿望。

"尺素"代指书信，"难凭尺素"意味着书信难以到达，或者即使能够送达也无法真正准确传达内心深处的情感，表达了主人公想要传达情感却无法实现的无奈。"诉衷肠、谁与倾听"，这一句表达了主人公内心的孤独与无助，即便有千言万语，也找不到一个可以倾诉的对象。

"秋光渐老，愁绪难平"：主人公望向远方的长亭，感叹秋天逐渐远去，内心的愁绪难以平复。全词在一种深深的哀愁和无尽的思念中结束。这里通过"秋光渐老"再次强调了季节的变迁，而"愁绪难平"则说明了主人公内心的忧愁并未随时间的推移而减少，反映了主人公对人生无常和世事变迁的深刻认识。"吹老"二字生动地刻画出时间的力量，曾经的一切都已逝去，只能在回忆中寻找。"秋光渐老"与"愁绪难平"之间则形成了时间与情感的反差，暗示主人公内心的挣扎。

这首《玉蝴蝶·秋思》通过细腻的景物描写、寓情于景的手法、对比与映衬的运用以及和谐的音韵和节奏，成功地表

达了主人公在秋天里对远方故人的深深思念和无法言说的愁苦之情。

人们常以为AI乃是机器，没有任何感情，其背后的逻辑只是简单地对文字加以学习和运用，创作出来的文章多空洞无物。但事物发展总有一个过程，能够看到AI在不断进步。通过这首词我们可以看到，文字是情感的载体，但是对AI来说，情感是文字的目标，需要表达哪些情感，就寻找相应的文字来描述，这与人类创作诗词的基本逻辑是一样的。虽然AI永远取代不了人，但它却可以用另一种形式将人类文明保留下来。

永遇乐·玄武湖漫步

弦月低平，霓虹灯影，幽景无限。绿盖微波，蜻蜓戏水，碧藕湖中陷。晚约湖畔，明光暗闪，漫步笑颜初展。九折回、林间稍顿，石桥忆往昔憾。

不归倦客，山中寻路，望断天涯尤暗。一梦黄粱，桃源归处，空看微波喘。旧情飞逝，空留遗梦，但见新人相伴。此时看、潭中晓月，为余苦叹。

AI解读

《永遇乐·玄武湖漫步》这首词宛若一幅流动的诗意图，以玄武湖那浩瀚而神秘的景致为画布，巧妙地将自然界的灵韵与人生的哲理思考融为一体，绘制出一幕幕动静交织、情感深邃的绝美场景。

词人以一支幽远而细腻的画笔，轻轻勾勒出玄武湖畔漫步的每一帧画面。波光粼粼的湖面，仿佛是大自然最纯净的眼眸，映照着词人心中的万千思绪；轻风摇曳的荷叶，又如同时间的纤手，轻轻拨动着记忆的琴弦；初月下的霓虹闪烁，就像是一张张一闪而过的电影胶片，记录着岁月流淌的片段。这不仅是一场身体的漫步，更是一次心灵的洗礼，让词人在回忆与现实的交织中，感悟生命的真谛。

词人以其敏锐的情感触角，深入挖掘并放大了每一次心绪的微妙变化。那对过往岁月的温情追忆，如同湖面上轻轻飘荡的雾气，朦胧而又缠绵；对当下生活的深刻感慨，如同湖畔的礁石，坚定而又沧桑；对未来时光的淡淡忧虑，则如同天空中的一抹轻云，缥缈而又引人遐想。这种将个人情感与自然景象完美融合的写法，不仅增强了词作的艺术魅力，让读者在品味词句的同时，仿佛也置身于美丽的玄武湖畔，与词人一同漫步，一同思考。

词人通过对玄武湖季节更迭、时间变换的细腻描绘，不仅展现了自然界的壮丽，更以此为镜，映照出内心世界的波澜起伏。这种将自然景象与人物心理深度结合的写法，使得整首词情感饱满，意蕴深远，引人无限遐想。

"弦月低平，霓虹灯影，幽景无限"：夜晚的玄武湖上，弦月低垂，湖面倒映着城市的霓虹灯光，营造出幽静又带着些许现代都市气息的氛围。"弦月"象征着时间的流转与静谧，而"霓虹灯"则是现代都市的符号，两者相互交织，展现了古今交融的独特景致。

弦月象征着残缺之美，弦月低平预示着即将失落的月亮，象征着现实的暗淡，使人联想到过去的美好不再，而霓虹灯影则代表了现代都市的繁华，象征着未来的热烈，两者结合，既展示了夜晚玄武湖的独特魅力，又反衬出词人内心淡淡的哀愁与遗憾。

"绿盖微波，蜻蜓戏水，碧藕湖中陷"生动地描绘了玄武湖的自然美景：荷叶如盖，轻轻摇曳于微波之上，蜻蜓点水，增添了几分生动与趣味，碧藕隐没于水中，充分展现了夏日里玄武湖的生机与活力。通过绿叶、微波和蜻蜓的活动，强化了湖水的生动和幽静，写出词人独具慧眼发现的自然之美。

"碧藕"二字既形象地表现了景色的清新脱俗，也暗含了其在古典诗词中浓厚的象征意义——生活的充实和美满。"绿盖"形容荷叶覆盖湖面，在微风的吹拂下，微波荡漾；蜻蜓在水面上轻巧地飞翔，莲藕在碧绿的荷叶之间半隐于水中，一幅生机勃勃的画面。

这些自然景象的描绘，不仅增添了画面的生动性，也反映了词人内心的平静与和谐。荷叶、蜻蜓、莲藕等元素在中国传统文化中通常与高洁等意关联，此作中或许还暗含着词人对于纯真情感的向往。蜻蜓的轻盈与自由，或许正是词人内心渴望摆脱束缚、追求自由与宁静的象征。

"晚约湖畔，明光暗闪，漫步笑颜初展"：与友人相约来到湖边，湖面反射的光芒忽明忽暗，漫步其间，两人脸上都洋溢着微笑，显得十分轻松。明光暗闪是指月光与灯光的明暗交织。明暗闪烁的灯光与微笑中的漫步，营造出和谐的氛围，笑声表现了词人夜游玄武湖的愉悦之情。

通过灯光明暗的变幻和人物表情的变化，展现了词人情绪上的微妙波动：从最初的宁静到漫步时的愉悦。

"九折回、林间稍顿，石桥忆往昔憾"：在曲折蜿蜒的小径上行走，漫步于树林间，走过一座石桥时稍作停留，词人心中不禁想起往日的一些错过与遗憾。

"九折回"形容玄武湖中曲折的小径，"林间稍顿"和"石桥忆往昔憾"则表达了词人在漫步过程中对过去的回忆和遗憾。这里的"九折回"和"石桥"不仅是物理空间上的转换，也象征着人生路上的曲折与回顾。通过"九折回"的曲折路径与"石桥"这一具体地点，将时间与记忆紧密交织在一起。漫步过程中的转折，也是引导读者进入词人的内心世界，对于过去的遗憾和回忆的过程。通过"石桥"这一具象的符号，强化了时空切换的力量。石桥不仅是物理空间上的一个点，更是词人记忆中某个重要时刻的标记，站在石桥上，仿佛穿越了时间的长河，回到了充满遗憾与不舍的旧日时光，这种时空交错的感受，使得词人的情感更加复杂而深刻。

"不归倦客，山中寻路，望断天涯尤暗"：此句表达了词人对未来的迷茫与探寻，他像是一个疲惫的旅人，在山中寻找出路，却望不见光明，未来依旧暗淡。这既是词人对个人境遇的忧虑，也隐含了词人对人生方向的深刻思考。

"倦客"暗含了词人内心的落寞，表达了词人对凡尘俗世的厌倦；向远方的眺望则透露出对外界的探寻和对未来的迷惘，表达了词人不愿放弃的执着，仿佛是在寻找一条通往心中理想的道路。"山中寻路"和"望断天涯尤暗"表达了词人对未知前途的迷茫和对实现心中抱负的渴望。"望断天涯尤暗"还表达了词人在寻路过程中内心的孤独和对未来的期望。

词人将自己比作一个疲惫的旅人，在山中寻找出路，却望不见前方的光明。这不仅仅是对个人境遇的简单描述，更是对人生哲理的深刻探寻。人生就像一场漫长的旅行，充满了未知与挑战，人们都在不断地寻找着属于自己的道路和方向。然而，有时候前路似乎一片迷茫，让人感到无助与彷徨。但正是这种探寻的过程，让人们更加珍惜眼前的风景，更加坚定内心的信念。

"一梦黄粱，桃源归处，空看微波喘"：这句借用"黄粱一梦"的典故，表达了词人对过往美好时光的怀念和对现实虚幻的感慨。把眼前的湖光水色比喻为"桃源归处"，象征着理想中的美好世界，流露出词人对理想世界的追求。但现实中却只能空对微波喘息，暗示着理想并未实现，只余下无奈，表达了词人对理想与现实差距太大，愿望无法实现的深深感慨。

"黄粱一梦"与"桃源归处"的对比,展现了词人对理想与现实之间冲突的深刻认识。黄粱一梦象征着短暂而虚幻的美好时光,而桃源归处则是每个人心中向往的理想世界。然而,现实往往并非如此美好,词人只能空对着微波叹息,感慨理想的遥不可及与现实的残酷无情。这种冲突与无奈,使得词人的情感更加深沉而真挚,也能够引起读者的情感共鸣。

"旧情飞逝,空留遗梦,但见新人相伴"这句描述了旧日情感的消逝和新情感的陪伴,反映了生命中情感的波澜和对新生活的接受。展现了时间的无情。旧情已逝,只留下淡淡的遗梦在心中萦绕,而新人却带来了希望与陪伴。这种新旧交替的现象不仅存在于个人情感中,也广泛存在于社会与历史的变迁中。词人通过这一对比,抒发了对过往的怀念与对未来的期许。

"不归倦客""旧情飞逝"表达了词人无法回到过往,或找回旧日情感的失落。与此同时,"新人相伴"则暗示了生活的继续,现实的流转。

"此时看、潭中晓月,为余苦叹":晓月的寂静映照出词人内心的苦痛与感叹。词人借月来代言,将自己对于过去、现在和未来的情感纠葛通过月的宁静表现出来。词人将目光投向潭中的晓月,仿佛晓月也在为他的遭遇而苦叹。这一句不仅赋予了晓月以人的情感,既呼应了开头的弦月,又深化了整首词的情感基调,使整首词在淡淡的哀愁中结束。晓月作为时间的见证者,静静地注视着词人的内心世界,仿佛也在为他的遭遇而苦叹。这一结尾不仅强化了全词的情感表达,也使得整首词在哲理的探索上得到了升华。它告诉我们:无论人生遭遇多少挫折与磨难,只要我们保持内心的纯真与善良,就一定能够找寻到属于自己的光明之路。

"为余苦叹"并非消极的哀叹，而是词人对人生体验的一种深沉反思。通过这一句，读者能感受到词人生活中沉痛与豁达并存。

《永遇乐·玄武湖漫步》借助在玄武湖夜景，通过细腻的景物描写与深刻的情感抒发，书写了词人对过往的追忆、对现实的感慨以及对未来的迷茫和探寻的心路历程，穿插了词人的回忆与情感变化，从最初的轻松愉悦到后来的怅然若失，最后以一种淡淡的哀愁结束，展现了一种复杂而丰富的情感层次和美学意境。整首词情感丰富、意境深远，值得细细品味。

这首词内容跨越了时间的轴线，从宁静的夜晚湖畔漫步，到对过去的回忆，再到对未来的展望，形成了一幅横向的情感画卷。它通过对玄武湖夜景的细腻描绘，展现了词人从喜悦到忧伤的情感历程，同时也蕴含了对时间流逝、生命无常以及理想与现实差异的深刻思考。词中寓含了对人生无常、梦想与现实之间的冲突、回忆与遗忘之间的矛盾，以及对生与死、过去与未来的深刻洞察。词人借助玄武湖的景色，阐释了生命循环的主题，提醒人们珍惜眼前，接受现实中不可避免的变化。

AI对这首词的分析十分准确，无须再做补充。

这首词写于2014年端午节前夜，属于偏早期的作品。那晚，受友人邀约，沿玄武湖夜跑。至今还清晰记得当时提着公文包，穿着牛皮鞋，陪友人围着玄武湖跑了一圈，长十公里。当时的自己正处于人生的迷茫中，正是这次夜跑和友人的交流，让我找到了新的方向，间接影响了后来十年的发展。

捣练子·秋思

秋意渐，醉清风。望断长空岁月匆。
碧荷卧居独自放，管他春夏与秋冬。

AI解读

　　《捣练子·秋思》是一首悠扬，尽显秋日情愫与人生幽思的绝妙辞章。此词以凝练而富有诗意的语言，勾勒出一幅动人心魄的秋日画卷，其间寓含了词人深邃细腻的个人情感与深远的人生哲理，引人遐想，令人沉醉。

　　词人以幽深之笔触，将秋日之景与内心之情巧妙融合，展现一种超脱尘世的淡然与豁达。这不仅是一首描绘季节的词，更是一幅深邃的人生画卷，让人在品味中感受到岁月的厚重与生命的韵律。

　　词人巧妙运用自然景象，以秋日的萧瑟、寂寥为引子，缓缓铺陈开一幅生动而富有情感的画面。落叶纷飞，如同岁月的碎片，一片片飘落在心头；秋风轻拂，带着一丝丝凉意，提醒着词人对时光流逝的细腻感知；碧荷独放，引起词人内心深处对人生的深刻反思。这些自然景象不仅描绘了秋日的韵味，更寓意着岁月的无情流逝与生命的短暂，引人深思。

在这些自然景象的映衬下，词人更深入地挖掘了人物内心的微妙变化。那份对未来的期许与忧虑，如同秋日天空中的云彩，变幻莫测，却又真实存在。词人以细腻的笔触，将这份情感描绘得淋漓尽致，让读者仿佛能听见词人内心深处的低语，感受到其对人生的深深思考。

品味《捣练子·秋思》，仿佛能穿越时空，与词人一同漫步于小径，感慨岁月的沧桑与人生的无常。词人对岁月流逝的感叹，以及超然于四季变化的心境，皆化作一缕缕轻烟，袅袅升起，让人在品味之余，更添一分对生命的敬畏与对未来的深思。

"秋意渐，醉清风"：开篇即点明时令，"秋意渐"三个字简洁地描述出秋天气息渐浓，起初尚未觉察，但在风中捕捉到了淡淡的凉意这一季节的变化。"醉清风"则表达了词人沉浸在秋高气爽的氛围中，仿佛被秋意陶醉。

"秋意渐"，点明时令，秋天在时间上意味着一年中的后期，它让人联想到成熟与衰落、收获与寂寥并存。在这个意象的点缀下，引出了词人对岁月蹉跎的感慨，秋天的气息逐渐浓厚起来。秋意浓，这是季节转换的必然过程，给人一种时光转瞬即逝的感受。

清风既可感知秋的凉爽，也有一丝淡淡的忧愁。风的动感增加了画面的生机，同时也间接表露出词人心中的惆怅。清风虽然凉爽，但因为秋意渐浓，有一种清洌的感觉。"醉清风"不仅表达了词人对秋风的喜爱，还隐含了一种因季节变迁而生的淡淡哀愁，这种情绪往往与秋天的萧瑟、离别和收获有关，预示着生命的成熟和终结。"醉"字用得极为巧妙，不仅描绘了秋风的轻柔与宜人，使人仿佛沉醉其中，还带有一种情感上的沉醉与放松，表达了词人对这秋日清风的喜爱与享受。这里的"醉"既可理解为受到清风的影响而陶醉，也可以理解为因感受到秋天的萧瑟而有些许醉意和迷茫。

"望断长空岁月匆"：抬头仰望广袤的天空，感叹时光如梭，岁月匆匆流逝。"长空"指无垠的天空，象征广阔、无限的空间，让人觉得自身的渺小，也隐含着对生命无常、岁月无情的体悟。"望断"二字透露出词人内心的期待和怅然，人生的无常与短暂在眼前似乎变得清晰可见。

"望断长空"不仅仅是视觉上的远眺，更是心灵上的追寻。长空象征着无限的时间和空间，展现了词人广阔的视野和对远方的向往，同时也隐含了对过往岁月的回望和感慨。词人抬头远望，视线穿透广袤的天空，这种"望断"的动作，既是对远方景象的探寻，也是对过往岁月的回望。"望断"一词透露出一种无奈与疲惫，词人似乎望尽了天际，却看不到尽头，岁月匆匆如流水，难以逆转。"岁月匆"直接点出时间流逝之快，岁月如梭，转瞬即逝，深思生命的短暂与时间的珍贵。

"碧荷卧居独自放"：在一片秋意之中，词人却意外地提到了"碧荷"，这是一个通常与夏日相关联的意象，在此处却以"卧居独自放"的姿态出现，显得格外引人注目。这里的"碧荷"象征着某种高洁、坚韧的品质，即便在不适宜的季节，也依然坚持自我，独自绽放。

"碧荷"指的是绿色的荷叶，词中描绘的是荷花在秋季依然绽放池塘的景象。"卧居"一词形象地描绘出荷花安静地躺在水面上的优雅姿态，表达了出一种自在、闲适的意态，而"独自放"则强调了荷花不随季节变换而凋谢的坚韧和独立精神。"卧居独自放"语言精练，显示出荷花的从容与自在。

荷花在中国文化中常被赋予高洁、坚韧的品质。这里的"碧荷"在秋天仍旧独自绽放，象征着即使处于逆境也能保持自我、坚持信念的精神。它不受季节限制，超越了时间的束缚，展现一种独立于外界变化的内在力量。这里借碧荷来象征词人自己，表达了词人超然独立的人生态度，哪怕世界变化再快，也能坚守自我。

"管他春夏与秋冬"：无论春夏秋冬，荷花都保持自己的本色。这是一种超然的态度，表现了词人对自然节律的坦然接受和淡定。无论外界环境如何变化，季节如何更迭，都无法影响到"碧荷"的坚持与自我。这种态度也映射出词人对人生的看法：无论遭遇何种境遇，都应保持内心的独立与坚韧，不为外界所动。

最后一句表现出词人的洒脱和豁达。无论外界环境如何，无论是春夏的生机勃勃还是秋冬的宁静凋零，他都处之泰然，无所畏惧，只管享受当下。这是一种淡泊名利、随遇而安的生活哲学，体现了词人对自然规律的尊重和顺应。这也是对人生哲理的高度提炼，告诉人们要顺应自然规律，接受并欣赏生命中的每一个阶段，不必过于执着外在的得失，而是要关注自我的成长和生命体验。

《捣练子·秋思》这首词通过简练而富有表现力的语言，描绘了秋天的景象，并借助荷花的意象，抒发了对岁月流逝的感叹和超然于四季变化的心境。词中的景物描写与哲理思考相结合，使得这首词不仅情韵充沛，同时也具有深厚的思想内涵。通过秋天特有的景象，表达了词人对时间流逝的感悟，对生命意义的探索，以及对内在精神、价值独立性的珍视。这首词展现了中国古典文学中常见的"天人合一"思想，即人与自然和谐共处，从中汲取智慧和灵感，达到心灵的净化和升华。

秋日的景象寓含了对时间流逝的感慨、对生命短暂的沉思，以及对坚持自我、超然物外的赞美。词人以细腻的笔触和深刻的哲理，引导读者在品味秋日美景的同时思考人生的意义

与价值。全词弥漫着淡雅的美和豁达，使读者在欣赏自然美景的同时，也能感受到词人内心的宁静与智慧。

自评

这首词寓意简单明了，AI点评准确，无须赘述。

这首词写于生活中遭受污蔑和侮辱的时候，路过一处荷塘，时值秋天，原本是夏日开放的荷花在渐凉的秋季仍绽放着，独立于世，遂有感而作。

清平乐·孤城闭

　　春寒料峭，疑是秋来早。天若有情天亦老，花落丛中独篝。

　　一世知己疏离，孤城相伴无涯。只恨是非难料，人生苦短难期。

　　这首《清平乐·孤城闭》仿佛是一幅淡墨轻染的春日画卷，缓缓铺陈，将读者引入一个既清冷又深情的诗意世界。春寒料峭之时，万物复苏之中却透露出不易察觉的萧瑟，正如词人心中那难以言说的孤独与哀愁。

　　孤城，静默地矗立于苍茫大地之上，城门紧闭，仿佛是一个被时间遗忘的角落，又似词人内心深处那片无人触及的净土，清冷而孤独。

　　城外，春风虽已至，却仍有深入骨髓的寒意，正如词人心中对过往岁月的深深怀念与对现实的无奈，交织成一种难以名状的复杂情绪。

　　词中，自然景象与人物心理巧妙融合，春日的寒冷不仅映照了自然环境的清冷，更象征着词人心境的孤寂与苍凉。每一缕寒风，每一片落花，都似乎在诉说着岁月的无情与人生的短暂。而词人，便是在这座孤城之中，静静地聆听岁月的脚步声，感受生命的每一次跃动与时间的流逝。

在这份静谧而又深沉的意境中，词人以其独特的艺术手法，将内心的孤独、哀愁以及对时光流逝的感慨，化作一缕缕轻烟，袅袅升起，弥漫在整首词作之中。读者仿佛能穿越时空，与词人一同站在那孤城之上，眺望着远方，心中充满了对未来的迷茫和对过去的追忆。

《清平乐·孤城闭》的意境，是一种内在的淡淡忧伤与对外在世界的深深思索，是对生命本质的深入追问和对人生无常的深刻感慨。它让我们在品味词句的同时，得以窥见词人深邃而复杂的内心世界，以及对生命、对时光、对孤独的独特感悟。

"春寒料峭，疑是秋来早"，明绘春景实写秋情。春天本应暖意融融，但这首词却以"春寒料峭"开头，尤其是"疑是秋来早"这句暗示了词人心境的凄凉，仿佛秋天已提前来临，表达了词人内心的落寞。

"春寒料峭"形容春天的寒冷依旧刺骨，给人一种春天尚未真正到来的感觉，为整首词设定了一种冷清的氛围。以初春的寒冷为引子，不仅描绘了初春的独特气候，也隐喻了词人内心的凄凉与孤独。

"疑是秋来早"表达了词人对季节变化的错觉，春寒使得词人误以为是秋天到来，将春寒与秋天的早到相提并论，加深了对时间流逝的感慨。同时，春天本是万物复苏的季节，但是词人却误以为是万物萧条的秋天，这种错觉反差，更加深了整首词凄冷、孤独的氛围。

"天若有情天亦老"：词人借用古人诗词中的名句，将人的情感拟人化，表达了如果上天也有感情的话，也会因世事变迁而感到疲惫衰老，以此来表达词人对天地无情的感慨和世事沧桑变迁的感叹。这句与"花落丛中独笑"形成了强烈对比，花在凋落中独自微笑，这或许是对世态炎凉的淡然，也或许是对自己命运的无奈自嘲。这里包含了两层意思：一层形容花儿凋零但仍能自我安慰，另一层也暗示词人的孤独和自我嘲讽。花朵虽然凋谢了，却依然在花丛中独自微笑，这似乎是在说即便遭遇挫折与孤独，词人仍能保持一种超然的态度，自我安慰，自我解嘲。

"花落丛中"描绘了花朵凋零的景象，而"独笑"则形容词人在花落之时仍然能够独自笑对，可能是对生命无常的豁达，也可能是对孤独的自嘲。花落的意象常用来象征美好事物的消逝，而"独笑"则表达了词人对这种消逝的无奈接受和自我安慰。

"一世知己疏离，孤城相伴无涯"：词人与知己之间疏远，内心孤独。此外这里的知己也可能隐喻词人内心的美好追求和未能实现的期望。

"孤城"可能是指实际的居住环境，或是喻指一个虚拟的孤独世界，也可能是词人内心的写照。孤城作为封闭、隔绝的象征，与词人的孤独心境相映衬。"无涯"则强调了这种孤独感的无边无际和难以摆脱。

"一世知己疏离"表达了词人对人生知己难求的感慨，即使有知己，也难免因时间的流逝而疏远。

"孤城相伴无涯"进一步强调了这种孤独感，词人仿佛置身于一座孤城之中，与世隔绝，无尽的孤独感如影随形。

"只恨是非难料，人生苦短难期"：这是词人对现实生活和社会的深深感叹，意指人生充满了不确定，而生命的短暂更让人感到无奈和哀愁。

这两句总结了全词的情感，是点睛之笔，表达了词人对于世事无常的无奈和人生短暂的感慨。"是非难料"指的是人生中难以预料的变故，"人生苦短难期"则是对于生命有限的深刻反思。"只恨是非难料，人生苦短难期"，寥寥数语便勾勒出人生的无奈。

《清平乐·孤城闭》是一首融入自然景象和人生哲理的词作。通过对秋天的寒冷、花朵的凋零、知己的疏离和孤城的孤独等意象的生动描绘，展现了词人对人生无常、孤独无依和岁月流逝的深刻感慨。借景抒情、对比反衬、象征隐喻等多种手法的运用，使得整首词意境深远、情感真挚动人。

自评

这首词写于2020年春，恰值电视剧《清平乐》热播之际，而其改编自米兰lady的小说《孤城闭》。这首词所表达的主题和电视剧及小说的主题接近，即人生而孤独。孤独既不是自我惩罚，也不是岁月的摧残，而是一种自觉的静思和独处，是一个人生命里最高级的存在状态，也是唯一真实的存在。

AI在解读过程中，错进错出，因电视剧播出于春季，首句实写春，但AI解读为明春实秋，这种季节错位的解读，反而让这首词的情感基调比直接解读为春更添几分凄凉。这或许是AI在解读多首诗词后的领悟，也或许只是误打误撞后的解读，总之不禁让人眼前一亮，更添几分趣味。

（四）物语

桂枝香·咏桂

秋高气朗，赤色染初枫，层峦新象。桂蕊羞开，香溢满城犹藏。独凌乱落人间散，异群芳，弃春秋降。煦风和面，不知秋晚，莫言孤放。

谢春回，犹怜我怅。艳色胜春华，脉脉相望。叶落初黄，采墨菊东篱傍。芳妍误扰惊秋思，见南山，凉风渐长。海川易变，四时一瞬，把凡生忘。

《桂枝香·咏桂》这首词宛若一曲悠扬的古韵，轻叩心弦，以咏桂为引，巧妙地将桂花的独特神韵与人生哲理深度交融，绘制出一幅既绚烂又深邃的文学画卷。词人细腻温婉的笔触，携带着丰富而生动的意象，将桂花于秋日里傲然绽放的绝美景象细腻地勾勒于读者眼前，令人仿佛置身于那片芬芳馥郁之中，感受桂花独有的韵味与风情。

在词中，桂花的形象被赋予了无尽的生命力。金黄点点、芬芳四溢的桂花，仿佛是大自然最精致的杰作，它们在秋日的阳光下傲然绽放，展现超凡脱俗的美丽。词人通过细致入微的描绘，将桂花的韵味与风情展现得淋漓尽致，令人仿佛闻到了那扑鼻的芳香，感受到那清新的气息。

然而，这首词并不仅仅停留在对桂花外在美的赞美上，词人更深入地挖掘了桂花所蕴含的人生哲理。桂花的短暂花期，如同人生的短暂与珍贵，提醒我们珍惜每一个美好的瞬间；桂花的孤独挺立，又象征着人生的坚韧与不屈，展现了不屈不挠的精神风貌，激励我们在困境中勇往直前。

《桂枝香·咏桂》以其独特的艺术魅力，将桂花之美、人生哲理以及词人的情感完美地融合在一起，构成了一幅既生动又深刻的生命画卷。它不仅是一首词，更是一部充满智慧与情感的文学佳作，值得我们细细品味、深深感悟。在这首词中，我们不仅领略到桂花的美丽与芬芳，更感受了生命的韵律与人生的真谛。

"秋高气朗"简洁地勾勒出秋季的鲜明特征，天空高远，气候清爽，为桂花的盛开提供了绝佳的条件，也为整首词设定了一个开阔的自然背景，为桂花的出场铺垫了清新而深邃的背景。

"赤色染初枫，层峦新象"：秋季不仅是桂花盛开的季节，也是枫叶变红的季节。"赤色染初枫"形象地描绘了枫叶在秋风的吹拂下，逐渐变红的动态过程。而"层峦新象"则暗示着山峦因枫叶变红，换上了新装，展现新气象。

这一句进一步描绘秋天的色彩与景象：枫叶初红，层峦叠嶂间呈现新的面貌，展现秋天独有的韵味，凸显了季节的更替和大自然的美丽。"赤色染初枫"不仅仅是视觉上的美

景，更是秋天生命力的独特体现。而"层峦新象"则暗示了大自然的更新换代，如同人生的每个阶段都有其独特的意义和价值。

"桂蕊羞开，香溢满城犹藏"：前面对秋季的自然环境做了铺垫之后，这句转而聚焦于桂花，桂树枝头的花蕊羞涩地绽放，香气弥漫在城市的每一个角落，即使努力隐藏也难以遮掩。用"羞开"二字赋予桂花以娇羞之态，其香气虽浓郁却又不失含蓄，仿佛故意隐藏于城中各处，引人探寻。"桂蕊羞开"用拟人手法，赋予桂花以羞涩的情感，仿佛她不愿意过多展露自己的美丽。而"香溢满城犹藏"则形容桂花香气浓郁，却又似有若无地弥漫在城市之中。"羞""藏""溢满"反映了桂花谦逊与内敛的特质，暗喻词人内心深处的谦卑与自我克制。对比之下更显出桂花不与群芳争艳的独特气质，表达了词人对品德高洁的追求。

词中"秋高气朗""赤色染初枫""桂蕊羞开"等句，不仅是对秋季自然景象的准确描绘，更通过细腻的观察和感受，将秋日的清新、枫叶的热烈、桂花的娇羞等自然之美生动地呈现在读者面前。这种对自然之美的捕捉和深刻描绘，不仅体现出词人对自然环境的独特观察和感悟，也是词人情感与自然景物相互交融的结果。

"独凌乱落人间散，异群芳，弃春秋降"：桂花不像其他花朵盛开于热闹的春天，而是选择在秋天独自开放，其落英缤纷，虽孤独却高洁，散落在人间，仿佛舍弃了春天的繁华，选择独自融入萧瑟的秋意之中。

这里"独凌乱落人间散"形容桂花不与群芳争春斗艳，独自在秋季绽放，其散落人间的姿态更显其高洁与脱俗，也暗含了桂花对季节的淡然态度，不刻意追求春之繁华或嫌弃秋之萧瑟，突出其与众不同的特质。

　　"异群芳，弃春秋降"进一步强调桂花不随波逐流，显示了它独特的品格。通过桂花的孤独盛开，与春天百花齐放的热闹景象形成对比，展现了桂花独特的生活态度和生存智慧。

　　"煦风和面，不知秋晚，莫言孤放"：凉爽的秋风吹拂脸颊，让人感觉温馨而不觉秋意凄凉。词人提醒读者，虽然桂花独立于世，但并无孤芳自赏之意，告诉世人不必感叹桂花的孤独。在和煦的秋风中，桂花仿佛不知秋已深，独自绽放而不觉孤单。这里既是对桂花坚韧生命力的赞美，也蕴含了词人对超脱世俗、自得其乐生活态度的向往。

　　"煦风和面"让人感受到秋天的温柔，而"不知秋晚"则表达了桂花对于时光流逝的淡然，她似乎并不在意季节的更迭，只是静静地绽放自己。这种"莫言孤放"的态度，透露出一种超脱世俗的自由精神，桂花不因外界评价而改变自己，独立坚守本心。"莫言孤放"表达了桂花虽然独自绽放，但并不感到孤独，反而有一种超然物外的自在。

　　"谢春回，犹怜我怅"：由物及人，词人借桂花之口，表达了对春天回归的渴望和对自身处境的怜悯，将个人情感与自然景象紧密相连，透露出词人对过往岁月的淡淡哀愁与怀念。桂花虽在秋天盛开，但它的内心似乎仍向往春天的美好。词人从桂花的描绘中引出自己的感悟：春天虽已过去，但心中仍怀有对过往的留恋与惆怅，这里的"我"可能指词人自己，也可能泛指所有经历过春去秋来、岁月更迭的人。

　　"艳色胜春华，脉脉相望"：桂花虽在秋季绽放，但其色彩与韵味却不输春日之花，与之脉脉相望，展现了桂花独特的魅力和生命力以及一种超越季节的美，也象征词人独立精神和情感的持久不衰。这句启示我们：生命的价值并不在于其出现的时间或形式，而在于其内在的品质和所展现的美。这里

"谢春回"与"艳色胜春华"形成对比，强调了桂花虽非春花，但与春花相比却含有过之而无不及的美。

这里的"谢春回"意味着春天的离去，而桂花却在秋天绽放，表现出对逝去时光的留恋。然而，桂花并没有因此而沮丧，相反，她以"艳色胜春华"的姿态，向世人展示了另一种美丽，这种美丽超越了季节的限制，达到了与春天"脉脉相望"的精神共鸣。

"叶落初黄，采墨菊东篱傍"：以"叶落初黄"点明季节的深入，叶子开始泛黄，正是采摘墨菊的好时节，东篱之下，一派宁静祥和，引出"采墨菊东篱傍"的意象，暗含了词人对隐逸生活的向往。同时通过描绘采菊的场景，进一步渲染秋天的宁静与淡泊。墨菊与东篱都是古典文学中常见的隐逸符号，此处与桂花相映成趣，通过描写菊花与桂花相伴的情景，再次强调了秋季特有的景象。菊花通常在秋季开放，与桂花一样，它们都是秋天的象征，共同构成了秋季独有的风景线，构建了一个超脱尘世的理想境界。叶落初黄，采墨菊东篱傍，以树叶转黄的细节和采墨菊的悠闲场景收尾，暗示时光流转，美好事物如桂花般虽短暂却留下了芬芳，寓意要珍惜生活中的美好并用心感受。

"芳妍误扰惊秋思，见南山，凉风渐长"：桂花的美丽意外地触发了词人的秋思，让他意识到秋天的来临，桂花的芬芳不经意间触动了他的思绪，抬头望向南山，凉风已渐渐增强。

这里"芳妍误扰"暗示了美好事物总能轻易触动人心，"见南山"则暗含了陶渊明"采菊东篱下，悠然见南山"的意境，表达了词人对超脱世俗生活的向往。"见南山，凉风渐长"不仅是对自然景象的描写，也是词人对人生境遇的反思，南山的静默和凉风的渐长，寓意着时间的无情和生命的有限。

"海川易变，四时一瞬，把凡生忘"：最后几句升华了这首词的主题思想，词人从自然界的变幻联想到人生短暂，表达了对自然规律的深刻理解，以及对人生哲理的洞察。海川的变迁和四季的交替，都是自然界不可抗拒的力量，而"把凡生忘"则表现了词人对平凡生活的超脱，提示我们应当珍惜当下，追求更高层次的精神境界，而非沉迷于物质世界的纷扰。"海川易变，四时一瞬"表达了自然界的变化无常，而四季更替只在一瞬间，人生如梦亦如露。"把凡生忘"是一种对平凡生活的超越，也许是在提示人们应当珍惜当下，不要被日常琐事所困，才能领悟到生命的真谛。

词人在结尾处以宏大的自然景象比喻人生的无常与短暂，鼓励人们忘却尘世烦恼，珍惜当下时光。不要被世俗的纷扰所牵绊，而要学会超脱，把凡尘俗世置于脑后，追求内心的宁静与自由。

这首词还蕴含着一种超越时空的情感共鸣。虽然词人是在咏桂，但他所表达的情感和哲思却是普遍而深刻的。无论是对于生命的短暂与珍贵的感慨，还是对于孤独与坚韧的赞美，或是对人与自然和谐共生的追求，都是人类共同的情感体验和哲学思考。

《桂枝香·咏桂》是一首情感丰富、意蕴深刻的诗词作品。它通过对桂花及其所处环境的细腻描绘和深刻反思，展现了人生的短暂与珍贵、孤独与坚韧并存、人与自然和谐共生以及超越时空的情感共鸣等多重主题和意蕴。这些主题和意蕴相互交织、相互映衬，共同构成了一幅生动而深刻的生命画卷。

 自评

这首词AI点评整体准确，但其中仍有部分不足之处，已

在行文中做补充。可见对于这种主题明确，没有太多特殊个人情感经历的诗词，AI已经能够分析得较为准确。试图让AI创作一首类似的词，然而对于《桂枝香》这个略显复杂的词牌，AI未能很好地创作出，并承认它在这方面的局限。

这首词写于迷茫之际，随着年纪见长，耳中不断充斥着循规蹈矩的教诲。南京的秋季仍然很温暖，仿佛置身于春季，桂花不同于其他花卉，选择在秋天独自开放，枫叶也不同于其他树叶，选择在秋季换上红装，菊花也是如此。既然生命如此多样，在不同的时间段，都有不同的精彩。那么人生为什么只有一种选择呢？偶然间穿行于城市巷陌之间，闻到桂花的香气，遂有感而发，写下这首《桂枝香·咏桂》。

诉衷情 · 咏菊

金菊犹胜早寒梅，香溢似春归。年华毕竟如水，但逝去，不曾回。

秋意落，叶成堆。莫徘徊。满怀离恨，暂下秋愁，又上春悲。

AI解读

这首《诉衷情·咏菊》宛若一幅精妙绝伦的秋日画卷，以秋菊为灵魂，巧妙地将词人细腻情感寓于秋菊的情韵之中，不仅展现了一幅时光悠悠、季节轮转的自然画卷，更深刻揭示了人生的离合悲欢与世事无常。它不仅是一首对秋菊的颂歌，更是词人情感与哲思的深刻流露，展现了时光流转、季节更迭的壮丽景象，以及人生离合悲欢的复杂况味。

在这首词中，菊花以其独特的韵味，成为词人情感的寄托与象征。词人以其细腻的笔触，生动地描绘了菊花的傲骨凌霜、色彩斑斓与香气袭人，将菊之特质展现得栩栩如生，仿佛朵朵菊花就在读者眼前绽放，令人陶醉不已。菊花在秋风中摇曳生姿，不畏寒霜，仿佛是词人坚韧不拔、高洁自守精神的化身。

　　词人对于菊花的赞美，并非仅仅停留在其外在的美丽上，而是通过菊花的特征，巧妙地抒发了自己内心的复杂情感。那往昔的美好回忆，如同秋日里的一缕轻烟，缥缈而又温馨，让人怀念不已；而生命的无常，则如同秋风的起落，让人在感慨中领悟到生命的真谛。

　　词人将个人情感与自然景物完美融合，以菊为镜，映照出自己内心的哀愁与感慨。他通过对菊花的深情描绘，展现了对时光流逝的无奈、对季节更迭的感慨，以及对人生离合悲欢的深刻体悟。这种寓情于景、情景交融的手法，使得整首词既具有极高的文学价值，又蕴含着深刻的人生哲理与情感力量。

　　《诉衷情·咏菊》以其独特的艺术魅力与深刻的哲理内涵让我们在品味词句的同时，也得以窥见词人深邃而复杂的内心世界，以及他对生命、对时光、对自然的独特感悟。

　　"金菊犹胜早寒梅，香溢似春归"：菊花在秋日里绽放，金色的花瓣比早开的寒梅略胜一筹。菊花的香气弥漫，似乎春天又回到了人间。这里通过对比菊花与寒梅，突出了菊花的独特魅力，同时借菊花的香气比喻春天的气息，暗含了对美好时光的向往。

　　意象构建：在中国古典文学中，菊花常被视为高洁、坚韧、不畏严寒的象征。开篇即以"金菊"与"早寒梅"对比，突出了菊花在深秋初冬时节依然绽放的坚韧，其色彩灿烂，香气四溢，仿佛带来了春天的气息，打破了秋日的萧瑟与凄冷。

　　在这首词中，菊花不仅以其金黄色的艳丽和春归般的香气吸引了词人的注意，更以其在深秋中的独自绽放，成为词人独立自由精神的寄托，展现了词人对美好品质的追求和对生命不屈不挠的赞美。

　　情感寄托："犹胜"二字表达了词人对菊花傲然独放的

赞美之情,通过与早寒的梅花对比,展现了菊花的独特魅力和坚韧不屈的品格。菊花在秋风中盛开,其香气如同春天归来般浓郁,象征着即使在萧瑟季节,也有生命之活力与希望,暗含了词人对坚韧不拔、高洁自守品质的向往。

"年华毕竟如水,但逝去,不曾回":时间像流水一样不可挽回地流逝,一旦过去便无法回头。这一句表达了词人对时光易逝、岁月不居的深刻感受,隐含着对活力青春和往昔美好时光的怀念,提醒人们应珍惜当下,珍视生命里的每一刻。"但逝去,不曾回"进一步强调时间的不可逆转,一旦过去就无法回头,增添了词人对往昔的怀念和对现实的无奈。这里和上句"香溢似春归"形成了强烈对比,菊花虽然在秋天盛开,香味胜过春天的寒梅,但秋去可以春回,四季可以轮转,但对于人而言,却是年华似水,一去不复返,这种对比更添几分悲凉之意,引导人们思考生命的价值和意义。

哲理思考:由菊花的盛开自然过渡到对年华流逝的感慨。将"年华"比作"水",形象地描绘了时间无情、一去不复返的特点,透露出词人对生命短暂、时光易逝的深深忧虑。将年华比作水,是一种极为生动且富有哲理的比喻。水,无形无状,却能载万物,它不断地流淌,从不停歇,象征着时间的无情流逝和生命的短暂。这种比喻让词人对生命的感悟更加具象化,也让读者更深刻地体会到时间的宝贵和生命的脆弱。

情感深化:在赞美菊花的同时,也表达了词人对人生无常、青春难驻的无奈与悲哀,为全词奠定了感伤的基调。

"秋意落,叶成堆。莫徘徊":秋天到来,树叶纷纷落下,堆积成堆。通过描写秋天的落叶,渲染出一种哀而不伤的氛围,再用"莫徘徊"三字点明了词人向前看、不回头的决心,尽管心中充满了离愁别绪("满怀离恨"),但词人明确地表达了不因秋日悲凉而停滞不前的积极态度。

场景转换：从对菊花的直接描写转向对秋日景象的描绘，秋意渐浓，落叶成堆，营造出一种萧瑟、凄凉的氛围。

情感劝慰：面对秋日的衰败景象，词人发出"莫徘徊"的劝慰，既是对自己的提醒，也是对所有在时光流逝中感到迷茫与哀伤的人的慰藉。鼓励人们不要沉溺于过去的悲伤与遗憾中，要勇敢面对现实，继续前行。

"满怀离恨，暂卜秋愁，又上春悲"：即使心中充满了离别的哀愁，暂时放下了秋天的忧郁，却又会迎来春天的悲伤。这表明词人情绪的复杂多变，无论在秋天还是春天，都无法摆脱内心的愁绪。这里的"春悲"是指对美好时光逝去的悲痛，也指向对未来的某种忧虑。

此句集中表达了词人的复杂情感。先是"满怀离恨"，表达了词人对离别、失去等人生苦难的深切感受；接着"暂下秋愁"，似乎秋日的忧愁暂时得到了缓解；但紧接着"又上春悲"，揭示出这种缓解只是暂时的，春天的到来并没有带来真正的喜悦与希望，反而因为春天的生机勃勃而更加触发了词人对逝去时光的怀念与悲伤以及对生命无常的感慨。这句揭示了词人情绪的波动——秋天的悲伤尚未化解，春天又带来了新的感伤。这里的"又上春悲"不仅指季节更迭带来的情感转变，也可能象征着生活中的不断变迁和轮回带来的感伤。

词中的"离恨"与"秋愁"是两种相互交织、难以割舍的情感。离恨，源于人生的离别与失去，它让词人的心中充满了无尽的哀愁与痛苦；而秋愁，则是对季节更迭、生命衰落的自然反应，加深了词人对人生无常的感慨。这两种情感的交织，使得词人的内心世界变得更加复杂而深邃。

在词的结尾，词人出人意料地引入了"春悲"这一概念。通常，春天是万物复苏、生机勃勃的季节，是希望与喜悦的象征。然而，在这里春天却成为词人悲伤的源泉。这种反常的情感表达，实际上是对词人内心深处更深刻、更持久的悲伤的揭示。它表明，无论季节如何变换，无论时间如何流逝，词人心中的那份离恨与哀愁始终都无法释怀。

艺术效果：情感的起伏与转折，不仅增强了这首词的艺术感染力，也深刻揭示了人生情感的复杂与多面。在季节的更迭之中，词人不断体验着离愁别恨、时光流逝的苦涩与无奈。尽管词中充满了离恨与哀愁，但词人并没有沉溺于其中无法自拔。相反，他通过对菊花的赞美和对时间的深刻认识，逐渐实现了情感的超越与升华，学会了在悲伤中寻找希望，在失落中寻找力量，让自己的内心变得更加坚韧而强大。

《诉衷情·咏菊》不仅是一首优美的咏物词，更是一首充满哲理与情感的佳作。它通过对菊花的赞美、对时间流逝的感慨以及对词人情感的细腻描绘，展现了词人对人生、时间、季节的深刻理解与独特感悟以及对过去美好时光的怀念和对现实的无奈。同时它也让我们在欣赏自然美景的同时，思考生命的意义与价值，感受人生的酸甜苦辣与悲欢离合。这种将个人情感与自然现象相结合的艺术表现方式，体现了中国古代文学独特的审美情趣和人文精神。

自评

AI在诗词解读分析上表现得越来越可靠，虽有不足但稍作补充便基本能够准确解读。补充的部分是"不曾回""春归""暂下""又上"等。大自然在秋天依然有春天里的花香回归，春天也会面临秋季里花开花落的春愁，四季周而复始，而人生却只是单行线。人生最忌一个"满"字，不如意乃是常事，秋愁和春悲是陪伴我们一生的主题，莫徘徊，且行且乐且珍惜。

诉衷情 · 秋思

霜风渐紧叶纷飞，秋意满长堤。孤鸿南去无踪，空载几声啼。

思渺渺，意凄凄。梦难回。故园何处，月照寒林，心事难知。

AI解读

这首《诉衷情·秋思》宛如一幅细腻入微的秋日风情画，不仅展现了秋日特有的景致与氛围，更深刻地表达了主人公对故乡的绵绵思念与无尽情愫。

在这首词中，主人公以其敏锐的观察力与丰富的想象力，将秋日的独特景象描绘得淋漓尽致。落叶纷飞，如同故乡的书信，承载着主人公对家乡的深深眷恋；秋风瑟瑟，仿佛故乡的呼唤，勾起主人公无尽的思乡之情；寒霜初降，更添几分凄凉与萧瑟，让主人公的怀乡之情愈发浓厚。

除了对秋日景象的描绘，这首词还巧妙地运用了诸多意象，以表达主人公怀乡之情。主人公或许借用了远行的孤雁，寓意自己漂泊异乡、无依无靠的境遇；又或许以枯黄的落叶为喻，象征自己离乡背井、岁月蹉跎的无奈。这些意象的巧妙运用，不仅使得整首词的情感表达更加生动形象，也让读者在品味中感受到主人公那份深深的思乡之愁。

"霜风渐紧叶纷飞，秋意满长堤"：霜风加剧了秋日的萧瑟，落叶纷飞，长堤弥漫着浓郁的秋意。多角度的外部环境描写，渲染出秋日寂寥和凄凉的氛围，描绘了秋天霜风渐起，树叶纷飞，长堤上充满了秋意。这里通过"霜风""叶纷飞"等意象营造出秋日里萧瑟、凄凉的氛围，为全词奠定了情感基调。

"霜风"指的是初秋时带有寒意的风，这里用来形容秋风的寒冷和强劲，"渐紧"则描绘了风力逐渐增强的过程，"叶纷飞"则描绘了秋风吹过树枝，树叶纷纷飘落的景象给人以萧瑟、凄凉之感，同时也暗示了生命的凋零。

"秋意满长堤"：秋意弥漫整个长堤，长堤作为自然与人工结合的景致，既指某一具体地点，也隐含着主人公在此处漫步时对秋天气息的独特感受。"秋意"指秋天的气息或情绪，"满长堤"则形容秋天的景象已经遍布整个长堤。这句进一步强调了秋天来临时的独特气息和其带来的情绪影响。

"孤鸿南去无踪，空载几声啼"：孤鸿南飞，无影无踪，只留下几声啼鸣在空中久久回荡。孤鸿象征离别之人，它的南飞无影，象征着远行的无力和情感上的失落，代表了主人公的孤独与无助。而久久不绝的鸣啼声则承载了主人公的怀旧之情和孤独。

"孤鸿"即孤独的大雁，大雁在中国文化中常常被用作传递书信的象征，此处的"孤鸿"强调了它的孤单和远离群体的状态。"孤鸿"这一形象，不仅描绘了自然界中大雁独自飞翔的孤独，也隐喻了主人公内心的孤独，体现了其对孤独的深刻体验。

"南去无踪"形容大雁南飞后消失在视野中，暗示了主

人公无法追寻到想要寻找的对象抑或是指对无法实现的愿望的失落，表达了对离别和孤独的感受及对失去某种感情或无法触及的事物的深深遗憾。

"空载几声啼"描述了几声大雁的鸣叫在寂静、空荡的天空中格外清晰，加重了主人公内心的孤独情感。"空载"形容大雁离去后留下的辽远、空荡的天空。这句通过描绘孤雁的鸣叫，表达了主人公对逝去时光和离别之情的哀伤。

"思渺渺，意凄凄，梦难回"承接上句，描绘了主人公思绪缥缈不定、无处寄托的状态，就像一只大雁孤零零地飞翔在天空中，独自悲鸣。"意凄凄"写出了主人公心中深深的悲凉和哀愁。"梦难回"象征着对过去的时光无法挽留。

"思渺渺"和"意凄凄"形象地描绘了主人公内心的纷扰与哀伤。这里的叠字"渺渺"和"凄凄"加强了情感的表达，使得词句更加富有韵律美和音乐性，同时也增强了主人公内心情感的深度。"梦难回"则表达了主人公对过去美好时光的深深怀念和无法重现的遗憾，也反映了其对人生无常的感慨和命运无法逆转的深刻认识，引发读者对生命意义的终极思考。

"故园何处，月照寒林，心事难知"是对前文情感的进一步升华，是全词的点睛之笔。主人公自问故园在何处，只见月光照耀着寒冷的树林，心事却难以被人知晓，表达了他对过去美好时光的怀念和对未来不确定性的忧虑。月光下的寒林象征着寒冷和寂寥，暗喻主人公无法言说的思念和愁绪。

"故园何处"提出了一个疑问，表达了主人公对故乡的思念之情，同时也反映他此刻身处异乡的处境。

"故园"指主人公的故乡或旧居，象征着过去的美好时光。"何处"则表达了主人公对故乡的迷茫和寻找。这句通过提问，反映了主人公对故乡的深切思念。

"月照寒林"是夜景的描写，月光下的寒林给人以清冷、寂寞的感觉。"月照"形容月光照耀，"寒林"则指秋天寒冷的树林。通过月光和寒林的描写，营造出一种孤寂和清冷的氛围。

"心事难知"是对主人公内心复杂情感的总结，他有许多难以言说的心事，这些心事在月光下的寒林中显得更加沉重。揭示了主人公内心的痛苦和对未知命运的忧虑，使得这首词在表达秋思的同时，也透露出对生活的哲理性思考。

秋天在中国古典文学中常常被赋予一种悲伤和离别的意味。秋天的景象，如落叶、寒风等，常常用来象征人生的沧桑和岁月的流逝。通过对秋天景象的细腻描绘，传达了主人公对于时光流逝和生命短暂的感慨。

《诉衷情·秋思》通过描绘秋日的景象、孤鸿的南飞和丰富的内心情感，展现了主人公在秋天里对往昔时光的深切思念以及内心的孤独与惆怅。词中既有对秋日自然美景的细腻描绘，也有对个人情感的深入刻画，二者相互交融，共同构绘出一幅充满哀愁而又美丽的秋日画卷。

自评

《诉衷情》这一词牌对平仄和韵脚有着严格要求，AI尚不能创作出完全符合词牌平仄和韵律要求的诗词。创作时，在遵循基本格式的同时，巧妙地安排了情感的起伏和意境的转换，通过精心选择的语句和意象，创造出一种既具体又抽象的意境，让读者能够感受词中主人公内心的微妙变化，同时词中也留给读者足够的想象空间，使每个人都能在其中找到属于自己的情感投射。通过这首词，我们看到AI的进步空间很大，未来，AI一定能够像人类一样，创作出有血有肉、具备真情实感的诗词佳作。这也是撰写本书的用意：让AI读懂中国古

典诗词，让AI创作中国古典诗词，让AI将中国古典诗词发扬光大。

　　很多人认为即便AI能够独立写出一些具有情感深度的诗词，但它毕竟只是文字的堆砌，没有人类的生活经历和情感基础，属于空中楼阁、闭门造车。但凡事要辩证地看待，以有情之眼观无情之物，无情便也有情；以无情之心观有情之物，有情亦是无情。不管怎样，我认为，只要能够引起读者内心共鸣的，便是有情之物。

木兰花慢·咏雪

晚晴风猎猎，正吹起、叶更衣。淡酒入杯深，长空对饮，归鸟依稀。飘零倦寻去处，望人间寂纱、漫天飞。唯有山高气冷，恰纷纷挽余晖。

霏霏。竟未染分毫落处，惹人诽。奈落雪多情，江湖险恶，遗恨相辞。无言感怀旧事，更添千万意绪徘徊。帘卷西风几许，闭门不语无思。

AI解读

《木兰花慢·咏雪》以咏雪为绮丽开篇，巧妙地将词人对雪景的细微观察与对尘世的深邃体悟融为一体，蕴藉着丰厚的人文情怀与深邃的人生哲理，细腻地勾勒出词人内心世界的繁复与微妙。

词中对雪景的描绘堪称绝美。词人用细腻的笔触，勾勒出雪花轻盈飘落的姿态，它们如同天空中飘飞的羽毛，轻轻拂过枝头，覆盖了大地，将整个世界装扮成银装素裹的仙境。雪花在空中舞动，时而聚集，时而散开，如同精灵般在舞台上翩翩起舞。雪后的世界更是静谧而神秘，万物都被雪覆盖，只露出一些隐约的轮廓，仿佛整个世界都被雪洗涤得纯净无瑕，在夕阳的映衬下，更别有一番韵味。

词人对雪的感悟，更是深刻而独到。他看到了雪中的宁静与纯洁，感受到了雪带来的清新与寒冷，更领悟到了雪所蕴含的生命哲理。雪，既是冬日的使者，也是生命的象征。它用自己的生命，为大地带来了一片洁白与纯净，为万物披上了一层厚厚的冬衣。

词人通过对雪景的细腻描绘与深刻感悟，巧妙地表达了他内心复杂而深刻的情感，以及对人生哲理的独到见解。雪，是自然界的奇妙造化，也是词人内心情感的寄托与象征。在词人的笔下，雪景与心境交相辉映，形成了一种独特的艺术效果。通过对雪的高洁品质的赞美和雪对世间多情的深刻感悟，词人表达了他对人生的热爱、对世事的洞察、对独立人格的深刻思考和对高洁精神品质的孜孜追求。

"晚晴风猎猎，正吹起、叶更衣"：开篇即设定了时空背景——深秋时分，夕阳西下，风势强劲铺垫了季节转换的氛围。

晚霞映照的晴空中，寒风吹过，仿佛在催促落叶换上冬装。"晚晴"指傍晚天气放晴。"风猎猎"形容风势猛烈，生动地表现了风的声音和力度。"叶更衣"用拟人化的手法，形容暮秋时节，秋风吹动树叶，催促着树叶更换衣裳，形象地描绘了秋风扫落叶的生动情景，预示着冬日的到来，象征着万物更迭的自然规律。

"淡酒入杯深，长空对饮，归鸟依稀"：词人对着长空独自饮酒消愁，杯中美酒渐浅，虽酒色清淡却意味深长。词人心思沉重，虽然酒色清淡，却深深触动心弦，反映出词人内心的孤独：独自饮酒，面对长空，远处归鸟的叫声稀稀疏疏，在视线中渐渐模糊，更添几分落寞。

"长空对饮"形象地描绘出词人仿佛在旷野之中，独自一人仰望天空与天地共饮的情景，表现出词人内心孤独的同时又能独自饮酒排解这种孤独的乐观豁达态度。这句不仅仅是对词人独自饮酒的描绘，更是词人与宇宙展开对话的象征，表达了词人在孤独中自我慰藉与超然物外的情怀。

"归鸟依稀"象征着家的呼唤，让人联想到词人对故乡或心灵归宿的渴望。这一幕不仅展现了词人孤寂的心境，也通过"归鸟"暗喻了词人正在思索和寻找人生归宿之意。

"淡酒"可能指酒味不浓，增添了些许淡泊的意境，也反映出词人内心的空灵，与"归鸟"相呼应，反映出词人以归鸟自比，与天地对话，在孤寂中寻找人生归宿和对人生价值的思考。

"飘零倦寻去处，望人间寂缈、漫天飞"：此句直接转入对雪的描绘，雪花如同疲倦的旅人，又如同迷茫的归鸟找不到归巢，只能在寂缈的人世间漫天飞舞。这里既是对雪景的生动刻画，也寓含了词人对人生无常、漂泊无依的感慨。词人身心疲惫，不知何处去寻找安慰，独自面对人世的冷漠与空旷。雪花如词中的隐喻，无声地飘洒，词人就像一片飘零的雪花，找不到安身立命的地方，人生旅途充满了疲惫和迷茫。

"望人间寂缈、漫天飞"这句中词人自比雪花，以雪花的视角展开对世间万象的观察，雪片纷飞的壮观场景，营造出寂静而又辽阔的氛围，给人以无限的想象空间，表达了人世间的广阔无垠和个体在其中的无助与渺茫。

"唯有山高气冷，恰纷纷挽余晖"：雪中的高山显得更为峻峭，冰冷的气流中，只有夕阳余晖与雪花互相映照。

"唯有山高气冷"强调了高山的清寒，以山高气冷反衬雪花的纷飞，与世俗的喧嚣形成强烈对比。同时"挽"字赋予雪花以挽留日光的温柔姿态，形容雪花在夕阳下飞舞，挽留着最后一抹光辉，画面唯美而凄凉，增添了几分凄美与哀愁。

"霏霏，竟未染分毫落处，惹人诽"：雪花虽轻，但它无痕地掉落，却让观察者（词人）感叹"未染分毫"的雪花却无端惹来了世间的批评和指责，表达了词人对于无处不在的外界评价的坦然。

"霏霏"形容雪下得细密，细腻地刻画了雪的轻盈与密集。"竟未染分毫落处"描绘出雪花虽然飘洒，却未在地面留下痕迹，给人以轻盈之感，同时也强调了雪的纯洁无瑕，即使落在尘世间，也不受沾染，反映了词人对纯洁品质的向往和追求。同时借雪的清白无瑕，反衬世态的炎凉与人心的险恶。雪花的纯洁与高尚，与小人的诽谤形成了鲜明对比，表达了词人对自身清白的坚守与对世俗的无奈，引人深思。"惹人诽"暗示词人内心的矛盾，外界的评价与内心的纯净形成了冲突。

"奈落雪多情，江湖险恶，遗恨相辞"：雪象征着词人的情感，进一步将雪的"多情"与江湖的"险恶"相对比，暗示词人在复杂多变的社会中，虽有深情厚谊，却不得不面对种种艰难与遗憾。词人借雪的多情与江湖的险恶相对比，表达对人生复杂多变、充满挑战的感慨，以及因无法掌控命运、实现理想而留下的遗憾与惆怅。

"奈落雪多情"表达了雪的美丽与深情，但也透露出一种无奈，似乎雪也有它的苦衷——江湖险恶。

"江湖险恶"暗喻世道的艰难与人心的险恶，与雪的多情形成鲜明对比，暗示理想与现实之间的巨大差距。

"遗恨相辞"明写雪花落地无痕，仿佛带着遗憾离开人间，实则是暗喻词人也有未能释怀的遗憾，在告别之际显得情感更加深刻，表达了离别时的不舍与无奈。

雪在中国文化中常常象征着纯洁、高洁，词人对雪的赞美也是对其自身文化价值的肯定和追求。通过雪的清白无瑕与江湖的险恶相对比，展现了词人内心的高洁与无奈。雪花的纯洁与高尚，象征着词人对自己品行的坚持与追求；而江湖的险恶与小人的诽谤，则揭示了现实社会的复杂与残酷。这种对比不仅增强了诗词的艺术效果，也深化了诗词的主题思想。

"无言感怀旧事，更添千万意绪徘徊"：词人陷入对往事的深深怀念之中，心中充满了复杂的情感与思绪，似雪花纷飞，无法平息，徘徊不定，难以释怀。

"无言感怀旧事"揭示了词人内心对往事的怀念，但一切已成过去，只能默默回忆。

"更添千万意绪徘徊"描述了词人思绪万千，情感复杂，徘徊于心间。

"帘卷西风几许，闭门不语无思"：词人拉起帘幕，任凭西风拂过，只愿独处一室，静默无言，词人似乎在与自己对话，或是与心中的另一个自我对话，是对内心世界的探索，最终陷入深深的思考，达到一种超越言语的宁静与超脱。

最后以帘卷西风、闭门不语的画面作结，既是对外界纷扰的隔绝，也是词人内心情感的一种沉淀与自我释怀。这种看似"无思"的状态，实则蕴含了深沉的思考与无尽的感慨。表达了词人在经历种种人生波折和江湖险恶后，选择以沉默与内省来面对未来的态度。这种结尾不仅使全词在意境上达到了高潮，也给读者留下无限的遐想空间。

"帘卷西风几许"描绘了词人闭门不出，西风卷起窗帘的画面，象征着外界的寒冷与词人内心的孤寂。

"闭门不语无思"则展现了词人深沉的沉默，不愿言语，心中一片空白，仿佛是在思考人生的意义，也可能是在寻求内心的平静。

《木兰花慢·咏雪》不仅是一首描绘雪景的佳作，更是

一首寓含了深刻人生哲理与丰富情感内涵的抒情词。词人以雪为媒介，通过对雪景的描绘，抒发了对自然、人生、社会的深刻感悟以及对过往的怀念和对未来不确定的无力。

词中的"雪"不仅是一种自然现象，更成为了词人情感的载体，承载着词人复杂的心境与哲思，表达了一种超越物质世界的深层次的精神追求。这种表达方式使得词作不仅具有美学价值，也具有哲学和文化的深度。

AI大体上解读准确，有部分段落解读得不尽如人意。

"飘零倦寻去处，望人间寂缈、漫天飞"明写雪花飘舞，倦寻去处，看到人间寂缈，不想遗落人间，漫天飞舞。此处是承接了前文铺垫的自然环境：风猎猎，形容风很大，雪花似乎一直在漫天飞，无法落地，同时也反映了生活环境的不稳定性。

"唯有山高气冷，恰纷纷挽余晖"，山足够高，气温足够低，高山仿佛也有了感情，都在向雪花发出邀请，挽留雪花留下，与夕阳之下的落日余晖形成一种独特的自然美景。这里描写山越高气温越低的特点与气温越冷低雪花越能留存的特征是一致的，暗指物以类聚，人以群分。雪有其自身的高洁的特点，地面风大（江湖险恶），温度不稳定，不能留存，但山顶（山高气冷）却是雪留存的好地方。这句暗指人在社会中，总能找到适合自己的环境，而并非一定要委屈改变自己去适应环境，特别是对于像雪一样高洁的品质的坚守，更无须改变自己去迎合江湖的险恶。

"霏霏，竟未染分毫落处，惹人诽"此句转而写地面，雪花飘落地面，地面却未留一分，那些爱雪之人便出言诽谤雪花的无情。

　　"奈落雪多情，江湖险恶，遗恨相辞"此句以雪花的口吻反驳那些诽谤之人，雪是多情的，它来于自然，热爱自然，高洁而又美丽，只因世间险恶，才会带着遗恨离开。

　　如果这样解读，相信读者更容易理解这首词所表达的内涵。

一丛花·金陵初雪

冬辞寅转又一年，初雪画春妍。东风有信无人见，露微意、馥郁无边。人迹罕至，长街寂渺，灯暗影孤怜。

朝来依旧日含烟，天地换新颜。游人便做寻芳计，蜡梅落、应已争先。酌酒细思，人生聚散，唯雪月安闲。

AI解读

《一丛花·金陵初雪》是一首蕴藉风华、意境悠远的绝美诗词，它不仅以细腻的笔触勾勒出初雪的空灵画卷，更在字里行间深埋着词人对雪的痴情眷恋和对人生聚散无常的哲理沉思。

谈及文学性与艺术性，此词有许多值得称道的地方。它以精炼而富有韵律的语言，串联起一幅动人心魄的雪景，构建出一个如梦似幻的冰雪世界，令人仿佛置身于那银装素裹、玉树琼枝的仙境，引人入胜，令人陶醉。

而此词对冬日雪景的描绘更是独具匠心，令人叹为观止。词人以其敏锐的观察力，捕捉到了初雪降临时金陵城的静谧与神秘，以细腻的笔触刻画出雪花轻盈飘落、银装素裹的绝美景象。词人寓情于景，在漫天雪地中，独自一人走在长街上，将人生的聚散离合巧妙地融入如诗如画的雪景之中，使得整首词既具有视觉上的美感，又蕴含了深邃的人生哲理。

尤为令人称道的是，词人通过对初雪这一意象的精妙运用，巧妙地表达了对人生聚散随缘的深刻感悟。初雪如同人生的过客，短暂而美丽，它轻轻地来，悄悄地走，不留下一丝痕迹。词人借此比喻，抒发了对人生无常、聚散有时的淡然态度，以及随遇而安、顺其自然的生活哲学。在词中，我们可以感受到词人对初雪的喜爱与赞美，更能体会到他对人生百态的深刻理解与豁达胸怀。

"冬辞寅转又一年"这句中以"寅转"代表寅年过去，冬去春来，又是新的一年开始。

"初雪画春妍"：初雪就像是一幅美丽的画卷，预示着春天的到来。"画春妍"三字非常生动，既表达了初雪的美丽，也暗示了冬天即将结束，春天即将到来的自然规律。"画春妍"赞美了雪景的美好，同时也有冬去春来的意味。这里的"画"字使用得十分巧妙，给人以视觉上的享受，让人联想到一幅精美的画卷。用"画"字生动地描绘出初雪如同画笔，为即将到来的春天勾画出美丽的轮廓。词中用"初雪"作画来形容金陵初雪的景象，描绘出清爽明亮的气氛和金陵城独特的雪景风光：寒冷水汽笼罩，阳光洒在雪地上，一片片白雪如同轻盈的粉墨宣纸，大自然在这洁白的宣纸上留下了一幅美丽的画卷。新生的翠绿中增添了几分清凉，给初春投下一抹温暖的色彩，使得这初雪初晴的自然画卷更加生动且不可再现。"春妍"指春天的美丽，描绘了初雪后的金陵大地以茫茫白雪为被，天地初为一体，光滑无垢的雪景将江南地区勾勒得愈发清新苍翠。从视觉上，初雪展现了南京的冬季似少女明媚的微笑，娴静而优雅，使初春焕发出新的色彩和生机。

"东风有信无人见，露微意、馥郁无边"分别描绘了冬天的匆促与大自然的宁静。春风劲吹，将雪吹融如水，新生的春意无声无息，却也润泽万物，沁人心脾。东风通常指的是春季的风，这里提到东风，意味着春天的信息已悄悄来临，但因初雪而显得隐蔽，人们尚未能察觉。这句话也隐喻了美好的事物常常需要我们细心去发现。

"东风有信无人见"里的"东风"象征着春天的到来，它带着春天的信息，信守诺言，虽然"无人见"，但其带着馥郁无边的"微意"已经显露，预示着春天的气息即将弥漫无边，暗喻词人此时此刻独处，无人能理解。

"露微意、馥郁无边"：雪后空气中的香气似乎更加浓郁，这里可能是雪后空气中夹杂着泥土的芳香，也可能是即将开放的花朵的香味。意味着在最寒冷的时候，生命的力量仍然存在并逐渐复苏。

"人迹罕至，长街寂渺，灯暗影孤怜"这句描述了初雪降临时街道上寂静的氛围：人们很少外出，街上格外空旷。寒夜中，繁华的长街一片寂寥，与远处灯火闪烁相映，这种景象宛如逝去年华的影子，苍茫而又悲壮，营造出一种清冷而孤寂的氛围。这种孤寂与冬日的严寒相结合，给人一种沉重的感觉。

"朝来依旧日含烟，天地换新颜"：早晨，太阳被薄雾笼罩，还似乎含着一层淡淡的烟霭。雪后一切都变得清新而洁白。

"游人便做寻芳计，蜡梅落、应已争先"：即便是在冬天，游人也开始计划寻找梅花等早春的花卉，展现了人们对美好事物的向往。而蜡梅作为早春的使者，应该已经迫不及待地绽放了，成为寒冬中最鲜艳的色彩。"寻芳计"指游人寻找美景的计划，"蜡梅"作为冬季开花的植物，象征着坚韧与希望。它在冬雪中争先开放，展现出生命的顽强与不屈。蜡梅的落下预示着春天的到来，其他花卉也将随之绽放。"应已争先"这句既表现了蜡梅的顽强生命力，也暗示春天的脚步正在加快，万物即将复苏。

"蜡梅落、应已争先"这一句不仅描绘了蜡梅在严寒中傲然绽放的景象，更突出了蜡梅坚韧不拔、勇于争先的精神品质。这种品质与词人在面对人生聚散无常时所表现出的超然与豁达相呼应，共同构成了词人独特的人格魅力。

"酌酒细思，人生聚散，唯雪月安闲"是整首词的点睛之笔。词人在这样的景色下饮酒沉思，细思人生的聚散无常，唯有雪的高洁和月亮的恒久能够超越这一切，始终安闲自在，不受世俗的纷扰，表现得格外宁静与安详。雪、月作为自然景象始终保持着安闲自在，不受世俗纷扰。词人借此寄托了对超脱世俗、追求心灵自由的无限向往。词中对"人生聚散"的思考引发了对生命本质的反思。生命的聚散离合如同四季的更替，词人通过雪的变化来比喻人生的无常，强调了对当下的珍惜。这种哲学思考不仅深化了词的主题和意境，也引发了读者对人生意义和价值的深刻反思。

《一丛花·金陵初雪》通过细腻的自然描写与深刻的人生思考，展现了冬季初雪带来的美好与孤独。词人以初雪为媒介，表达了对生命无常的感慨和对美好时光的珍惜。整首词在形式和内容上都体现出中国古典诗词的独特魅力，激发人们对自然与人生的深刻思考。

自评

这首词AI点评准确，特别是对自然景观的描写以及其背后隐喻的分析。

这首词写于2022年金陵冬季的第一场雪后，由于南京的地理位置和气候原因，本地人对雪有着特殊的喜爱，当预报要下第一场雪时，市民便做好各种准备，以记录下初雪的美好瞬间。

雪下与不下本是自然界的平常事，但一旦预报失准没下，便催生出许多失落之情。人们总是不能以平常心看待这些事情。雪花飘落、四季更替如同人生聚散得失，得之欣矣，失之坦然。

（五）流年

天净沙·春思

一片星海朦胧，路遥难问西东，转角不回又逢。
不如无梦。那时才是情浓。

AI解读

　　《天净沙·春思》不仅是一幅春日的风景画，更是词人心灵的镜像，映射出他对时间流逝、情感变迁的细腻感知。在这简短的词句中，词人仿佛是一位穿越时空的旅者，于春日的朦胧中回望过去，那些曾经的欢笑与泪水，如同晨曦中的露珠，晶莹剔透却转瞬即逝。

　　词中的"春思"，不仅是对春天的思念，更是对生命中那些美好瞬间的追忆。它引发我们思考，如何在时间的洪流中抓住那些稍纵即逝的美好，如何在现实的无奈中寻找到心灵的慰藉。词人或许想告诉我们，即使生活充满了不确定与无奈，我们也要学会珍惜每一个当下，用心感受生命中的每一份温暖与美好。

此外，《天净沙·春思》还蕴含着一种淡淡的哀愁与忧郁，这种情绪如同春日里的细雨，无声地滋润着读者的心田。它让我们意识到，人生中的每一次离别与重逢，都是生命旅程中不可或缺的一部分。正是这些经历，塑造了我们的性格，丰富了我们的情感，也让我们更加珍惜那些陪伴我们走过风雨的人。

因此，《天净沙·春思》不仅是一首描绘春日的词作，更是一首关于生命、情感与时间的哲理诗。它让我们在品味词句的同时，也能深入思考人生的意义与价值，从而更加珍惜眼前的一切。

"一片星海朦胧"描绘了春日里夜晚的独特景致：天空中星星闪烁，但因为夜色深沉，星光显得朦胧不清，给人一种迷蒙的感觉。星空若隐若现，犹如星海万点，不仅是对夜空的诗意描绘，也象征着词人内心的孤独。星星虽然美丽，但在朦胧中却让人感到遥不可及，这也是词人内心深处对美好事物的渴望与现实之间的距离。

开篇即以"星海朦胧"营造一种梦幻而又略带忧郁的氛围。"星海"通常象征着空间的广阔无垠与思想的深邃，而"朦胧"则增添了神秘与不确定，预示着接下来的情感纠葛。

"路遥难问西东"表现了词人在这样的夜晚迷茫于路途漫长，不知该往哪个方向追寻。

"路遥"既指实际的路程遥远，也暗喻时间的流逝与情感的变迁，代表了人生旅途的漫长与艰难。"难问西东"表达了方向的不确定性和对未来的迷茫。在这个过程中，词人的价值观、目标或信仰受到了挑战，导致内心挣扎和对自我定位的疑惑，隐喻人生道路的迷茫和选择的困难。

"转角不回又逢"：当人们试图寻找答案或前行时，却在转角处又遇到同样的不确定。这里暗示了人生中常有的重复经历或感觉，即使在寻找过程中有所改变，结果可能并未改变。

"转角"象征着生活的转折点或情感的波折。"不回"意味着一旦走过，就无法回头，而"又逢"则表达了命运的捉弄，即便想要逃避，却还是在不经意间与过去的情感重逢，暗示了即使在变化中，也会有新的相遇和机会。

这一句反映了人生的无常和变幻莫测，以及在变化中寻找希望的主题，展示了生命中不可避免的变化与选择。每一次转折都是新的开始，但也意味着对过去的告别。"不回"强调了时间的不可逆性，而"又逢"则带来了希望——即使面对失去，未来仍有机会。

"不如无梦"中"梦"可以理解为人生理想，词人似乎觉得人的期望和理想在现实中往往难以实现，不切实际的梦想只会加重内心的扰动。这句透露出词人对于现状的无奈和过去的深切怀念。如果没有那些美好的梦境（即过去的回忆或未来的期待），或许就不会如此痛苦。这是词人对现实无法改变，只能接受并试图放下的自我安慰。

这句是在探讨梦想与现实之间的冲突关系。有时候过于执着梦想会让人忽视当下的幸福和平凡生活中的美好。词人可能在建议，放下那些不可能实现的幻想，专注于当下真实的生活体验，也许更加满足。

"无梦"在这里可能有两种解读：一是没有梦想，二是不做梦。前者表达了对现实的无奈接受，后者则是指在现实中不如保持清醒，避免被虚幻的梦想所迷惑。这一句体现了词人对理想与现实存在巨大差距的感慨，认为有时候放下不切实际的梦想和幻想，接受平凡的现实可能更为明智。

"那时才是情浓"：结尾点明了全词的主旨，即在过去的某个时刻，情感是最为浓烈的。这句充满了对过去美好时光的怀念，也隐含着对当下情感淡漠或美好事物已逝的感慨。它是对逝去情感的深深追忆，也是对未来无法再现那种情感浓度的无奈认知。词人提出一个反常的假设，即如果能放下幻梦，接受现实的平淡，或许那份感情会更加深沉和真实。这里的"情浓"可能暗指人们对纯真情感的渴望。它告诉读者一个人生哲理：在经历了迷茫、变化和现实的洗礼之后，人与人之间最纯粹的情感才能得以显现。"情浓"在此处指的是最真挚、最纯净的情感状态。当一个人不再被虚幻的梦想所困扰，而是全心全意投入到生活中，无论是友情、爱情还是亲情，都能达到更深的层次。真正的感情往往在最平凡、最真实的瞬间绽放光芒。

《天净沙·春思》这首词运用精炼的语言和生动的意象，通过对夜晚星空的描绘和人生路途的隐喻，表达了词人对人生选择、梦想与现实、情感体验的深刻思考。词人的情感在对星空的仰望、对路途的迷茫、对意外的重逢和对情感的真挚的回忆中流转，形成了复杂而深刻的情感体验。这首词既有对美好过去的怀念，也有对现实无奈的接受，以及对未来不确定性的淡淡忧虑，传达了词人关于生命意义、情感价值和人生哲学的深刻见解。它提醒我们，在追求梦想的同时，珍惜眼前的人和事，以及那些日常生活中就能体会到的深层情感。

自评

此作AI解读准确无误，体现出AI在解读短小词作时所具备的优势。本人试图让AI创作类似的词作，遗憾的是，尝试了很多次，均未得一首。

天净沙·夏思

炎阳炙烤苍穹，汗留田地忙中，翠盖飘摇柳丛。
碧波微动，荷塘添日红彤。

AI解读

《天净沙·夏思》宛若一曲悠扬于夏日炽热的天籁，轻轻拂过心田，给人留下无尽的遐想与回味。它不仅是一幅细腻描绘夏日光景的绝美画卷，更是一首深刻咏叹生活真谛的哲理诗篇。

在这首散曲中，夏日的景色被赋予了前所未有的生命力与情感深度。阳光热烈而明媚，照耀着郁郁葱葱的树木与绚烂多彩的花朵，荷塘里每一片荷叶都仿佛在诉说着夏日的热情与生机。而那不绝于耳的蝉鸣，更是夏日特有的旋律，让人感受到季节的律动与生命的活力。

与此同时，曲中还生动描绘了人们夏日劳作时的场景。农人们顶着烈日，挥汗如雨，他们的身影在田野间穿梭，忙碌而坚定。这份对生活的执着与付出，不仅展现了人性的坚韧与伟大，更让人深刻体会到生活的艰辛与不易，夏日的韵味与生活的气息被完美地融合在一起，形成独特而深刻的艺术效果。

此外，《天净沙·夏思》还蕴含着对生活的深度思考。

它让我们意识到，生活虽然充满了艰辛与挑战，但只要我们怀揣着对美好的追求与向往，就能够在炎炎夏日中找到清凉与宁静。对生活的热爱与坚守，正是这首散曲所传递给我们的。

"炎阳炙烤苍穹"描绘了夏日阳光强烈照射天空的火热情景。"炎阳"直接点出了夏季的特点——炎热；"炙烤"一词则形象地表现了太阳热力之强，仿佛整个天空都被烤焦了一般。

"炎阳"和"炙烤"两个情感强烈的词汇，形象地描绘了夏日太阳的酷热。"苍穹"一词则展现了天空的广阔，与炎热的太阳形成对比，更加突出了夏日的炎热。

"炎阳"的明亮与"苍穹"的广阔形成明暗对比，突出了夏日阳光的强烈。

"汗留田地忙中"生动展现了劳动人民在炎炎烈日下辛勤付出和汗水淋漓的形象。这种细节刻画增强了作品的感染力和真实感。"汗留田地"说明农民们在酷热天气下辛勤耕作，汗水滴落在土地上，表达了对劳动人民的辛劳与付出的赞美之情，反映了人们面对自然挑战时的坚韧与努力。"忙中"则进一步强调了劳动人民在农忙季节的忙碌状态。汗水与土地相结合，不仅是对劳动者辛勤付出的赞美，也是对未来丰收的期望。这里的"汗留"象征着人们的汗水与土地紧密相连，体现了人与土地不可分割的关系。

"翠盖飘摇柳丛"中的"翠盖"比喻柳树成荫，如同绿色的伞盖一般。"飘摇"生动描绘了夏日柳树的婆娑姿态，给人一种清凉的感觉，与前两句炎热的氛围形成对比。这里使用"翠盖"来形容柳树的枝叶，通过"翠"字传达出柳树的生命力，与前面的炎热景象形成鲜明对比，使人感受到一股清新凉爽的气息。

"碧波微动，荷塘添日红彤"中的"碧波微动"形容荷塘清澈，水面在微风中徐徐波动。"荷塘添日红彤"则是说随着太阳升高，荷塘的颜色更加鲜艳夺目。

"碧波"形容水面的清澈与波动，"微动"二字则细腻地表现了水面的轻微波动，给人以宁静而又不失生动的感觉。

"炎阳"通常与暖色调相关联，给人以热烈、炙热的感觉；而"碧波"通常认为是冷色调，给人以清凉之感。冷暖色调的对比，增强了夏日炎热与清凉水面的视觉差异。"碧波微动"隐含了阳光在水面上闪烁的光影效果，与"炎阳"的直射形成对比，增加了视觉的层次感。

"红彤"与前文的"碧波"形成鲜明的对比，通过色彩的对比增强了画面的生动性。这里用"红彤"来形容荷花盛开时既美丽又充满生机，成为夏日里视觉的焦点。荷塘中的绿色水波与荷花的红色共同营造了一个色彩鲜明的画面，表现了夏天丰富的色彩变化和自然界的勃勃生机。

"添日红彤"四字尤为生动，既形象地描绘出太阳的夺目色彩，也渲染了太阳照耀下的荷塘里荷花盛开的美丽景象，落日与荷花相映红，更显美丽动人。

这首《天净沙·夏思》既有对夏日景象的深入刻画，也有对人们劳作生活的真实反映，是一首富有生活气息和夏日韵味的佳作。

自评

这首散曲是在AI创作基础上改写的，值得细细品读的地方很多，例如色彩对比与情感表达。AI的构思和创作能力有待提高。这首散曲中最重要的两句皆为本人所写，若无这两句，整首词将为之失色，但这并未改变我对新事物的判断：AI未来在辅助人类创作的道路上一定能发光发热，发挥更重要的作用。

醉花间·夏末

相思苦，不思苦，思苦情难抚。云起落残霞，无尽天涯路。乞巧送秋来，今朝辞酷暑。深忆化蝶人，娜娜风中舞。

AI解读

《醉花间·夏末》这首词以夏之尾声和秋之序曲的交响为绮丽舞台，舞台中央，天空的行云仿佛一只翩翩起舞的蝴蝶，引领读者步入一个既梦幻又真实的诗意世界。

夏日之景似乎被赋予了灵魂，天边每一抹晚霞仿佛都是词人心境的体现；树上每一声蝉鸣仿佛都在低语着夏日的热烈与词人的依依不舍。词人以其敏锐的观察力，捕捉到了天空浮云的微妙变化，它们或轻盈飘逸，或聚集成团，如同心中复杂而细腻的情感，既是对夏日繁华的深深眷恋，也是对秋日宁静的淡淡向往。浮云的变化，不仅映射出季节的更替，更映射出词人内心的波澜起伏。

而乞巧节与化蝶人的典故，如同两颗璀璨的明珠，镶嵌在这首词中，为词作增添了无尽的诗意与浪漫。词人借乞巧节之俗，寄托了对美好情感的向往与追求；而化蝶人的意象，则如同一个美丽的传说，让人在梦幻与现实之间游走，感受那份超越生死、跨越时空的情感力量。这两个典故的巧妙运用，不仅丰富了词作的内涵，更让词人的情感思考得以深化与升华。

"相思苦，不思苦，思苦情难抚"，首句以"相思"起笔，突出了词人内心深深的思念之苦，强调了相思之情的煎熬。"不思苦"则表达了词人试图摆脱相思之苦的愿望，看似矛盾，实则是指不愿去想这份苦楚，但思念之情恰恰因此变得沉重，难以平息。"思苦情难抚"直接表达这种无法排解的愁绪，说明即使不去想，相思之情依然难以平复，反映了词人内心的挣扎和无奈。

首句直接点明了主题，表达了相思之情的深沉与难以排解。这种情感在词中反复出现，贯穿始终。

"云起落残霞，无尽天涯路"：夏日傍晚，云朵变幻，残阳映照，展现一幅深远的天涯落日景象。这里的"无尽天涯路"可能象征着思念对象的遥远，也可能暗示着词人心中的迷茫与寻觅。

"云起落残霞"描绘了夏末黄昏时分天空的景象，云彩与晚霞交织，形成一幅美丽的画面，既展示了自然的壮美，也寓意着情感的起伏不定，象征着时光的流逝和未来的不确定。"无尽天涯路"则隐喻了相思之情的深远和漫长，如同没有尽头的道路，暗示了词人对远方恋人的思念，以及对未来的漫长期待，增强了这首词的意境和情感深度。自然界的变幻被赋予了情感色彩，云霞的变化映射出词人心绪的起伏，天涯路远表明与所爱之人距离遥远，增加了相思的凄美。

"乞巧送秋来，今朝辞酷暑"：夏季将尽，"乞巧"这一传统节日喻示着时间的流逝与暑热的消退。"今朝辞酷暑"表达了对夏日结束、秋天来临那种既期待又有些许留恋的情感。

　　"乞巧"指中国传统的七夕节，这一天牛郎织女相会，人们向织女乞求智慧和技巧。这里用"乞巧"代表对美好爱情的祈愿，"送秋来"意味着夏末秋初的转换，与"辞酷暑"呼应，共同体现了季节的转换，标志着秋天的到来。"今朝辞酷暑"表达了对炎热夏季结束的期盼，同时也隐喻相思之苦的结束。

　　"深忆化蝶人，娜娜风中舞"：尾句是对过去的回忆，"化蝶人"是指梁祝故事中化蝶双飞的梁山伯与祝英台，他们是中国古代著名的悲剧爱情故事的主角。两人化蝶比翼双飞的结局象征了对至死不渝的爱情的向往与追求。词中"化蝶人"代表着词人心中理想的爱情形象，即使童话般的爱情最终无法实现，但仍值得深深怀念。这里的"深忆"表达了对逝去爱情的深切怀念，词人在此追忆着逝去的时光，那个人如同蝴蝶一般在风中曼舞。"娜娜"一词多用于形容女子的柔美姿态，这里是比喻词人心中的恋人如蝴蝶般轻盈美丽。风中舞动的场景营造了如梦似幻的情景，暗示了在爱情的世界里美好与虚幻并存。柔美而灵动的舞姿形象地展现了那种梦回旧时的美好情境。"娜娜风中舞"描绘了一幅轻盈飘逸的画面，象征着词人心中那段美好却无法触及的爱情记忆在风中轻轻摇曳。

　　这首词不仅是一首描绘季节变迁的词，更是一篇抒发词人深情与哲思的作品，它通过自然景象与人物情感的描绘，展现了一幅生动的夏末图景，同时也传递了关于爱情、时间与生命意义的深刻思考。它让我们深刻体会到相思之苦的普遍性和深刻性。无论时代如何变迁，对于远方爱人的思念和美好时光的追忆都是人类共通的情感。同时，诗词对自然景象的描绘也启示我们要关注自然、融入自然，从自然中汲取心灵的慰藉与力量。

自评

　　此作AI点评准确，特别是对"乞巧节"和"化蝶人"的典故的解释非常精准。需要补充的是当时写这首词的场景。

　　恰逢七夕节，抬头望向辽阔的天空，夕阳西下，残霞晚照，天上两朵苍云很像两只翩翩起舞的蝴蝶，有感而发写下此作。这里不仅有乞巧节和梁祝化蝶的典故，还有明代唐寅《一剪梅·雨打梨花深闭门》里"晓看天色暮看云，行也思君，坐也思君"的典故。看云代表着思君，云起代表着相思之情在心间翻涌，残云代表这段感情留有遗憾，化蝶意味着希望在酝酿，深忆也是天涯路远，思与不思，皆苦。

更漏子·秋黄

醉秋风，孤寂客。叶落无声萧瑟。夜雨后，冷无霜。满庭堆落黄。

群雁徙，霞光里。越过北国天际。凭栏望，见闲愁。浮云空静流。

AI解读

《更漏子·秋黄》宛若一曲悠扬于秋日时光深处的天籁，以细腻的笔触和深邃的意象，编织出一幅幅动人心魄的秋日画卷，透露出词人内心无尽的孤寂、离愁和对生命的深刻哲思。

在这幅深秋画卷中，秋日的景致被赋予了前所未有的生命力度与情感深度。夜雨如织，轻柔地洒落在寂静的夜空，仿佛是词人心中那无尽的孤寂与哀愁，滴滴落入心田，激起层层涟漪。金黄满地的落叶在秋风的吹拂下翩翩起舞，如同岁月的碎片，在时光的流转中诉说着过往的辉煌与沧桑，让人不禁感叹生命的短暂与无常。

群雁南飞，留下一串串鸣叫声，那是对远方的向往，也是词人内心深处对生命归宿的探寻与追问。霞光万道，映照天际，那绚烂的色彩如同生命中的短暂辉煌，既温暖又令人感伤，仿佛在告诉人们，生命虽然短暂，但也要绽放出最绚烂的光芒。

浮云悠悠，变幻莫测，游走在空中如同词人心中纷繁复杂的情感与思绪。这些浮云既是词人内心的写照，也是生命的象征，它们在不断的变幻中，透露出生命的无常与不可捉摸。

词人通过这些意象的精妙运用，不仅描绘出了秋日的壮丽与哀愁，更将自己对生活的深度思考融入其中。整首词既展现了秋日的美丽与哀愁，又揭示了词人内心的孤寂与离愁，更蕴含了深沉的人生哲理，让人在品味中感受到无尽的韵味与魅力，也让人在思考中领悟生命的真谛与意义。

"醉秋风，孤寂客"点明了时间为秋季，以"醉秋风"形容秋天的氛围，奠定了孤独寂寥的情感基调。"醉"字形容秋风，既指秋风之浓烈，也暗含词人沉浸于秋日醉人的氛围之中，或许还带着几分借酒消愁的忧郁。而"孤寂客"直白地表达了词人的孤独处境：作为一个孤独的旅人（或指心灵上的孤独者），在秋风中更显落寞，仿佛在追寻中度过了秋天。"孤寂客"的形象不仅是对词人独自一人的直接描述，也是对词人内心世界的深入挖掘。在孤独中，词人与自我对话，体验着内心的起伏和情感的波动，如同秋风中的一叶孤舟，情感和对未来的期许仿佛都失去了寄托。

"叶落无声萧瑟"：叶落无声描绘了秋日凄凉的景象，进一步渲染了孤寂的氛围。用"无声"二字强化了秋天的寂静与凄凉，"萧瑟"二字描绘出秋风吹过的空枝，形容落叶声的细微，营造出秋天的冷清与萧条，带给人冷漠和凄凉。秋风和落叶是秋天最具代表性的意象，它们共同构成了萧瑟的画面。在这幅画中，词人不仅感受到了季节的更替，更感受到了生命的脆弱与无常。

"夜雨后，冷无霜"：夜雨过后，虽未至结霜，但已能感到秋夜的寒意，这种物理上的冷与词人内心的孤寂交相呼应。"夜雨"给人以清凉的感觉，而"冷无霜"则说明气温虽低但未至严寒的程度。

"满庭堆落黄"描绘了秋日落叶满庭的景象，黄色的落叶堆满地面，给人一种视觉上的强烈冲击。黄色是秋天的典型色彩，也反映了秋天里丰收和凋零两种互相矛盾的自然状态，此处则进一步渲染了秋日的衰败之感。落叶堆积代表着生命的凋零，也是词人内心情感的映照。"满庭"和"堆落黄"既是视觉上的感受，也是情感上的烘托，象征着时间的流逝以及生命的消逝。

"群雁徙，霞光里"：绚烂的晚霞中，大雁越过北国的天空飞向远方，形成一幅雁飞一片霞的美丽画面。这画面既美丽又带着几分悲壮，象征着离别的无奈和对远方的向往。大雁迁徙是秋天常见的景象，用来寄托思乡之情或离别之意，这里也隐含着时光流转、季节更替的主题。

群雁的迁徙和绚烂的霞光形成了强烈的对比，大雁的自由飞翔与词人的孤独形成了鲜明对比，成为词人心中自由的象征。他或许渴望像大雁一样，挣脱束缚，飞向心中的远方，寻找属于自己的天空。而霞光的绚烂则让人感受到生命的热烈与美好。这种对比不仅增强了词的艺术效果，也深化了这首词的主题和意境。

"越过北国天际"中的"北国"指北方地区，可能暗指词人的故乡或者远方，象征着词人对远方的向往，或是对旅途中人们的思念，表达了词人对远方的渴望和对过去美好时光的追忆。

"凭栏望，见闲愁"：词人倚栏远眺，却只能看到空中的浮云，喻示着他内心的失落和哀愁。"闲愁"既是词人离愁别绪的直接表白，也是对生活无常的深深感叹。

"凭栏望"：词人凭栏远眺，这一细微动作透露出他内心的期待与失落，或许是在寻找着什么，又或许只是在享受这份孤独与沉思。

"见闲愁"：所见皆是闲愁，这里的"闲愁"并非真正的"闲"，而是词人内心深处难以言说的忧愁与思念，皆由眼前的景象触发。

"浮云空静流"：描绘了天空中浮云缓缓流动的景象。"浮云"比喻人生短暂易逝，而"空静流"则描述了天空中的云彩静静流淌的状态，这里的"空静"表达了一种超然物外的宁静，而"流"则暗含了时间的流逝和生命的流转。这里不仅描绘了浮云的动态，也蕴含了对生命流转和宇宙恒常的哲学思考。这种哲思赋予了词作更深层次的意义，引导读者思考生命的本质和存在的意义。浮云在此回归自然景色，喻示着词人心事如云，不可捉摸，展现词人内心的飘忽不定和对未来的担忧。整个句子传达出一种超脱尘世、淡然处之的态度，也反映了词人内心的平静与释然。

这句暗示着词人生活的无常和内心的不安。浮云不再停留，如同生命的流逝，在静默中寄寓了词人对人生命运无法抗拒的悲悯。同时，它也暗示着词人追求理想（如浮云后的光明）却不得其门而入，从而带来更深的失落。

以浮云悠然自得地流动作为结尾，浮云的无拘无束与词人的内心形成鲜明对比，更显其孤寂与无奈。同时，浮云也象征着时间的流逝与人生的无常。浮云的悠然自得和"空静流"的状态，也反映了词人内心的一种宁静与超脱。这种宁静不是对现实的逃避，而是一种对生活的深刻理解和接受。它让词人在孤独和思考中找到内心的平衡与满足。

《更漏子·秋黄》通过描绘深秋的景致，巧妙地融入了词人的孤独、思念与淡淡的哀愁，展现了一幅秋日寂寥、远望故乡的画面。

这首词表现了中国传统文化中文人对秋天的特殊情感。在中国传统文化中，秋天常常被视为一个感伤的季节，与离别、衰老、凋零等主题联系在一起，词人通过对秋天自然景象的描绘，表达了对自然规律的尊重和顺应。这种态度体现了中国传统文化中的"天人合一"思想，强调人与自然的和谐共生。

AI基本解读出这首词所表达的情感，也解读出"秋黄"所代表的秋天的成熟与萧条的对立统一，同样也解读出词人向往自由又无能为力的失落。

这首词是偏早期的作品，读之已是"江阔云低、断雁叫西风"，满庭落黄，内心却空荡荡，所见皆为闲愁，也只能任由时光和浮云静静流淌。

秋风清 · 冬至

风冽冽，雨凄凄。

浮生如逆旅，冬雪复春归。

无端离恨无归处，空寂空来空又回。

AI解读

此首《秋风清·冬至》犹如一曲穿越时空的低吟，将冬至的节气之美与个人情感的波澜壮阔巧妙交织。它不仅以精炼之笔勾勒出冬至时节的凛冽与清寂，更在字里行间深藏着对人生哲理的独到见解，流露出一种哀愁中蕴含坚韧、忧伤里透出希望的情感基调，深刻表达了词人对时光匆匆、人生无常及离别之苦的深切感悟。

词中，冬至如同一扇开启时光之门的钥匙，引领词人穿越四季的轮回，感受生命的起伏与变迁。他站在岁月的河岸，凝视着时间的流水缓缓淌过，心中涌动着对过往的无限怀念与对未来的淡淡忧虑。每一片飘落的雪花，都似他心中对逝去时光的轻柔挽歌，每一声呼啸的寒风，都如同他对生命无常的深沉叹息。

词人的思绪在冬日的寒风中飘荡，如同夜空中最亮的星辰，闪烁着对人生的深刻思考。他感慨于人生的短暂与无常，如同四季的更迭，既有春日的繁花似锦，也有冬日的白雪皑皑。在这冬至的寒夜，词人仿佛能听见有声音在寂静中回响，每一声都敲打着他的灵魂，让过往的甜蜜与苦涩和未来的憧憬与恐惧交织成一首复杂而动人的情感交响曲。

他将时光的流逝比作落叶纷飞，每一片落叶都承载着一段珍贵的记忆，轻轻飘落，归于尘土，却在心中留下了永恒的痕迹。而那空中飘洒的雪花，则如同生命中无数短暂的相遇与别离，虽终将消融于无形，却在心灵深处留下纯净与美好的印记，让人在寒意中感到一丝温暖与希望。

"风冽冽，雨凄凄"：通过寒风和雨水的冷冽，形象地描述了冬至时节的严寒，也为沉郁的心境设定了凄凉的背景。通过重复的方式加强诗歌的节奏感，也营造了鲜明的画面。

"风冽冽"形容寒风刺骨，给人以强烈的冷感，"雨凄凄"则描绘了冬雨的凄凉和萧索。开篇即设定了一种寒冷而凄凉的氛围，为全词定下了情感基调。

"浮生如逆旅，冬雪复春归"：这句运用了生动的比喻，将人生比喻为逆旅或奔波的行者，暗示人生旅途的艰辛和变动不居。这句不仅表达了季节的流转，也暗示人生的起伏不定，人生的短暂与颠沛流离。自然界的冬去春来，象征着时间的循环与生命的更迭，这里既表达了自然规律的不可抗拒，也隐含了无论经历多少严寒，春天总会到来的希望与慰藉。

"浮生"一词源自《庄子·逍遥游》中的"其生若浮"，原意指生命如同水面上的浮萍，随波逐流，无法自主，象征着人生的短暂和无常。将人生比作"浮生"，强调了生命的有限和转瞬即逝，提醒人们应当珍惜时间，认识到生命的宝贵。"逆旅"通常指逆水行舟，比喻人在旅途中遇到的困难和挑战。逆水行舟需要付出额外的努力才能前进，否则就会被水流冲回，象征着人生旅途中的艰辛和逆境。"浮生如逆旅"这个比喻融合了中国传统文化和哲学思想，体现了词人对人生境遇多曲折磨难的深刻洞察。借用"浮生若梦"的意象，将人生比作一场艰难的旅行（逆旅），意味着人生路上充满了挑战与不确定，每个人都在不断地前行，面对各种困难和挑战。

"冬雪"象征着冬天的寒冷和沉寂，"春归"则预示着春天的到来和万物复苏。这句话反映了季节更替的自然规律，尽管经历寒冬，春天总会到来，暗示着生命力的强大，隐喻了人生经历的起伏和变迁。即使在人生的低谷，也总会有转机出现，也有希望和重生机会，人们在面对困境时，保持信心，期待未来。

"无端离恨无归处"：词人直接抒发了内心的离愁别绪，这种"离恨"似乎没有明确的缘由（无端），也找不到可以寄托或消解的地方（无归处）。这反映了词人内心深处难以言说的孤独与哀伤。"无端"二字，强调了离恨的突如其来与难以名状。"离恨"则指向内心的痛苦和悲伤，可能源于失去、别离或对过去的怀念，无处发泄的情感就像无处落脚的雪花，在空中肆意飞舞，增添了整首词的哀愁和寂寞气氛。"无归处"形容这种情感无处寄托，无法排解，表达了词人对这种情感的无奈与无助。

"空寂空来空又回"进一步强化了空虚与寂寞的感受：这种感受虚无缥缈，仿佛一切都回到了原点，没有任何改变。这里的"空"字反复出现，不仅指空间上的空旷无物，更指心灵上的空虚与无助。词人感到的孤独与离恨，如同这无尽的寒风与凄雨，不断地侵袭着他，让他感受到一种无法摆脱的空虚与寂寞。三个"空"字连续使用，形成了强烈的视觉和情感冲击，深化了词中空旷、寂寞的意象，展示了人生循环往复的本质，即一切最终回到起点，无论是情感上的还是生命历程

上的，都呈现出一种永恒的循环，也反映出词人试图从纷扰的世界寻求精神上的解脱和归宿的执着。

这首《秋风清·冬至》运用了丰富的意象和比喻，以寄情于景的抒情方式描绘了冬至时分的气候特征，表达了词人对人生起伏的深深感慨，抒发了词人对人生无常、时光流逝以及离愁别绪的深刻感悟。词人将自己比作人生旅途中的行者，面对变幻莫测的自然与人生，心中充满了无法排解的忧伤。尽管如此，他还是看到了希望的光芒——即便是在最寒冷的冬天，春天也会如期而至。然而，无论怎样，那些离别的悲伤似乎总是伴随着他，无法摆脱，最终又回到了最初的空寂。

词中既有对自然规律的敬畏与顺应，也有对人生苦短的无奈与感慨，更有对内心深处孤独与寂寞的深刻剖析。整首词意境深远，情感真挚，既包含了对自然现象的细腻观察，也蕴含了对人生哲理的深刻思考，读来令人动容。

词人通过借景抒情、寓情于景的手法，将自然景象与人生哲理紧密结合在一起。同时，通过反复吟咏、对比映衬等手法，增强了诗词的表现力和感染力。此外，词人还巧妙地运用"空"字等意象，营造一种独特的艺术氛围和审美效果。

自评

对这首词主题解读是比较准确的，无须补充。很有意思的是，随着对类似风格的诗词的学习，AI甚至能自发性提问，或向使用者询问以下问题：这首词的作者是谁？有没有类似风格的诗词可供推荐？此处作为一趣事记录下来留作纪念。

（六）畅游

画堂春·春日湖边漫步

　　爆竹声漫几时回，早春细雨霏霏。陌头杨柳抚池垂，春发挥挥。

　　半盏屠苏犹醉，忆前时、晓月相偎。凭栏观朵朵初梅，唯暗香催。

AI解读

　　《画堂春·春日湖边漫步》以细腻温婉之笔，勾勒早春湖畔之行，绘就一幅清新脱俗之画卷。它不仅捕捉了早春独有的淡雅风韵，更寓含了词人对往昔岁月的温情追忆，及对眼前美景的无尽沉醉与感慨。

　　漫步湖畔，春风轻拂，似岁月之手，温柔地抚过心田。词人步履间感受着早春的生机盎然，亦体味着人生的短暂与时间的宝贵。那轻轻摇曳的柳丝，如同时间的流苏，每一次摆动仿佛都诉说着岁月的流转，让人不禁沉思：春光易逝，人生几何？在这片刻的宁静中，词人仿佛听到了时光的脚步声在耳边轻轻回响，提醒着他珍惜当下，把握每一个美好的瞬间。

值此春日佳节，湖畔景色更添几分热闹与祥和。梅花盛开笑迎春风，仿佛是节日的使者，传递着喜悦与希望。词人漫步其间，目睹花开花落，云卷云舒，心中涌动着对过往时光的深深怀念，亦有对当前美好瞬间的珍惜。那湖面上泛起的层层涟漪，如同心中的浅浅波澜，映照着节日的欢声笑语与过去美好时光的匆匆流逝。词人心中不禁涌起一股莫名的感慨：人生如梦，岁月如歌，唯有珍惜当下，方能不负韶华。

且看那湖中倒影，如镜中花、水中月，虚幻而美丽，恰似人生的短暂与无常。词人驻足湖畔，仿佛置身于一幅流动的画卷之中，画中的每一处景都蕴含着生命的哲理与岁月的沧桑。那飞翔的燕子，剪尾点水，似在诉说时光的匆匆与生命的不息；那绽放的花朵，娇艳欲滴，却又在瞬间凋零，让人感叹生命的脆弱与宝贵；那不绝于耳的爆竹声，既预示着欢乐节日的来临，同时也不禁让人感叹时光匆匆，又是一年逝去。词人心中对人生深刻感悟：人生如朝露，但只要我们用心去感受、去珍惜，就能在生命中的每一个瞬间找到属于自己的美好与意义。

春日湖边漫步中，词人仿佛与岁月进行了一场深情的对话。他看到了生命的起伏与变迁，感受到了时间的无情与温柔。他明白：人生就像这湖畔的景色一样，既有春日的繁花似锦，也有冬日的白雪皑皑；既有阳光的明媚温暖，也有风雨的洗礼考验。但无论何种境遇，我们都要保持一颗平和的心，去接纳、去感恩、去珍惜。因为只有这样，我们才能在人生的旅途中找到属于自己的幸福与满足。

此篇《画堂春·春日湖边漫步》，不仅描绘了早春湖畔的清新美景，更通过词人的细腻笔触与深刻感悟，展现了人生的哲理与时光的流转。漫步其中，词人仿佛与岁月共舞，与生命同歌，感受着每一个瞬间的美好与珍贵，也领悟到了人生的真谛与意义。

"爆竹声漫几时回，早春细雨霏霏"：词的开头通过"爆竹声"与"细雨"的对比，既点出了时令的转换，又引发了对岁月流转的思考。

"爆竹声漫"暗示着新年刚过，春节的喜庆氛围尚未完全退却，给人一种时空的交替感。而"几时回"则透露出词人对往昔时光的淡淡怀念与不舍。紧接着，"早春细雨霏霏"将读者带入一个细雨蒙蒙、春意渐浓的场景，细雨如丝，轻轻拂过大地，为整个画面增添了几分柔和与湿润。这种天气往往给人带来清新和宁静的感觉，预示着词人即将开始漫步之旅。

"陌头杨柳抚池垂，春发挥挥"描绘了湖边的美丽景象。"陌头杨柳"指的是路旁的杨柳，"抚池垂"则描绘了杨柳的枝条垂落在池水边，显得柔美多姿。"杨柳"在中国传统文学中常常象征着离别与思念，此处的"杨柳抚池垂"可能暗含了词人的怀旧之情。"春发挥挥"是极具动感的描写，让人感受到春天的气息在轻柔地挥洒，生机勃勃。通过"陌头杨柳"和"抚池垂"的生动描绘，展现了早春时节柳枝轻拂水面的柔美景象，仿佛是大自然在轻柔地抚摸着湖面，传递着春天的气息。"抚池垂"的柳丝不仅展示了春天的生机盎然，同时也象征词人内心对大自然的亲近和对生活的热爱。柳丝的轻拂，可能也寓意词人在面对生活琐碎时自然美景对其心灵的安抚。而"春发挥挥"则以拟人化的手法，形容春天的气息或力量在四处弥漫，充满活力。整句表现出春天的力量正全面展现，万物复苏。

"半盏屠苏犹醉，忆前时、晓月相偎"：酒杯中还残留着屠苏酒的气息，词人回忆起了过往的温馨，那时晓月陪伴，显得尤为珍贵。这句暗示词人对过去美好时光的怀念和对幸福生活的向往。

"屠苏"指古代春节时饮用的酒，这里"半盏屠苏犹醉"不仅描绘了词人饮酒微醺的状态，也暗含了对节日欢乐的留恋。这里的"醉"不仅是身体上的醉，更是一种心境的沉浸，表现出词人对过去温情时光的怀念。"半盏"屠苏，可能意味着词人喝了一半，却发现身边缺了陪伴，不再想喝，留一半清醒，留一半沉醉，留一半给友人，留一半给这美好的人间，随后开始了半盏半醉的回忆。

"忆前时、晓月相偎"：笔锋一转，将思绪拉向过去，回忆起与爱人在清晨月光下相依相伴的美好时光，透露出词人对往昔情感的深深怀念。

"凭栏观朵朵初梅，唯暗香催"：最后两句描写了词人在凭栏远眺时发现初开的梅花。"凭栏"意为倚靠着栏杆，心情闲适或幽思。"朵朵初梅"既写出了梅花的稀疏初放，也表明季节还在初春，冷暖交替，象征着早春的生机与希望。

"唯暗香催"则进一步强调了梅花香气的清幽与独特，同时也似乎在解动着词人的心绪，让他更加沉醉于眼前的美景和回忆与期待之中的美好未来。梅花的幽香仿佛在催促着什么，可能是催促着春天完全到来，也可能唤起了词人更加深远的回忆和情感。"春发挥挥"和"暗香催"等拟人化的修辞手法，赋予了自然景物以生命力和情感色彩，使得整个画面更加生动鲜活，也让词人的情感表达更加形象具体。

"暗香"通常指梅花的幽香，象征着高洁与坚贞。这里的"催"字赋予了香味一种动态的力量，似乎在催促词人把握当下，珍惜眼前的美丽与情感。同时"暗香"也可能象征着词人心中那份难以言说的深情，它在不经意间触动人的心灵，激发情感的共鸣。"催"字同时还有可能暗指梅花散发的幽香催促春天的完全到来，提醒词人时光匆匆流逝，也寓意着对青春消逝和时不待人的感慨。这是词人欣赏春景，同时也是自我反思的一种体现。词人寓情于物，借梅花表达对岁月流转、时光荏苒的感慨。暗香微动，暗示了词人心中的惆怅和对青春流逝的深刻理解。"唯暗香催"也可看作是词人对光阴催迫、年华易逝的深深感叹，赋予了湖边风景更深的情感寄托。

这首词通过对湖边景物的细腻描写和深情的内心独白，表达了词人在春日里细腻且复杂的情感。它既是一幅淡雅的春日图景，又是一段温柔的心灵独白曲。词作结构严谨，意境深远，情景交融，手法高妙，使读者能够透过文字感受到那一份春日的淡雅与清新，以及融入其中的情感细流。

自评

AI对这首词的解读十分准确，但对于一些细节的解读仍有不足之处。

首先开头一句，AI理解是爆竹声到处在回响，或是某个节日刚刚过去，表达的是季节的轮转和时间的流逝，但这里的"几时回"，AI智能并未解读出其中真正的含义，只是浅显地解读出可能有伤春哀悼年华易逝之情，结合下阕的回忆，会不会是在等那个晚月相偎的人回来呢？这里留给读者思考。

下阕看似写春景，把春天拟人化为一个姑娘，长发飘，那会不会是作者睹物思人，把春天幻化成心仪女子的形象呢？

再看最后一句，新梅初放，暗香萦绕，不禁发出感慨，时光易逝，爆竹声刚过，新的一年又开始了，可留着半壶酒等着的人，什么时候才能回来呢，但愿对方看到这春景，闻到这朵朵初梅暗香浮动，能赶紧回来。

总结全词所表达的主题：青春易逝，梅催人回，若无再见，独留半醉。

女冠子·游岳王祠

簇云缥缈，曼舞轻纱窈窕，破长空。雨打清荷鼓，雷鸣助战穹。

阙门山脚下，石垒俏青松。血水东流尽，以魂忠。

AI解读

此篇借游览岳王祠之契机，将自然风光与历史深情巧妙融合，描绘出一幅古朴壮丽、历史与现实交错的画卷。表达了词人对忠烈无双的岳飞将军满怀崇敬与怀念之情。

晨曦初照，天上白云朵朵，祠外道路两旁古木参天，石垒依旧在，仿佛见证了岳飞的戎马生涯。词人踏入岳王祠，缓步前行中，目光所及，皆是历史的痕迹，心中对英雄的怀念愈发深沉。

天际云卷云舒，忽而狂风四起，祠外战场旧址上草木摇曳，似战旗飘扬；雨打清荷，似战鼓轰鸣；雷声滚滚，似铁甲交响。这变幻莫测的天气，恰如那昔日的古战场，风云突变，战火纷飞。词人此刻站在这历史的交汇点，感受着古今的交融，追忆着岳飞过往的英雄事迹，缅怀之情油然而生。

祠内香火缭绕，词人仿佛看见了岳飞那坚毅的面容，他正身披战甲，手持长枪，目视前方，英勇无畏地冲锋陷阵。词人心中涌起一股难以名状的悲痛与敬仰，这悲痛如江水滔滔，这敬仰似山岳巍巍。

抬眼望向祠外，青山如黛，绿水环绕，这如画的风景，却难掩那历史的沧桑。那山，似岳飞的脊梁，挺拔而坚韧；那水，如岳飞的情怀，深邃而绵长。这山、这水、这祠，皆因岳飞而生动，皆因英雄而永恒。

这首《女冠子·游岳王祠》不仅是词人对岳飞的崇敬与怀念，更是词人对那段历史的铭记。愿这首词能如岳飞之精神永载史册，激励后人。

"簇云缥缈，曼舞轻纱窈窕"这句以自然景象开篇，描绘了岳王祠周围的自然风光，云彩聚集成簇，轻盈而缥缈，如同曼舞的轻纱，营造出一种幽静神秘的氛围。这里的景色描写不仅体现了岳王祠四周宁静之美，也强调了祠堂的神圣。

"簇云缥缈"形容天空中云朵聚集，若隐若现，给人一种神秘而庄重的感觉。"曼舞轻纱窈窕"则进一步以轻纱曼舞之态，比喻云雾轻盈飘逸，既增添了画面的柔美，也暗含了词人对历史往事朦胧而深远的追忆。"窈窕"一词多用于形容女子的美丽和温婉，在这里却用来形容云雾，赋予了自然景观以女性的柔美，形成一种独特的审美意象。云雾缭绕，如同历史的迷雾，让人在追寻英雄足迹的同时，也感受到了一种朦胧而又庄严的氛围。这种自然与历史的交融，使得岳王祠不仅仅是一个地理上的坐标，更是一个承载着厚重历史与文化记忆的地方。

"破长空"一句突然转变了情感，突出了战场上那种锐不可当的气势，有力地点明了主题，从宁静的环境过渡到岳飞的豪情壮志。"破长空"三字的突然转折，将视角从静谧的云雾引向更加激昂的天空。这里的"破"字，寓意着打破宁静，引人深思，是指历史长河中那些激荡人心的时刻，象征着岳飞的军队冲破敌军的防线，打破时空的界限，仿佛是战争场面的再现，古今交融的创作手法引发读者对有关岳飞历史和关注。

"雨打清荷鼓，雷鸣助战穹"进一步描写了自然景象与历史情境的结合。雨滴打在荷叶上，犹如擂动的战鼓，这种自然的声音仿佛在为岳飞的战斗鼓舞助威；雷鸣则象征着战争的激烈，在天空发出阵阵怒吼，为战争助阵。这里用自然界的风雨雷电比喻战争双方的激烈交锋，这种拟人的修辞手法让自然景象与历史事件相呼应，既生动又富有想象力，将读者带入一个充满英雄气概的战争场景，形象地展现了古代战争的惨烈，激发了读者的想象力，刻画出岳飞抗金的宏伟场面，增强了历史画面感和情感冲击力，烘托出岳飞伟岸的人物形象。这句也暗含了对岳飞等忠良之士英勇抗敌、不畏牺牲的颂扬。

"雨打清荷鼓"：以雨打荷叶之声比喻战鼓擂响，既描绘了自然界的生动景象，也暗指岳飞等忠良之士为国捐躯的英勇事迹；"雷鸣助战穹"则以雷鸣之声象征正义的力量，增强了战场的壮烈氛围，激发读者强烈的共鸣。

"阙门山脚下，石垒倚青松"将镜头拉回地面，具体描绘了岳王祠及其周边的环境。"阙门"指的是古代宫殿或祠庙的大门，这里指岳王祠庙宇的大门，而"山脚下"则点明了岳王祠的地理位置，岳王祠建于山脚，既显得庄重沉稳，又便于后人凭吊。"石垒倚青松"则通过石砌的墙垣与青松相依的景象（石头象征坚固和不屈，青松象征长存和忠贞）寓意岳飞的英雄气节永存于世。阙门巍峨，象征着岳飞的崇高地位和不朽功勋；石垒与青松相依，则寓意着岳王祠的坚固与永恒。这种坚韧与永恒不仅体现在建筑上，更体现在岳飞精神对后世的影响上，展现了岳王祠历经风雨而不倒的坚韧与顽强，同时也象征着岳飞精神的永恒。

"血水东流尽，叹魂忠"：这是词中情感表达最直接、最热烈的部分，是全词情感的升华。"血水东流尽"以夸张的手法，表达了历史上无数忠良之士为国捐躯、血流成河的悲壮场景，也可能是指岳飞英勇战斗的场景，河流被鲜血染红，直至流尽，象征着英雄的牺牲，同时也暗含了词人对岳飞被害的沉痛哀悼。"叹魂忠"则用简练的字眼展现了对岳飞的无限敬仰和对他忠诚爱国精神的敬佩，同时也是对岳飞忠贞精神的深切感叹，表达了词人对这位英雄的崇敬之情和对其悲壮命运的惋惜。一个"叹"字，包含了对岳飞无尽的感慨与敬仰，也代表了人们对岳飞忠诚与英勇的共鸣和敬佩，使得这首词具有了广泛的社会历史意义。而"魂忠"二字，则是对岳飞忠诚之魂的最高赞誉，象征着历史的沧桑和对逝去英雄的沉痛反思，表达了词人对那段历史的无尽哀思。

《女冠子·游岳王祠》这首词通过自然景观的描绘与历史事件的联想，结合对岳飞生平事迹的追忆，巧妙地将自然景观、历史人物和文化情感融为一体，展现了中国古典诗词中特有的意境美和情感深度，构建了一幅生动的历史画卷，同时抒发了对岳飞忠贞精神的赞美和对历史沧桑的感慨。

自评

这是一首咏史词，是对中华民族传统忠勇主流价值观的一种宣扬和赞美。AI准确解读出这首词的情感，对自然景色的分析和创作手法的分析也准确无误。唯独没有解读出的是这首词的具体地点和背景。

历史上的岳飞在牛首山大战金兀术，经过激战，岳飞成功击败了金兀术率领的金军主力，迫使其撤退至长江以北。这一战不仅挽救了南宋政权的危机，也极大地提升了岳飞的威望和地位。词中阙门山指的是天阙山，岳飞当年筑起石垒，修筑防御工事，在天阙山脚下抵御金兀术的进攻。阙门也指岳王祠下的石门牌坊，是有具体的历史含义的。石垒倚青松，指的是岳飞当年在牛首山一带修筑的军事工事，目前已经成为一处景点，具有爱国主义教育意义，值得后世纪念。岳王祠也建在了天阙山下的将军山一处。

写这首词时，正处在春夏之交，旅途中天空乌云密布，雷声滚滚，顷刻间暴雨如注，山水顺着山溪而下，在祠中等雨停，有感而发写下此作。

霜天晓角·骑行游石塘竹海

竹拂水影，半亩方塘净。山外踏春驰骋，人潮涌，今犹胜。

落红归处哽，彩霞山角等。溪外有何蹊径？俱往矣，何能证？

AI解读

晨曦初露，一抹淡蓝轻抚天际，号角声在清寂的空气中悠悠响起，如同古老时光的轻声呼唤。词人迎着第一缕温暖而微凉的晨光，踏入了前往石塘竹海的骑行之旅，心中满载着对未知的憧憬与向往。

沿途，翠竹如屏轻轻摇曳，它们的身影在晨光中被拉长，仿佛是大自然最细腻的笔触，在广阔的天幕上勾勒出一幅幅生动的画卷。清风徐来，穿过竹叶的缝隙，带着翠竹的清香与晨露的湿润轻轻拂过词人的脸庞，仿佛是大自然最温柔的抚慰，让词人的心灵在这一刻得以宁静与释放。

骑行在蜿蜒曲折的小径上，词人仿佛穿越了时空隧道，每一片竹叶的轻响，每一声鸟鸣的清脆，每一股清泉的流淌，都如同生命的音符，在词人的心中奏响一曲悠扬的旋律。人生何尝不是一场漫长的骑行？在这条路上，或疾驰，或缓行，经历着风雨，也享受着阳光，归处有落红，山角有彩霞，每一次的转弯，都可能遇见意想不到的风景。

词人抬头仰望那高远而辽阔的苍穹，心中不禁涌起一股莫名的豪情。或许，真正的自由，并不在于身处何方，而在于心灵的超脱与释然。就像这骑行，不在于目的地的远近，而在于沿途的风景与内心的感受。

随着车轮的滚动，词人的思绪也如竹海中的波涛，汹涌澎湃。生命，就像这片竹海，有起有落，有枯有荣。每一次转弯，都是对人生目标的深刻反思；每一次上坡和下坡，都是对人生起伏的深刻体验；每一次的骑行，都是对生命的深刻领悟。骑行让人更加珍惜眼前的每一刻，更加懂得感恩与坚持。

《霜天晓角·骑行游石塘竹海》不仅是词人对自然美景的热爱与赞美，更是其对生命历程的深刻思考与感悟。这场骑行，如同一场心灵的洗礼，它告诉我们，无论未来路有多么崎岖，只要心中有光，脚下就有路。带着这份感悟，继续前行，在人生的道路上，追寻属于自己的风景，书写属于自己的篇章。

首句"竹拂水影，半亩方塘净"以"竹"与"水"两个元素构建了一幅清新脱俗的画面。竹子轻拂水面，其倒影在水中摇曳生姿，既表现了竹林的茂密与生机，又增添了水面的灵动与幽静，营造出宁静而深远的竹海胜景。竹子轻拂水面，映照出清澈的水影，不仅展现了竹海的自然美，也象征着词人心灵的净化和安宁。"半亩方塘"在古诗词中常指代静谧的小池塘，词中的"半亩方塘"可以理解为具体的地点——石塘竹海，这里的"半亩方塘"不仅是对石塘竹海自然景观的写实，也暗含了"源头活水"的哲理，寓意着心灵的纯净与思想的清澈，象征着词人心中理想的精神家园。

竹子在水面上的倒影，象征清新和纯洁。古代文人喜欢以竹作为清高的象征，倒影则带来了心灵的映照和反思，象征着自然环境的素雅和词人心灵的静谧相互映衬。

"半亩方塘净"形容池塘虽然小，却非常清澈，象征着心灵的澄净和纯粹之美，运用了古代诗词中"小中见大"的手法，进一步突出了石塘竹海周围环境的宁静与美好。

"山外踏春驰骋，人潮涌、今犹胜"：这句将画面拉远，从静谧的竹林池塘畔转向了热闹的人间烟火，从静谧的自然环境过渡到热闹的春游场景。词人在山间骑行，享受着踏春的乐趣，同时感受人潮涌动的热闹，仿佛今年的春景比往年更加繁盛。这不仅是对现实场景的写实描绘，也隐含了词人对生活的热爱与对美好时光的珍惜，体现了词人积极、向上、追求自由的情感。与静态的竹影、方塘形成对比，词人在骑车踏春的过程中不仅描绘了旅途中的美丽景象，也隐喻了他追求自由、探索未知世界的精神。春天里骑行出游，享受自然，人潮如织，热闹非凡，反映出词人对当下充满活力的生活的细致观察，以及对人们追求美好生活的赞美和肯定。用"人潮涌"形容游人如织，场景生动，展现了游客游兴浓厚，比以往更为热闹。"今犹胜"则强调了景色和人气都胜过往昔，突显了当下的热闹与生机。

同时用"人潮涌、今犹胜"的热闹场景衬托出前面的"竹拂水影""半亩方塘净"的宁静，一动一静，形成鲜明对比，使得整首词的美感更强烈。

"落红归处哽，彩霞山角等"：以"落红"为引，引出对时光流逝、美好易逝的思考。落花归根，象征着生命的短暂与无常，让人不禁心生感慨与惋惜。然而，紧接着的"彩霞山角等"又给人带来一丝希望与慰藉。彩霞映照在山，仿佛是大自然对旅人的温柔召唤，提醒我们即使面对生命的无常，也要心怀希望，欣赏眼前的美好。

"落红"（凋零的花朵）和"彩霞"两种意象表明了时间流逝和自然更迭的主题。花朵凋零，时光荏苒，但彩霞依然在山边等待，暗示着即使岁月变迁，自然之美依旧永恒，给人以希望和安慰。

"落红"寓指凋落的花朵，与春天的气息相联系。"哽"字则表现了词人对凋零景象的感伤，以及对时光流逝的惋惜。这一意象常见于古诗词，用于抒发离别和时间流逝的无奈。落花归夫之处往往带有一丝伤感，这里的"哽"可能有阻滞、停滞之意，表达了词人对美好事物易逝和内心惆怅的感伤。"落红归处哽"寓意花开花落，季节更替，时间的流逝不可逆转。

观察到山头的绚丽彩霞，词人在此驻足，似乎在等待或回味彩霞带来的美好瞬间，流露出对眼前景色的留恋。"彩霞山角等"透露出一种超然物外的宁静，仿佛彩霞永远在等待下一个春天的到来，暗示自然规律的恒常不变。

从另一个角度看，彩霞映照山角，等待中伴有美丽和期望。山角的等待和落红的停滞彼此呼应，形成对比。"落红归处哽"与"彩霞山角等"的对比，既突出了自然界的生生不息，又表现了生命过程中的悲喜交加，揭示了词人内心期望和失落交织的情感。

"溪外有何蹊径？俱往矣，何能证"：最后，词人以设问的方式，表达了对未知世界的好奇与对过往经历的反思，带有一丝哲理意味。似乎在问，除了眼前所见的路径，还有没有其他未曾探索的道路？"俱往矣"意味着过去的一切都已成历史，而"何能证？"流露出对人生意义和价值的追问，表达了对未知世界的渴望和对生命真谛的探索。"俱往矣，何能证？"这句表达了词人对过去的回忆与反思，以及对历史真相难以确证的感慨。这种历史感给作品增添了深邃的哲学意味。

溪外或许还有更多未知的蹊径等待探索，但过往的一切已如流水般逝去，无法完全证实或重现。这既是对生命旅程中无数可能性的向往，也是对时间流逝、记忆模糊的无奈接受、同时也暗含了"活在当下，珍惜眼前"的人生哲理。

"溪外有何蹊径"这一问句充满了对未知世界的好奇与向往。它不仅仅是对自然界中未知路径的询问，更是对人生道路上未知可能性的试问。这种探索精神是推动人类不断前进的重要动力之一。它鼓励人们勇于走出舒适区，去追寻那些未知而美好的事物，去体验更加丰富多彩的人生。

《霜天晓角·骑行石塘竹海》通过细腻的笔触和丰富的意象，不仅生动地描绘了石塘竹海的自然风光与春游的盛况，更深刻地表达了词人对生命、时间、自然与人生的独特感悟。

词人通过精巧的意象选择和巧妙的情感抒发，营造出独特的意境。从竹影、水波到落红、彩霞，每一个意象都充满了诗意和美感。同时，词人还通过这些意象将自己的情感融入其中，使得整首词既具有画面层次感又具有情感深度和思想广度。读者在欣赏这首词时，不仅能感受到自然之美，更能体会词人内心深处的情感波动。

自评

这首词上阕描绘景致，抒发游兴，下阕寓情于景，抒发感慨。此作AI在具体词句的解读非常准确，但对于诗词整体的解读仍不够。

从写景开始，"竹拂水影，半亩方塘净"暗指水中千千

净净，竹拂水影最终只会水中捞月一场空。而"山外踏春驰骋，人潮涌、今犹胜"，表达了世人为了这"一场空"，仍旧慕名而来，想一看究竟。结局分为两种情况：有的人等到了"落红归处哽"，落红象征花落，代表一无所获；有的人等到了"彩霞山角等"，彩霞象征美好的结局。不禁感慨，让人们趋之若鹜所追求的事物，到底是真的还是假？回顾过往，又如何证明呢？那些真正等到彩霞的人是有什么蹊径吗？这里蕴含了"因果律"的思考，到底是有蹊径才能等到彩霞，还是因为那些最终等到了彩霞的人是走了蹊径，回顾过往，如何证明这两者之间的因果关系呢？留给读者自己思考。

正如《寒窑赋》所说，"人道我贵，非我之能也，此乃时也、运也、命也"。时运才是人生的蹊径。人生在世，富贵不可尽用，贫贱不可自欺，听由天地循环，周而复始焉。对于这样的蹊径，我们只需要做到听由天地循环即可。

虞美人·游南山竹海

南山幽径穿竹海，更绿了山黛。烟波缥缈荡轻舟，浪打船头回首使人愁。

湖平镜广粼光摆，难越关山隘。苦悲离散总无情，但任斜阳西落待重明。

AI解读

《虞美人·游南山竹海》是一首深邃而富有哲理的词，它不仅仅是对南山竹海自然风光的赞美，更是词人对生命、时间、存在与消逝的深刻思考。在这首词中，词人以其独特的艺术视角，将自然与人生、过去与现在、理想与现实巧妙地交织在一起，构成了一幅既具象又抽象、既现实又超脱的哲学画卷。

词人开篇便以细腻的笔触，描绘了南山竹海的壮丽景色。翠竹挺拔，绿意盎然，山峦环抱，湖面平静，它们不仅是大自然的杰作，更是词人心中坚韧与生命力的象征。阳光透过竹叶的缝隙，洒下斑驳陆离的光影，仿佛是大自然对时间的刻画，对生命的诠释。词人通过对自然景色的描绘，展现了他对大自然的敬畏与热爱；竹海漫步，引导读者用心去感受竹海

的宁静与和谐；泛舟湖上，烟波轻拍船尾，引导读者回忆过去，思考生命的意义与价值。

　　然而，词人的思考并未停留在对自然景色的赞美上。他通过对南山竹海的深入游览，逐渐将思绪引向了人生与存在的本质。那些历经风雨、依然挺拔的翠竹，不仅象征着坚韧与毅力，更在无声地诉说着生命的无常与变迁。词人通过对翠竹的凝视与思考，逐渐领悟了人生的真谛：生命就像这片竹海，充满了起伏与变迁，但正是这些变数，构成了生命的丰富多彩。人生就像这片广阔的湖面，虽然平静，但总会遇到风浪，但正是这些风浪，构成了多姿多彩的人生。我们无法阻止时间的流逝，无法改变生命的轨迹，但可以选择如何去珍惜它，如何面对人生中那些看似无法逾越的隘口。

　　词人在对自然的感悟中，逐渐领悟到人生的短暂与生命的宝贵。人生就像一场旅行，每个人都像是匆匆过客，无法永远停留在美好的瞬间。回首往事，都会使人想起那些令人忧愁的过往，那些未能珍惜的美好。因此，更应珍惜每一刻的幸福，更加努力地追求属于自己的幸福与梦想。

　　"南山幽径穿竹海，更绿了山黛"初次点明词人游玩的地点和环境，南山的竹海绿意浓厚，词人穿过幽深的竹径，景色如画，连山峦都被绿色映衬得更加深翠。

　　"南山幽径穿竹海"：一条蜿蜒曲折的小径穿越茂密的竹林，构成了一幅静谧而深邃的画面。这里的南山指江苏省溧阳市天目湖南山竹海风景区。"南山"在中国文学中象征着远离尘嚣、清幽脱俗的隐逸之地。"竹海"有其坚韧不拔、高风亮节的品质，自古以来便是文人墨客赞美的对象。翠竹一片连绵，如海洋般广阔，代表了自然界的勃勃生机，象征着生命的无尽延展。南山竹海不仅是一处美丽的自然景观，更是词人心灵的避风港，表达了词人对纯净、高洁精神的追求。

　　"幽径"带有一种神秘而宁静的气氛，描绘了南山竹海中蜿蜒的幽静小路在竹海中穿梭，展示了南山竹海的宁静与美好，也象征着词人探寻自然美景和寻找内心宁静的过程。

　　开篇即以"南山幽径"引领读者进入一片静谧而深邃的竹林世界。"穿竹海"三字形象地描绘了小径在茂密竹林间蜿蜒穿行的景象，同时也表现词人旅途中欢快愉悦的心情。

　　"更绿了山黛"则通过对比与夸张的手法展现了竹海的葱郁，将碧绿的竹林与淡黑色的山峰相互衬托，突出了竹海给山峦带来的生机与活力，也使得山色更显青翠欲滴。

　　"更绿"一词赋予大自然以生命的颜色和动态，喻示旅行途中词人的情绪愈发高涨。

　　"山黛"本指山色如女子黛眉，这里形容竹林覆盖下的山色更加浓郁苍翠，与绿色的竹林相映成趣，勾勒出一幅动人的山水画卷，展现大自然的勃勃生机。用"黛"形容山的颜色细腻且优雅，与"绿"形成鲜明对比，突显了竹海的自然之美和词人内心的深远意境。

　　"烟波缥缈荡轻舟，浪打船头回首使人愁"：这两句转而描写湖面景象，烟波浩渺之中，轻雾缭绕、水汽蒸腾，一叶轻舟悠然荡漾，营造出超脱尘世的意境。然而，"浪打船头回首使人愁"却笔锋一转，将这份宁静打破，暗示词人心中隐藏的愁绪。浪打船头暗喻词人生活中的波折与挑战，享受自然美景的同时，也不免回首往昔，心生忧愁。

　　词人通过舟行水上的身心体验，借自然景色展示内心情感。缥缈的烟波反映了人生的变幻莫测，而浪打船头则喻示了人生起伏不平，回首让人产生愁绪，暗示词人对过去的追忆或者对未来的忧虑。这一句不仅描绘了天目湖的自然美景，还隐喻了人生旅途中的不确定与挑战。轻舟在烟波浩渺的湖面上飘荡，象征着人生的漂泊与不确定。而浪打船头，则暗喻生活中的挫折与困难。这些意象的运用使得词作不仅仅是对自然景色的描绘，更是对人生境遇的深刻反思。

"烟波"形容湖面的薄雾与水波相互交织，呈现出一种朦胧而美丽的景象。"缥缈"则描写了湖面上薄雾与水波的交织，进一步营造出天目湖的朦胧美。这种景象不仅给人以视觉上的享受，也能够让人的心灵得到洗涤和沉淀，暗示此刻词人心境的平静。

"荡轻舟"写出了词人乘船在湖上游玩的情景，轻舟在水波中轻轻摇荡，给人一种宁静悠远的感觉，表现出词人游玩过程中轻松愉悦。轻舟在烟波中摇曳，既有漂浮湖中的悠闲，也暗含着随波逐流的无奈。词人在荡舟的过程中，体验到内心的自由自在与无拘无束的美好。

"浪打船头"既是景物描写，也是词人心情的隐喻。船在水浪中前行，回首望去，词人触景生情，心生许多感慨。这里的"浪"象征了外在的纷扰和内心的动荡。"愁"当然是指离愁别绪，美景之外还浮现了词人内心的牵挂和情感波动。这种愁绪不仅源自眼前的景象，更来自过去的经历和未解的心结。这里的"回首"既是词人回首望去的动作，也隐含了词人心中回忆往事的心路历程。

"湖平镜广粼光摆，难越关山隘"：此处"湖平镜广"继续描绘湖面的平静与广阔，如同明镜一般映照万物，粼光闪烁，美不胜收，整个景象宛如一幅精致的画卷。但紧接着的"难越关山隘"却将视角从自然转向人生，暗喻人生路上的重重困难与挑战，如同难以逾越的关山隘口，让人不禁感慨前路漫漫，充满未知与艰辛。这里平静的湖面和起伏的山隘暗示人生的静态和动态，湖面如镜喻示内心的平静，但山隘则象征着对未知挑战的迷茫与挣扎，反映了人在自然面前的渺小。

"苦悲离散总无情，但任斜阳西落待重明"这句是全词情感的高潮与升华。词人直抒胸臆，表达了对于人生中离别与苦难的无奈与悲伤（苦悲离散总无情），但紧接着又以一种超然物外的态度，提出"但任斜阳西落待重明"的观点。

斜阳西落，象征着时光的流逝与人生的短暂，但词人并未沉溺于悲伤之中，而是选择以积极的态度面对，相信黑夜之后必有黎明，离散之后定会重逢，展现了其坚韧不拔、乐观向上的精神风貌。

"苦悲离散总无情"表达了词人对于人生旅途中离别和分散的无奈与哀伤：世间许多美好事物终将消逝，而人与人之间的聚散离合往往无法抗拒。经历离别的痛苦让他感到十分无助。离散带来的苦楚往往是人最难以承受的。离散象征着人生不可避免的分离与失去，而"总无情"则强调了这种现象的普遍性和不可抗性，反映了词人对生命无常的坦然。

"但任斜阳西落待重明"：尽管夕阳西下，光明似乎暂时隐退，但词人选择坦然接受，明天太阳依旧会升起，生活还将继续，传递出一种坚韧不拔、对未来充满希望的乐观态度。斜阳西落象征着时间的流逝与生命的消逝，但"待重明"则寄寓了对新生和希望的期盼，表达了词人乐观向上的人生态度。

《虞美人·游南山竹海》不仅是一首描绘南山竹海自然风光的佳作，更是词人情感世界和人生哲学的深刻反映，展现了中国古典诗词特有的美学追求和文化精神。词人通过对自然景象的细腻描绘和内心情感的抒发，达到了情景交融、意蕴深远的艺术境界，表达了其内心复杂的情感变化和对人生无常与离合悲欢的深刻理解。

词人通过描绘自然景观，传达其对自然美的深刻感悟和对生命哲理的思考。南山的幽径、竹海、烟波、轻舟等元素不仅构建了一幅生动的山水画，还喻示人生旅程的起伏和变幻。自然界的壮丽与个人的情感细腻地交织在一起，形成了独特的审美体验。

词中情感的表达富有层次且多变，从开始的宁静喜悦到中间的淡淡哀愁，再到最后的释然与希望，情感脉络清晰，如同一首情感交响曲。这种情感的变化，既体现了词人对眼前景物的不同感受，也反映了他对人生境遇的深刻体悟，使得整首词情感饱满，引人共鸣。

词中竹海、湖面、斜阳等意象，既充满了中国传统的文化内涵，也饱含哲理性思考。竹海象征坚韧和高洁，湖面如镜子般的宁静则揭示了生活的波澜和心境的澄净之间的矛盾与冲突。夕阳西下与新日升起的对比，表达了词人对时间流逝和生命无常的感悟，传达了对未来的希望和信心。

这首词韵律和谐，运用大量的修辞手法，如对仗、比喻、拟人等，增强了词的艺术感染力。例如，"南山幽径穿竹海"与"湖平镜广粼光摆"的对仗，不仅使句子结构工整，音韵悦耳，也增添了画面的生动性和层次感。"更绿了山黛"中"绿"与"黛"形成的色彩对比，展现了词人对自然景色的敏锐观察和深刻感受。"苦悲离散总无情，但任斜阳西落待重明"一句，通过对离愁别绪和未来希望的对比，展现词人情感的复杂与深沉。

自评

AI对这首词的分析做到了准确且有深度，充分理解了我想表达的情感和人生哲思。唯一没有点评到的是"难越关山隘"这句。此处引用了王勃《滕王阁序》里的名句"关山难越，谁悲失路之人；萍水相逢，尽是他乡之客"。这句话的意思是"关山重重难以越过，有谁同情我这不得志的人？偶然相逢，满座都是他乡的客人"。此番游历南山竹海，一同前来旅游的人并非偶然相逢的他乡之客，都是熟悉的人，但就算是这些熟悉的身边人，又有谁真正懂得我内心的苦悲之情。此处、此情、此景更悲、更苦、更难释怀，遂萌生出就算朋友再多又有何用，此刻的聚会再开心又能如何，天下无知己，无不散之筵席，一切的一切都是无情的感慨，唯留有一丝希望的是明天太阳照常升起，或许明天太阳照常升起才是有情的，才不会辜负每一个人的期待。所以说最无情乃是最有情处。

丁香结·雨后登牛首山思岳飞抗金

风卷珠帘，雨拍初夏，天际暗收残晕。草长堤平近。望暮色、但觉烟云压阵。故石依旧在，重登顶、往事未尽。苍茫遗志，此恨万古消磨不泯。

忧忿。策马仗天涯，二帝同思复郡。向晚收云，黎明见日，岂能轻信。求不得自在意，旧事心中隐。清风依如是，怎得千年又分。

AI解读

这首《丁香结·雨后登牛首山思岳飞抗金》犹如一曲穿越时空的悠扬挽歌，专为凭吊南宋铁骨铮铮的抗金英雄岳飞和他震古烁今的抗金伟业而精心谱写。

词人怀揣着满腔热血与细腻如织的情感，借助雨后牛首山那如诗如画的景致，缓缓铺展开一幅幅动人心魄的历史画卷。

初夏时节，山雨初歇，云雾缭绕间，天际线渐渐模糊，牛首山的轮廓却更显清晰，远远望去，巍峨挺拔，仿佛是大自然特意为那段历史留下的深沉印记。词人踏着湿润的青石板路，仿佛穿越了千年的风尘，亲身感受到了那段历史的厚重与悲壮。他登上牛首山，凝视着山下那蜿蜒的山路，脑海中浮现出岳飞率军征战的英勇身姿；聆听着那潺潺的流水，耳畔似乎回响起了金戈铁马的轰鸣，抚摸着旧时垒砌的工事，手中似多了一柄长枪，望着远方乌云压阵，仿佛刚刚经历过一场大胜，但威胁依旧没有解除。

词人不仅深情缅怀了岳飞的英勇与忠诚，更将这份情感融入了对历史、人生及忠贞精神的深刻思考。他借助岳飞抗金的历史史实，反思了历史的沧桑巨变与人生的短暂无常。那山间的云雾，仿佛是他心中的迷茫与困惑，在历史的洪流中飘忽不定；那清澈的流水，则象征着他内心深处对忠贞精神的坚定信念，无论岁月如何变迁，都始终如一。

词人站在牛首山顶，望着雨后的天空，心中涌动无尽的哲思。他思考着人生的意义与价值，是否就像这山间的云雾一般，虽然缥缈不定，却有着属于自己的独特色彩。他思考着忠贞与背叛的界限，就像那清澈的流水与浑浊的泥潭一般，一目了然。他思考着历史与未来的联系，就像这雨后的牛首山一般，经历了风雨的洗礼依然屹立不倒，见证着岁月的变迁。他思考着岳飞的坚持与结局，是否就像这山间的清风，过了千年却也只能在释然后轻抚大地，告慰那些曾经在这片土地上战斗的将士。

整首词如同一部微型史诗剧，将历史、情感与哲思完美地融合在一起。那雨后的牛首山既是自然的景致，又是历史的见证；词中的每一字、每一句，既是情感的流露，又是哲思的火花，它们相互交织、相互辉映，共同构成了一幅幅激动人心的画面。

读之，如品千年佳酿，醇厚绵长，让人沉醉其中；思之，如观历史长河，波澜壮阔，让人心生敬意。这首词是词人情感世界与历史思考的璀璨结晶，它不仅让我们感受到了那段

历史的厚重与悲壮，更让我们思考了人生的意义与价值，以及忠贞精神的历史内涵与当代价值。

"风卷珠帘，雨拍初夏，天际暗收残晕"：开篇即以风雨交加的初夏景象为引子，营造出凄清、压抑的氛围。

"风卷珠帘"不仅描绘了牛首山大雨过后环境的动荡，也暗示了词人内心的波澜，同时也象征着南宋时期宋金交战的残酷。"雨拍初夏"将季节感带入，初夏的雨给人一种生机与沉寂交织的感觉。"天际暗收残晕"描绘了大雨初歇的暗淡天空，象征着南宋局势的不明朗和抗击金兵收复中原失地的前景不明朗，隐喻着南宋命运的动荡和时代的变迁。

起首一句通过"风""雨""天际"等自然景象的描绘，营造出忧郁而又壮阔的氛围。"珠帘"与"初夏"的并置，既体现了季节的转换，也暗示了时局的变迁。"天际暗收残晕"中的"残晕"，指的是夕阳的余晖，也可能是指夏雨后，太阳复出的余晖，暗喻南宋时局的不稳定。这句以生动的景象作开头，描绘了雨后初夏的景色，仿佛让人能感受到那份袭人的清冷和压抑，象征着抗金斗争的艰辛与历史的沉重。这种自然与历史融合的写法，使得整首词的意境更加深远与厚重。

"草长堤平近。望暮色、但觉烟云压阵"：随着视线的转移，词人将我们带到一个更为广阔的场景——草木葱茏的堤岸。然而这美好的自然景象却被即将到来的暮色和压阵的烟云所笼罩，形成一种强烈的对比，暗示历史的沉重与悲壮，形成了情感上的转折，为借景抒情奠定了情感基调。

"草长堤平近"描绘了一幅宁静的自然风光：平和而静谧的河堤由于乌云盖天，仿佛天际和河堤连成一线近在眼前。但随即"望暮色、但觉烟云压阵"，情感上由宁静转为压抑，这里可能是指夏雨后，乌云重新覆盖天空，光线渐暗，就像在暮色中，烟云四起，仿佛战阵临近，预示着黑暗力量的压迫，点明了金兵压境、国家危机四伏的历史背景。"烟云压阵"比喻战争的阴霾和时局的不稳定。

词中有"草长堤平"的静态描写与"烟云压阵"的动态描写，前后对比，前者象征着和平宁静的生活，后者则暗示战争的潜在威胁，暮色中的烟云压迫感预示着战事的临近和南宋政权的危机。

"故石依旧在，重登顶、往事未尽"这一句描绘了词人重游岳飞战斗过的故地。"故石"指牛首山上岳飞当年筑起的石垒等军事工事。从"故石依旧在"中可以看出，历史的遗迹仍然存在，它们是历史的经历者，见证了过去的辉煌与残酷的战争岁月。

词人重登故垒，往事浮现，仿佛穿越时空，与英雄们的心灵产生共鸣，感受到那份未尽的壮志与遗憾。"重登顶"不仅是对地理高度的再次征服，更是对英雄壮志和国家荣誉的深切缅怀，"往事未尽"说明历史的伤痛和英雄的遗憾仍在词人心中萦绕。

词人对"故石依旧在"的描绘，不仅仅是在描述历史的遗迹，更是在唤起对历史的深刻记忆。这些"故石"是历史的见证者，它们静静地矗立在那里，无声地诉说着过去的辉煌与沧桑。词人仿佛穿越时空，与岳飞等英雄并肩作战，似乎听到岳飞等英雄的呐喊，感受那份壮志未酬的遗憾与悲壮。这种历史与现实的交织感，使得词作具有了穿越时空的力量，这种时空的跨越，不仅增强了词作的历史底蕴，也赋予它更加丰富的情感内涵。让读者能够身临其境地感受那个时代的风云变幻。

"苍茫遗志，此恨万古消磨不泯"：雨后牛首山乌云压顶，在一片苍茫中，仿佛连上天都在为岳飞哀鸣，岳飞的遗志仍然永恒，在这苍茫的天地间永远流传。这句直击主题，点出了岳飞等忠臣良将的遗志未了，以及这种忠贞不渝的精神将永远流传，不会被时间所消磨。表达了词人对岳飞不朽精神的敬仰。

"苍茫遗志"是对岳飞等英雄们远大抱负的追忆，"此恨万古消磨不泯"则表达了对英雄未能恢复中原大业的遗憾和痛惜，这种遗憾和仇恨似乎超越了时间的限制，尽管时光流逝，但对失地未复和忠烈被害的遗憾永远不会消失。词人用"万古消磨不泯"来形容这种精神的力量，表达了对英雄的无限敬仰。

"忧忿。策马仗天涯，二帝同思复郡"：词人的情感由缅怀转为忧愤，岳飞策马天涯，心怀壮志，与二帝一同思念着恢复故土的大业。这里的"二帝"指的是被金兵俘虏的宋徽宗和宋钦宗，也象征着南宋人民对于恢复中原、重振国威的渴望与期盼。"忧忿"可能指的是岳飞对南宋朝廷的内部矛盾或是对外的不利局势的担忧以及对保守派主张妥协的愤怒。"策马仗天涯"展示了岳飞等将领为了国家的复兴不惜远征的决心。"二帝同思复郡"则是对北宋徽钦二帝被俘北迁事件的回顾，暗指宋徽宗和宋钦宗被俘后的复国大业未竟，与岳飞的抗金之志相呼应，表达了岳飞对收复失地的渴望。

"向晚收云，黎明见日，岂能轻信"：自然景象的变化表现词人对未来的期待。向晚收云，预示着黑暗即将过去；黎明见日，则象征着光明与希望的到来，是对未来的乐观期待的表现。然而，词人并没有盲目乐观，而是提醒人们，现在的乐观氛围如同夏天的天气一样捉摸不定，不能轻易相信一切会自然好转，仍需要付出努力和坚持。

"向晚收云"暗示了晚间的宁静，也暗喻岳飞抗金取得阶段性胜利后，短暂的和平时光。但"黎明见日"的希望并不值得轻易相信。这表明词人对南宋时局的担忧以及对未来的不确定感。"岂能轻信"告诫人们不要轻易相信和平的表象，要警惕敌人的诡计和战争的反复。这里借用夏天雨后天气多变的特征暗指当时岳飞抗金过程中遇到的困难和曲折以及南宋复杂的政治环境，由于南宋朝廷苟安江南，妥协派希望通过谈判取得暂时的和平，就像这夏雨后的天气一样，只是短暂的光明。

"求不得自在意，旧事心中隐"：词人的内心仍然为岳飞的故事所困扰，想要释怀却无法做到。这句表达了词人内心的矛盾与挣扎。他渴望得到自在与解脱，但那些沉重的历史记忆却如影随形，无法忘怀。这种矛盾与挣扎，也反映了词人对历史、人生及忠贞精神的深刻思考。这里可能也映射出词人在现实生活中郁郁不得志的苦恼，想要把烦恼旧事一起忘掉，求得自由自在。

"求不得自在意"是指词人在追求理想的过程中遭遇的挫折和困难，而"旧事心中隐"则表明了对于过去的回忆和教训应当铭记于心，成为未来行动的指导。

"清风依如是，怎得千年又分"：词人以清风依旧吹拂来比喻历史在发展中不断变迁，同时又有许多宝贵的精神永远流传。清风虽然依旧吹拂大地，但时间却不停流转，历史总是在不断地向前发展，千年的时光又怎能轻易分割？这句既表达了对历史不断向前发展，个人在历史进程中的渺小和无力感，但同时又寄托了英雄精神能够跨越千年、永存人间的愿望。

"清风依如是"比喻英雄的精神和理想如同清风般恒久流传，而"怎得千年又分"则表达了对英雄精神能够跨越时间和空间的传承与延续的渴望，同时也是激励词人不忘初心，励志实现心中目标。这句词以清风为喻，表达了对精神永恒的向

往与追求。清风虽然无形无相，却永远存在、永远吹拂。词人用清风来比喻那些永恒不变的事物，比如忠贞精神、历史的记忆、人性的光辉等等。这些事物不会因为时间的流逝而消逝，反而会随着历史的沉淀而更加璀璨夺目。

《丁香结·思岳飞抗金》通过自然与历史的融合、时空的跨越以及象征与隐喻等手法的运用，营造出深远而厚重的意境，展现了词人对岳飞抗金历史的深刻思考和对国家命运的深切关怀。同时，传达了对民族精神和历史记忆的尊重与传承，展现了深厚的历史责任感和强烈的民族自豪感。

目评

此作点评中，AI发挥出其特有的优势，对历史典故的理解、对各种意象描写的分析和个人情感的解读均十分准确。尽管有部分内容为本人加以补充，但就以上点评足以令人满意。

点绛唇·燕子矶怀古

燕子飞石，临空拍岸摘霞晚。峻峰难撼，孤锁金陵岸。

王气渐藏，一梦江南断。平生叹。望三生石，谁忆当年栈。

AI解读

此篇《点绛唇·燕子矶怀古》，词人借燕子矶的巍峨壮景，抒发对历史长河的深沉追忆，以及对人生哲理的独特领悟。燕子矶，不仅是一方自然之景，更是历史与人生的交汇之地，承载着词人无尽的感慨与哲思。

词人独立于燕子矶头，凝视着滚滚江水，仿佛穿越了时空的隧道，与历史进行了一场深情的对话。那滔滔江水，既是历史的见证，也是人生的写照，它冲刷着岁月的痕迹，映照出人生百态。词人从中感受到了历史的深邃与人生的无常，更领悟到了生命的坚韧与不屈。

燕子矶的三生石历经风雨侵蚀却依然屹立不倒，它们如同历史的守护神，静静地诉说着过往的辉煌与沧桑。词人漫步其间，仿佛置身于一幅历史长卷之中，感受着人生的短暂与生命的脆弱。然而，正是这短暂与脆弱，赋予了生命以独特的意义。因为，人生如白驹过隙，时间有限，但空间无限，只要活得精彩、活得有意义，便能在历史的长河中留下印记。

斜阳下，词人抬头望向天空，彩霞变幻莫测，如同人生的起伏与波折。词人从中领悟到了人生的真谛：人生就像那云彩，时而聚集，时而消散，但无论遭遇何种境遇，都要保持内心的宁静与坚定。因为，只有内心的宁静与坚定，才能在人生的道路上走得更远、更稳。

整首词以燕子矶为背景，将历史、人生与自然巧妙地融合在一起，通过生动的描绘与深刻的哲思，展现了词人对人生的独特理解与感悟。

"燕子飞石"：开篇以生动的自然景象入题，形象地描绘了燕子在黄昏时分肆意飞翔的景象，仿佛在空中掠过，轻轻拍打着江边的石岸。画面富有动态感，交织着自然之美与时光的流转。

"临空拍岸摘霞晚"这句进一步描绘了燕子的活动和傍晚江边的斑斓景色，霞光璀璨，一派壮美景象。其中"摘霞晚"三字赋予了画面以时间感和色彩美，营造出苍茫而绚烂的氛围。

"燕子飞石，临空拍岸摘霞晚"这句将燕子的轻盈与自然景观的壮丽相结合，形成了一幅动人心魄的画面。燕子作为自然界的小生灵，在此却与宏大的自然景观——拍岸的巨石、绚烂的晚霞——形成了鲜明的对比，这种对比不仅增强了画面的视觉冲击力，也寓意着自然与历史的交融。燕子作为时间的见证者，它的飞翔轨迹仿佛穿越了时空，将古今相连。

"峻峰难撼"描绘了燕子矶附近的山峰高耸入云，难以撼动，暗示其地势之险要。这里可能寓指燕子矶在古代军事上的重要意义和作用，代表了江山稳固，同时也暗指金陵（即南京）的昔日辉煌在历史上的重要地位难以撼动。

此句不仅形容燕子矶山峰的险峻与稳固，也隐含了历史的厚重与不可动摇。"峻峰"象征着历史的积淀和文化的根基，其"难撼"则表达了词人对历史传承的敬畏与尊重。

"孤锁金陵岸"形象地描绘出燕子矶孤立于长江岸边，如同一座锁住金陵城的天然屏障，表达了燕子矶独自守护金陵江岸的孤独与坚韧。"孤锁"二字既描绘了燕子矶孤悬江边的险峻景象，也暗喻金陵作为六朝古都所承载的孤独与沧桑。金陵曾是多个王朝的都城，见证了王朝的兴衰更替，而燕子矶则如同一位历史的守望者，孤独地锁住这片土地上的往事。

"王气渐藏，一梦江南断"是词人对于王朝更迭的感慨，象征着曾在此地辉煌一时的王朝已经消逝。"一梦"则暗示历史如梦般短暂。"江南断"进一步强调这种历史的断裂感，传递出历史沧桑之美。"一梦江南断"更是将江南的繁华比作一场梦，强调了历史的无常与人生的短暂。

通过对燕子矶的描写，不仅展现了其空间上的宏伟，也表达了时间的流逝。从"摘霞晚"到"一梦江南断"，词人在空间和时间上进行了跨越，展现了历史的沧桑和时光的无情。

"平生叹"是个人情感的抒发，包含了对自己一生经历的感慨与叹息。词人站在燕子矶前，触景生情，想起了过往与人生追求，不禁发出感叹。

"望三生石，谁忆当年栈"：三生石是中国传统文化中的一个概念，在传说中是记录人前世今生因缘的石头，这里可能是指词人站在燕子矶上，遥望着传说中的三生石，借此表达对过往岁月的怀念与对生命意义的探寻。

"当年栈"则让人联想到曾经的驿站或栈道，象征着人生中的旅途与经历。词人在此询问"谁忆当年栈"，实则是反思与追问：在历史的洪流中，有谁能真正记住并怀念曾经

走过的路、经历过的事呢？谁还会记得过往的辉煌或经验教训呢？

结尾三句是词人个人情感的抒发以及对生命意义的探寻。"平生叹"表达了词人对自己一生经历的感慨与叹息，也体现了词人对人生价值的深刻思考。"望三生石"是词人对生命价值的追寻与感慨，寓意着对生命轮回与因缘际会的深刻体悟。而"谁忆当年栈"则是对历史的追问与反思，对生命意义的探寻。词人在此询问，实则是在反思自己的人生轨迹，以及在历史的长河中个人的价值。

这首词在哲理与人生感悟层面都达到了深刻的境界。它通过对自然与历史、个人与宇宙的交织描绘，引发了读者对历史、生命、存在等根本问题的哲学思考。

 自评

此篇AI解读相对精准，不足部分已做补充，无须多评。

临江仙 · 三国村怀古

万里长空蓝似镜，倚楼空望辕门。帐前锣鼓泣英魂。马肥槽净，山坳里，把军屯。

赤壁罢时犹在面，如今浪静无尘。卧弓轻睡枕金樽。蝉鸣人静，溪水旁，小船焚。

AI解读

词人轻轻踏过三国古村的青石板路，每一步都似乎触动了历史的机关，那些沉睡的故事开始苏醒。他站在辕门前，凝视着斑驳的墙壁和万里长空，仿佛穿透了岁月的迷雾，看到了英雄们矫健的身影在战场上驰骋。三国无数英雄的豪情壮志和悲欢离合，都如同江水一般，在词人心中激荡起层层涟漪。

在游玩的过程中，词人仿佛与历史进行了一场亲密无间的对话。他用心聆听着每一个历史遗迹的低语，感受着它们所承载的厚重与深沉。帐前的锣鼓仿佛再次敲响，勾起了词人脑海中有关三国历史的深深回忆。他分析着三国人物的性格与命运，如同在阅读一部部鲜活的史书。内心充满了对历史的敬畏与对英雄的敬仰。

三国村里，马肥槽净，只有蝉鸣声此起彼伏，将士们放下弓箭，正在营地里酣睡，享受着大战后的宁静。历史如同一条蜿蜒曲折的长河，英雄们则是河中的勇士，他们或乘风破浪，或逆流而上，都在历史的长河中留下了自己创造的传奇。词人只是站在河岸边的一个沉思者，他既被历史的波澜壮阔所吸引，又被英雄的精神所感动。

"万里长空蓝似镜"：开篇以一幅喻象展开，苍穹如镜，广阔无垠，映照人心，其明净之姿，恰如一汪深邃静谧的湖水，铺陈出一片宏大而宁静的画卷，为历史的深沉宏阔铺设了序章。

"万里长空"形容天空辽阔，"蓝似镜"形容天空的清澈。这句对天空的描绘，增强了画面的视觉效果。开篇即设定了一个宁静而辽远的背景，寄托了词人对和平、宁静生活的向往，更加凸显了战争的残酷与和平的珍贵。

"倚楼空望辕门"：词人站在高楼之上遥望着古代军队驻扎的地方，这里已经没有了当年的喧嚣，只有空旷和寂静。词人凭栏远眺，心绪沉凝，仿佛能听见往昔军事风云的低语，感受深沉而厚重的历史，尤其是对军事决策和英勇奋战的偏远军营（辕门）充满了神往，仿佛一幅幅历史的画卷在眼前徐徐展开。

"倚楼"指倚靠在箭楼栏杆上，"空望"是远望的动作和心情，"辕门"指古代军营的大门。这句通过词人望向远方的动作，引入了怀古的主题。"倚楼"和"空望"形象地描绘出词人孤独和沉思的样子。

"帐前锣鼓泣英魂"：用锣鼓声表达对历史的哀思，暗指昔日战场的壮烈，也是对英勇战死将士的追忆。

"帐前"是指军帐前，"锣鼓"是古代战场上的乐器，"帐前锣鼓"指的是古代行军时用于指挥和鼓舞士气的锣鼓声。锣鼓本是无情之物，但在这里被赋予了"泣"的情感，仿佛这些声音都在为逝去的英雄哭泣。这句表达了词人对三国英雄的怀念。

"万里长空蓝似镜"与"帐前锣鼓泣英魂"：前者描绘了一幅宁静、辽阔的天空景象，后者则是战鼓雷动、英魂泣血的战争场景，这种对比突出了战争的残酷与和平的珍贵。

"马肥槽净，山坳里，把军屯"此句描绘了军马壮实、将士生活简朴、军民一体的情景。这里运用了排比的手法，通过列举"马肥"、"槽净"和"山坳里"三个元素，来共同描绘军队的屯驻状态。这些意象不仅具有强烈的画面感，也蕴含了深厚的情感色彩。同时"马肥"与"槽净"也形成了对仗，增强了语言的韵律感。

"马肥槽净"反映了军纪严明和军队的强盛。这里用"马肥"和"槽净"来借代军备的充足和军纪的整肃，形象地描绘了军队的战斗准备状态。"山坳里"指山间的低地，"把军屯"则指军队驻扎。这句通过对三国村古军营的描写，展现了古代军队的生活场景，说明军队在山间低洼地带驻扎，利用地形进行防御或准备战斗。

"赤壁罢时犹在面"这句通过对赤壁之战的回忆，表达了词人对历史事件的感慨，增加了诗词的历史厚重感和文化内涵。

"如今浪静无尘"：现在赤壁附近的江面上风平浪静，一片宁静，与昔日的激战形成鲜明对比。通过对比赤壁之战的辉煌与现在的平静，表达了词人对历史变迁的感慨与对现实的沉思。这种历史与现实的交织，使得全词在时间上具有了跨越性，在情感上具有了层次感。

"卧弓轻睡枕金樽"：弓箭斜放在一旁，士兵轻轻入睡，头枕着盛酒的器皿，形象地描绘出军营内一个宁静祥和的夜晚。"卧弓"指放松的弓箭，象征着战争的结束和将士们的轻松心情，"轻睡"形容安静地休息，"金樽"象征着曾经的辉煌与荣耀，也象征英雄虽逝但精神永存。通过对比战时的喧嚣与战后的宁静，词人似乎在探讨英雄与时代的关系，以及历史长河中个体命运的渺小与伟大。

"蝉鸣人静，溪水旁，小船焚"：最后通过蝉鸣、溪流和小船等细节，描绘了一幅古代田园生活的宁静画卷。

"蝉鸣人静"：蝉鸣声在夜空中回响，而人们都已经入睡，整个世界显得格外宁静。"蝉鸣"和"人静"构成了夏日宁静的意象。

"小船焚"可能是一个较为模糊的意象，可以理解为种象征性的毁灭或结束。"蝉鸣"与"人静"、"溪水旁"与"小船焚"分别形成了对比和对仗，营造了宁静而又略带凄凉的氛围。

《临江仙·三国村怀古》是一首深具历史情怀的词作，通过对三国时期战争场景与英雄事迹的描绘，引领读者穿越时空，感受历史的厚重，展现了词人对那段波澜壮阔历史的深刻怀念与反思。它不仅仅是一首关于历史的抒情之作，更是对生命意义的一种探寻和思考。

自评

这首词AI解读得较为一般，因我采取了一些模糊化的手法，使得诗词古今交融，下面稍作补充。

首先，三国村是一处历史遗迹，如今成为一处景点，这本身就给诗词创作奠定了一个良好的基础。三国村所在的江苏省南京市江宁区淳化街道马场山，源于三国东吴时期，传说为东吴大将周瑜建马厩骑马之处，故名马场山。三国村为马场山附近一处景点，里面仿建了周瑜大营、士兵营帐、马厩、箭台、点将台及其他一些设施。从"倚楼空望辕门"便开始了虚中有实，实中有虚的描写，AI无法分辨真假。

其次，"马肥槽净，山坳里，把军屯"既是对三国村景点的描写，也交代了马场山三国村的来源，达到了借古喻今，抒发个人感慨的效果。

再者，"赤壁罢时犹在面，如今浪静无尘"，本意是在三国村内小溪旁看到停着的几艘游船，利用夸张的手法，将小溪想象成长江，将游船想象成东吴水军，就像赤壁之战如在眼前刚刚发生过，如今浪静无尘，一片祥和。此处赤壁并非赤壁之战的古战场，而是想象。这句要从下面"溪水旁，小船焚"里体会出来。将"溪水"想象成长江，将火烧赤壁想象成"小船焚"，所表达的主题AI解读得相对准确，只是缺少了那种古今交融的感觉，AI也未能解读出以小见大的夸张手法和人的丰富想象。

最后"卧弓轻睡枕金樽"、"蝉鸣人静"描写了想象中赤壁之战结束后，周瑜集荣耀于一身回到马场山，卧弓轻睡枕金樽，能打扰周瑜的怕只有蝉鸣。同时借这句表达当下和平来之不易，人们应珍惜。

洞仙歌·游西楚霸王祠

大江北望，霸王踌躇叹。忆楚歌萧瑟难断。惜虞姬、把酒莺舞言欢，而今逝、一曲新词魂散。

策乌骓纵横，复楚亡秦，未想孤身困于汉。葬甲士八千，旧恨新愁，亭长渡，江山犹半。谋天下、江东兴干戈，浪滚滚东流、不如休乱。

步入《洞仙歌·游西楚霸王祠》的深邃文学世界，我们仿佛被一股无形的力量牵引，穿越了千年的历史尘埃，来到了那座承载着无数英雄梦想的古祠前。这不仅仅是一次简单的游览，更是一场心灵与历史的深度对话，是对英雄情怀与历史哲思的细腻剖析与深刻感悟。

词篇初启，翠柏森森，古祠静立，勾勒出一幅庄严而肃穆的历史画卷。那些苍翠的柏树，如同历史的见证者，静静地守护着这座古祠，也守护着那段波澜壮阔的历史。词人漫步其间，每一步都踏着历史的节拍，心中涌动的情感，如同祠前的流水，既清澈又深邃。

词人通过"大江北望，霸王踌躇叹"，将我们带入一个无声却震撼的世界。项羽坚毅的眼神，仿佛穿越了千年的时光，依然闪烁着英雄的光芒。我们仿佛能够听到眼前这位英雄生前的呐喊，感受到他壮志未酬的遗憾与无奈。这不仅仅是对英雄的敬仰与怀念，更是对人生无常、命运多舛的深刻感悟。

祠外的风景，也成为词人抒发情感的媒介。一阵凉风吹过，祠前的古松轻轻摇曳，仿佛是历史的低语。这风，带着岁月的痕迹，与词人的心声相和，共同诉说着人生的无常与英雄的落寞。

祠外的江水更是将词人的思绪推向了高潮。滔滔长江水，如同历史的洪流，奔腾不息，见证了无数英雄的崛起与陨落。词人站在江畔，望着远去的江水，心中涌动的情感如江水一样汹涌澎湃。他感叹世事无常，英雄难逃宿命，但也坚信，英雄的精神将如江水般川流不息，激励后人不断前行。

《洞仙歌·游西楚霸王祠》让我们在品味历史的同时，也对自己的人生有了更深的体悟。这场穿越时空的心灵触碰与历史沉思，不仅仅是对英雄的敬仰与怀念，更是对人生哲理的深刻感悟。它让我们在历史的洪流中找到了自己的位置，也让我们在人生的道路上更加坚定。

"大江北望，霸王踌躇叹"：词人站在江边，遥望历史的长河，缅怀西楚霸王项羽，不禁发出深深的感慨和忧思。

"大江"指的是长江，象征着历史的广阔与悠久。北望则暗示词人对项羽的追忆和对历史的思考。"霸王"指的是项羽，"踌躇叹"则表现出项羽兵败后的迷茫和叹息。项羽虽为英雄，但最终的失败却让他感到孤独和沉重。项羽是一个悲剧英雄，他壮丽的一生与最终的失败形成鲜明对比，留给后人无限的追忆空间。

"忆楚歌萧瑟难断"：回忆起四周楚歌，歌声凄切，暗

示项羽在垓下之围时的困境与无奈。

"楚歌"是指楚国的民歌，这里特指项羽被围垓下时士兵唱的楚歌。楚歌是项羽一生悲情的象征，代表着失去的爱情与英雄的孤独。

"萧瑟"形容歌声凄凉，难以忘怀，是指项羽败亡后，哀怨的《垓下歌》，也可能是指项羽被围，传来的四面楚歌。"萧瑟难断"：萧瑟的音调暗示着悲凉，难断则表明这种情感的纠缠与无法释怀，表达了项羽对过往时光的深切怀念。

"惜虞姬、把酒莺舞言欢，而今逝、一曲新词魂散"：这里词人勾勒出虞姬的形象，回忆起她与项羽的深情，酒杯交错间，欢乐与悲伤交织。曾经的把酒言欢与现在的魂飞魄散形成鲜明对比，增强了悲剧色彩，表达了词人对项羽与虞姬之间生离死别的惋惜。

"惜虞姬"："惜"字表达了词人对项羽爱妾虞姬的怜惜。"把酒莺舞言欢"描绘了项羽和虞姬二人欢快饮酒、携手共舞的情景，象征着两人幸福而美好的时光，也是对过去快乐生活的追忆。"而今逝"暗示虞姬的离去，意味着美好时光的结束，这里也预示着项羽垓下之围的悲惨结局。

"把酒莺舞言欢"体现了项羽英雄末路时与虞姬短暂而美好的回忆，与"新词魂散"营造出强烈的对比，强化了项羽的悲惨结局。

"一曲新词魂散"：新词指的是对往昔的回忆，又可指《垓下歌》，创作于楚汉争霸时期，项羽在垓下被汉军围困，兵少食尽，陷入绝境。据《史记·项羽本纪》记载，项羽在夜闻汉军四面皆楚歌后，自知败局已定，于是在帐中饮酒悲歌，吟唱了这首《垓下歌》。而魂散则表达了项羽与虞姬之间美好的回忆，正逐渐逝去，项羽内心的悲痛和失落感愈加明显。这里比喻虞姬的死让人心碎，也暗示项羽的悲剧命运，强化了项羽这位英雄的悲情色彩。

"策乌骓纵横，复楚亡秦"笔锋一转，回忆起项羽过去的辉煌，赞颂了项羽过往的英勇事迹：他骑着乌骓马，曾力挽狂澜，试图推翻秦朝，展现了他的雄心壮志。

"策乌骓"：乌骓马是项羽的坐骑，象征着他的英勇与强大，也是他坚韧不屈精神的象征，体现了其武勇与脆弱的统一。这里通过对项羽坐骑的描绘，暗示英雄的壮丽与命运的残酷。"纵横"表示项羽在战场上英勇无敌，形容项羽曾经纵横捭阖、所向披靡的威武气势。"复楚亡秦"是指项羽曾一度恢复楚国，并且灭亡了秦国。这里提到楚国的复兴与秦朝的灭亡，也暗示了历史的变迁，与项羽垓下之围的遭遇形成了前后互动。

"未想孤身困于汉"：项羽没想到自己最终会孤立无援，被刘邦所困。项羽最终兵败的孤寂与无奈，与他的丰功伟业形成了鲜明的对比。"未想"表示出乎意料，反映了项羽的失落。

"葬甲士八千，旧恨新愁，亭长渡，江山犹半"：描述了项羽葬送八千将士的悲壮，以及江东父老的帮助，旧恨（在江东八千子弟的帮助下未能扭转战局）与新愁（对未来的忧虑，战败后何去何从）交织，江东仍在，却人事已非。表达了他面对旧恨新愁、江山半失的无奈与绝望。

"葬甲士八千"指项羽在垓下之战后，将战死的士兵埋葬。八千将士的牺牲让人感到无比痛心。旧恨与新愁相互交织，体现出历史的循环与英雄的悲剧命运。"亭长渡"可能是指项羽逃至乌江边的情景，亭长愿意助其渡江，但被项羽拒绝。"江山犹半"表示虽然项羽失败，但他仍认为自己有能力争夺天下。词中的项羽面对江东半属江山，豪情犹在，但他面临的是"旧恨新愁"，里面包含了复杂的情感交织，既有失去半壁江山的失败，也有未能突出重围的遗憾，让人感受到复仇的冲动和对未来的迷惘。

"旧恨新愁"："旧恨"指项羽对秦朝的仇恨，因为秦国曾灭掉了楚国；"新愁"则是指他被刘邦追击，最终被困垓下的现实。项羽曾有过辉煌，如今却面临兵败，这两者交织在一起，使得项羽的心情异常复杂。

"葬甲士八千"强调了项羽对战死士兵的尊重和哀悼。在垓下之战中，项羽面对着压倒性的劣势，最终兵败如山倒，许多士兵阵亡。这不仅体现了他对部下的感情深厚，也反映了他内心深处的无奈和悲伤。

"亭长渡"这一典故来源于《史记·项羽本纪》，在项羽逃到乌江的时候，当地亭长愿意帮助过江，但项羽即使有机会东山再起也不愿意回到江东面对父老。

"江山犹半"，尽管失败了，但项羽依然认为自己有能力争夺天下。这句话既是对项羽个人能力的一种肯定，也是对他未能实现抱负的遗憾。

"谋天下、江东兴干戈，浪滚滚东流、不如休乱"表达了项羽对天下大势的无奈，以及对战争与混乱的厌倦，暗示他选择不渡乌江、自刎而死的决心。词人也无奈感叹，天下动荡，与其卷入纷争，不如安享和平，暗示了对英雄时代的怀念以及对和平生活的向往。这一句引导读者反思历史的经验和教训：即使再伟大的英雄，也无法逃避历史的潮流。

"谋天下"指项羽有统一中国的野心。"江东兴干戈"江东地区是项羽的根基，他在那里兴兵，开启了争霸之路。"浪滚滚东流"这句话借用滚滚流动的长江水来象征不断前进的历史进程：长江水向东流去，就像时间不可逆转，历史不断前进，英雄们的辉煌与悲壮终将成为过往。"不如休乱"表达了词人对战争的看法，认为纷争不如和平。同时最后一句看似是词人对项羽悲剧命运的无奈哀叹，但实际上也可能蕴含反讽，暗示后人可以从历史中学到如何避免重复先辈（项羽）错误的教训。

《洞仙歌·游西楚霸王祠》是一首充满历史韵味、融叙事与抒情于一体的作品，它以深厚的古典情怀和独特的视角，描绘了项羽英勇的形象，对历史背后的人性、英雄主义和历史教训进行了细致的挖掘。

词中的项羽形象，不仅仅是一个军事领袖，也是满怀情感的个体，展现了其复杂的人性。他的英勇挥戈、爱情如歌，以及最后的无奈与沉思，让人深刻感受到这位英雄人物的多元化。

自评

AI点评整体准确，但有些细节解读不够深入，要做补充。

"大江北望，霸王踟蹰叹"：此处大江北望的既是游览完霸王祠的游客，也是想象中千年前兵败退守乌江的项羽，在犹豫要不要回江东，东山再起。

"忆楚歌萧瑟难断"：此处既回想项羽带领江东八千子弟创下亡秦复楚的不世之功，表达了后人对项羽这位英雄的崇敬之情，但同时又暗指项羽垓下之围中四面楚歌的悲惨境地，此恨绵绵难断。

AI对楚歌的解读有一部分是补充的，楚歌既指四面楚歌——项羽家乡楚国的歌声，也指项羽面临垓下之围写下的《垓下歌》。"一曲新词魂散"中的新词是指《垓下歌》，此处不仅是指怜惜虞姬，也指项羽面临人生末路：回忆过去与虞姬把酒言欢的场景，莺歌燕舞的美好时光，而如今虞姬唱着项

羽写的《垓下歌》，不肯独自离去，自刎而死。虽然虞姬唱着一曲新词魂散，但是她与项羽之间的爱情却成为千古佳话，让后人传颂。

"亭长渡，江山犹半"：此处AI分析出其中的历史典故——亭长渡江。词中也在这里做了一种假设：若是项羽在亭长的帮助下东山再起，也有可能与刘邦分庭抗礼——江山犹半。这也是呼应了开头，大江北望，霸王为何踌躇叹。项羽的踌躇在于要不要渡江。

最后这句"谋天下、江东兴干戈，浪滚滚东流、不如休乱"中，给出了以上假设的答案和最终的选择：为何项羽不肯渡江？渡江再谋天下，江东地区再起战火，又有多少江东子弟要牺牲，就算得了半壁江山又如何呢？浪滚滚东流，我们每个人在历史的长河里实在是小如蝼蚁，也许只有像项羽这样经历过人生巅峰和谷底的人才更容易理解人的渺小和时光流逝的无情以及和平的不易。最后，项羽做的决定是"不如休乱"，让战争在此刻停止。

南歌子·栖霞山归去

辗转寻秋色，登临眺远空。乍寒还暖晚来风。遥望白云
江上、过孤鸿。

闻道禅香近，山遥路未通。一林枫叶染愁红。就此取经
归去、不相逢。

AI解读

这首《南歌子·栖霞山归去》，犹如一曲悠扬的秋日
赞歌，洋溢着浓郁的秋意与深远的禅意。词人以其细腻的笔
触，精心勾勒出栖霞山秋日的绝美景致，每一笔都蕴含词人内
心深处的情感波澜与深邃哲思，仿佛一幅流动的秋色画卷，缓
缓展开在读者眼前，引人入胜，令人陶醉。

词人辗转于栖霞山间，只见枫叶如火，燃烧着岁月的激
情，仿佛是大自然用最绚烂的色彩，为这片山林披上了一层华
丽的秋装。那枫叶的红，不仅映照在词人的眼帘，更深深烙印
在他的心田，激发了他对生命无常、时光易逝的深刻感慨。他
凝视着这片枫林，仿佛看到了人生的繁华与落寞，感受到了岁
月的沧桑与变迁。

继续前行，词人来到了山顶。远眺长江，秋水共长天一

色，波光粼粼，映照出天空的深邃与辽远。远处一只孤雁飞过天空，映照出词人内心的宁静与孤独。词人静静地站在山顶，聆听着秋风的低吟，感受白云的轻抚，仿佛与大自然进行着一场心灵的对话。在这份宁静与超脱中，词人领悟到了人生的真谛与意义，也找到了内心的归宿与平静。

游玩之间，词人不仅被自然的美景所陶醉，更被那份深邃的禅意所触动。他仿佛看到了一位智者在远处沉思，感受到了那份超凡脱俗、物我两忘的境界。这种境界，让他对人生有了更深刻的理解与体悟，让他更加珍惜生命。

归去的路上，词人回首望着那片被晚霞染红的山林，心中涌起难以言喻的感慨与留恋。这次游玩不仅让他领略了栖霞山的秋日美景，更让他深刻体会到了人生的真谛与意义。每一处景色，都仿佛是一面镜子，映照出他对生命的敬畏与对历史的沉思。

"辗转寻秋色，登临眺远空"：词人为寻找秋色而走遍栖霞山，登上高处眺望广阔的天空。"辗转"一词展现了词人对自然美的执着追寻，为寻找秋色而不断变换方向或位置的状态。同时也反映了内心的思绪纷飞，隐含着词人不安定。这里的"秋色"不仅指自然之秋，也寓含着人生的某种境界或心境，词人不仅是欣赏栖霞山的美景，也是在反思自己的人生。"辗转寻秋色"传达出词人外出游玩寻觅秋色的愉悦心态，表达了对秋天美景的向往和追求。"登临"是指攀登到高处，这里指词人登上栖霞山。"眺远空"是在高处向远处眺望天空和景色。"登临眺远空"表现出词人开阔的视野和心境：登高望远让人感受到自然的广阔与深邃。

"乍寒还暖晚来风"：这句描绘了秋季清晨的气候变化，清晨词人开始登山，山下未得一风，等到了山顶，晚来的风带来忽冷忽暖的感觉，这既是季节的变换，也是词人内心情绪的微妙体现，预示着接下来情感的变化与波动，这种变化无常恰似人生。"乍寒还暖"体现了秋天气候的不稳定，给人一种微妙的感受。这一句描绘了秋季特有的气候特征，即早晚温差较大，也象征着词人内心的波动不定，情绪时而低落，时而高涨。"晚来风"则进一步强化了这种情绪的变化，暗示随着时间的推移，词人的心境也在发生变化。晚来的微风轻拂，既有寒意又带着温暖，让人感受到季节交替的细腻之处。

"遥望白云江上、过孤鸿"描绘了一幅宁静而略带孤寂的画面，象征着词人的孤独与高远之志。白云悠悠，孤鸿掠过江面，营造出一种空灵的意境，表现出词人内心的宁静与孤独。词人远眺江面上的孤鸿，自比孤鸿，在生活的大潮中孤独前行，或是人际交往时暂时远离，以寻找心灵上的自由。"遥望"指远远地看，"白云江上"指的是江面上飘浮的白云，勾勒出一幅悠远的自然景象，"过孤鸿"则描绘了一只孤独的大雁从江面上飞过的情景，象征着孤独与离别。

"闻道禅香近，山遥路未通"：词人听说禅意盎然之地近在咫尺，但山路遥远且不通，暗示追求精神境界的道路并非易事。

"禅香"代表着内心的宁静与超脱，是词人所向往的精神归宿。"禅香近"暗示出词人对心灵深处宁静的向往。"闻道禅香近"是指词人听闻附近有寺庙，或者是感觉到寺庙檀香的气息越来越近，暗示词人的精神状态趋向平静。

"山遥路未通"是指山路遥远且难以通行，可能是对栖霞山道路的描述，也可能是喻示修行之路的艰难。表达了找寻这种精神境界的不易，寓意人生道路上理想与现实间的距离。这里的"路未通"与前文的"辗转"形成了前后呼应，表达了此番游玩的过程并不轻松，一方面是指词人寻找栖霞山秋色的过程不轻松，另一方面寓意人们自我修行之旅的心

路历程不轻松。

"一林枫叶染愁红"：枫叶的红色象征着秋天的凋零和愁绪，表现了词人内心的感伤与思索，这与词人内心的迷茫或这番旅程的艰辛有所关联。"染愁红"也暗指词人对于过去的思考和未来的不确定带来的忧愁。

"一林枫叶"是对栖霞山上枫树林的直接描绘，"染愁红"形容枫叶的颜色像是被忧愁染成了红色，表达了词人内心的愁绪，增添了画面的凄美之感。"染愁红"将栖霞山满山的红叶与词人内心的愁绪联系起来，形成强烈的视觉对比和象征效果。这里的"愁红"不仅仅是视觉上的颜色，更是情感上的色彩。红色通常代表热情和活力，能够唤起人们对生活的热爱和追求，象征着积极向上、充满能量的状态，鼓励人们勇往直前，追求梦想。这与枫叶在秋天变红的自然变化相对应。对词人而言，却是因愁而"红"，这里的愁表达了词人对自身状态的不满意，未能达到像枫叶一样到了季节就变红的状态，暗含了词人寻志之路的艰难。

"乍寒还暖晚来风"和"一林枫叶染愁红"两句不仅描绘了四季更替中的自然变幻，也是词人内心情感波动的映射，自然景观与内心感受形成和谐统一，强化了诗歌的情感共鸣。

"就此取经归去、不相逢"：最后词人明确表达出归隐的决心和对尘世的告别。"取经"在这里不仅是指字面上的学习经典，也可能是词人对自己旅途经历的一种总结，意味着他在此次旅行中获得了某种精神上的启示或觉悟。"归去"意味着离开此地，"取经归去"可视作寻求精神解脱的道路。"不相逢"则意味着自己将与世俗社会和纷扰的人事断绝瓜葛，表达了词人离开后不再回来，或者与某些人不再相遇的情感，字里行间流露出决绝。又或许是指词人决定与过去的自己告别，表达了对未来的期待，不再与过去的自己重逢，在以后的日子里寻找新的自己。"取经""归去"等词语的使用，也暗示了词人在旅途中有所领悟，最终带着这些体验与感悟离去，不再回头。

这首词巧妙地通过自然界的变化与感情交融，表达了词人抛弃尘世纷扰，寻求内心平静的追求，同时也揭示了人生道路的坎坷和追求真理的不易。词中描绘的秋色追踪与登高望远，似在展现词人人生旅程中的自我觉醒与精神层面的成长。从最初的寻找生活哲理，到意识到禅意近在眼前，体现了词人自我探索与顿悟的过程。词的开篇和结尾形成鲜明对比：初始的积极探寻与最终的决绝归去，揭示了词人经历的思想转变。寻找"秋色"与"禅香"的艰辛历程也是词人自我探索与摆脱现实困境的觉悟过程。词人在自然的怀抱中，既感受到孤独与忧伤，也在反思中寻求智慧与释然。这样的情感交织，使得这首词不仅是一幅秋景画，更是一首心灵的独白曲。

自评

AI对这首词的解读准确，有不足之处已在AI解读的基础上做了补充，这里不再重复。

蝶恋花 · 游将军山旧址

乱石丛中寻旧道。一片荼蘪，弃物无人扫。杨柳垂丝卧湖倒，波光潋滟山回抱。

华来不识人间老。误作春风，处处花枝好。日暮秋风迟来到，春华总被无情恼。

AI解读

《蝶恋花·游将军山旧址》如同一位老画家挥洒的笔墨，将历史的沧桑与词人的情感交织在一起，绘出一幅动人心魄的图景。

旧址废弃多年，古道难寻，辗转腾挪之间，词人还是找到了入口。漫步于将军山旧址，仿佛一只轻盈的蝴蝶在历史的长河中翩翩起舞，穿梭于过往与当下。那残垣断壁，就像岁月的皱纹，深深浅浅地刻在历史的脸上，诉说着往昔的辉煌与沉寂。它们静静地躺在那里，如同被遗忘的珍珠，虽然失去了往日的光泽，却依然散发着独特的魅力。

山间的景色，如同一幅精美的画卷，在词人的眼前缓缓展开。那苍翠的树木，就像历史的守护者，见证了无数的风雨沧桑。而那斑驳的石壁，则如同历史的书页，记录着过往的点点滴滴，等待着有心人的解读。词人仿佛穿越时空，沉浸在无尽的遐想之中，感叹岁月的无情，日暮秋风而至，词人从遥远的遐思中醒悟过来，岁月虽是无情物，但人生在世，亦要用心去感悟。

游玩过程中，词人不仅领略了自然之美，更仿佛与历史进行了一场深刻的对话。人生如梦，岁月如梭，就像那山间的野花，虽然生命短暂，却依然要绽放出最绚丽的色彩，用心去感受这个世界的美好与奇迹。

词人内心的情感如同那山间迟到的秋风，似那多情的春风，吹得山间百花盛开，花枝招展。他对历史的思考，如同那流水深邃而悠远。

开篇以"乱石丛中"为背景，描绘了词人在荒凉的乱石丛中寻找昔日的道路，隐喻着词人对过去的追寻，或是对历史遗迹的探访。以"乱石丛中"描绘旧址的荒凉、破败的景象，暗示寻找旧路的艰难与不易。"寻旧道"则透露出词人对往昔岁月的追寻与怀念。这里的"旧道"可能指的是历史上某位将军走过的道路，也可能是指过去人们常走的路。

"一片荼蘼，弃物无人扫"这句表现出了旧址的荒凉。荼蘼是一种花卉，在这里象征着曾经的美好。"一片荼蘼"中的荼蘼花常常与春天和美好景象联系在一起，这里的"荼蘼"也可能指的是荒芜的旧址，与"弃物无人扫"共同营造出一种被遗忘、被遗弃的凄凉氛围。

"弃物无人扫"表达了词人对往昔辉煌不再的惋惜之情，反映出词人对岁月流逝的无奈。曾经繁华的地方现在却变得如此冷清，突出将军山旧址的破败与荒凉，反映出自然与人类活动的疏离，暗示着时间的流逝与人情的冷漠。

"杨柳垂丝卧湖倒，波光潋滟山回抱"描绘了将军山旧址的自然风光：杨柳依依，枝条垂落湖面，波光粼粼，山峦环抱整个湖泊。"垂丝"和"卧湖倒"形象地展现了杨柳的柔美和湖面的宁静。湖面倒映出杨柳的影像，增加了画面的层次感，显示出环境的静谧与和谐，形成了一幅和谐的画面。"波光潋滟"表现出湖光的生动与美丽。"山回抱"则是说四周的山峦环抱着这片湖泊，给人一种宁静、安详的感觉。山水相依的景象，进一步增强了景区的自然美，这里的自然美景与前面的荒凉破败形成鲜明对比，更加凸显旧址现状的孤寂。

"早来不识人间老"：清晨来到此地，仿佛置身于一个不老的世界，忘却了人间的沧桑与岁月的流逝。这句话表达了词人对于时光流逝的感叹。

"早来"暗示词人早早来到这个地方，渴望去重温往昔。"不识人间老"表达了词人对时间流逝的毫无知觉以及对美好时光的向往，似乎是在说词人自己在这个美丽的环境中忘却了现实的变迁。

"误作春风，处处花枝好"：词人被眼前的美景所迷惑，以为这里是春风常驻、花枝永茂的仙境。"误作春风"意味着词人曾以为一切都会像春天一样美好，在这种美好的环境中，仿佛一直沉浸在春天的气息中，忘记了季节的变迁。"处处花枝好"则进一步强化了这种美好幻象的存在，描绘出春意盎然的画面。尽管已是秋天，但词人心中依然留有春天的繁花。

"日暮秋风迟来到，春华总被无情恼"：随着日暮降临，秋风也悄然而至。日暮和秋风的到来象征着时间的流逝和生命的衰老。词人意识到，无论春天的花朵多么绚烂，最终都会被无情的岁月所困扰、所消逝。这里寄托了词人对时光易逝、青春难驻的深深感慨和美好时光逝去的无奈与感伤。

"日暮秋风"即转折的开始，日暮暗示着一天的结束，秋风则代表着季节的变化，带有一丝凉意。"日暮秋风"象征着时光的流逝以及季节的更替，代表着衰败与凋零。"迟来到"暗示着时间的流逝和生活的无奈，秋风的到来也象征着生命的终结与凋零，可能是词人对于美好时光短暂的遗憾。

"春华"象征着春天的花朵和美好，承载着生命的活力与美丽。"无情恼"表达了词人对美好时光的惋惜与无奈，尽管春天的花朵美丽，但终究会被秋风摧残，暗示生命的脆弱与无常。

《蝶恋花·游将军山旧址》这首词不仅描绘了大自然的美丽，也引发了对生命、时间和人际关系的深刻思考，是一首充满怀旧之情的佳作。

自评

将军山风景区关闭多年，目前是一个鲜为人知的景区，此作写于游历将军山风景区旧址后。

高考前一天曾游玩此处。当时的将军山风景区作为一家民营风景区，管理水平、服务意识以及配套设施在当地景区中均排在前列，在周边地区有着良好的口碑，发展势头正盛。而如今的将军山风景区已破败不堪，无人管理，成为废墟，时隔二十年再次游历，有感而发，写下此作。

这首词的上阕写到将军山风景区连入口的旧道都非常难找，费尽周折才进入景区，因为很久没有人维护，弃物成堆。但进入景区后，发现虽然有些破败，但是自然景色依旧很美。

下阕不免回忆起自己的青春岁月，似乎已经忘记上次来到这里还是二十年前。误把秋风做春风，处处鸟语花香，仿佛一切还是二十年前的样子。等到傍晚，天气渐凉，在秋风吹拂下，才恍然回过神来：原来只是一场旅行，此刻不再是二十年前，也不再是那个春末，时光啊，总是那样无情，催着人慢慢变老。

破阵子·游丫髻山

　　碧空连山路转，夜归富丽山庄。丫髻山头观竹海，天目湖边尝藕汤。银河落水泱。

　　魅影孤楼笑语，晚风沉醉微凉。松影拂波携柏手，无尽相思空对望。涓涓溪水长。

AI解读

　　碧空如洗，朝霞织锦，词人漫步于丫髻山的蜿蜒小径，仿佛步入了一幅流动的山水画卷。

　　山峦叠翠，云雾缭绕、丫髻山以它那独有的韵味，缓缓展开在词人的眼前。词人细笔勾勒，将每一处风景都镌刻在心间，感受着大自然的鬼斧神工与勃勃生机。然而，在这份宁静与美好之中，词人却捕捉到了一丝难以言喻的孤独，如同山间缥缈的云雾，既轻盈又深沉。

　　站在山巅之上，词人俯瞰着竹海，他看到了山川的壮美与辽阔，也看到了人的渺小与生命的短暂。在湖边小筑，他品尝着天目湖美食，看到银河落入水中，天上地下融为一体，遥不可及的银河此刻近在咫尺。他感慨于人生的无常与变幻，但更珍惜眼前的每一次相遇。因为他知道，每一次的相遇与别离都是生命的馈赠。

在这次山川之旅中，词人不仅领略了丫髻山的绝美风光与大自然的神奇魅力，更在心灵深处进行了一场深刻的对话与探寻。他思考着人生的意义与价值，感悟着生命的真谛与奥秘。人生就像这山川一般既壮丽又复杂，但只要我们保持一颗热爱生命、追求美好的心，就能在人生的旅途中收获属于自己的风景与感悟。人生同样是一场孤独的旅行，每一次相遇都是上天的恩赐，在学会独处的同时，也要学会在孤独中自我成长，懂得感恩生命里的每一次遇见。

"碧空连山路转，夜归富丽山庄"："碧空"描绘出天空的清澈与高远，"连山路转"说明山路蜿蜒曲折，这里"连"字用得极好，路在转弯处与天空相连，给人以无限延伸的视觉感受。

"夜归富丽山庄"："富丽"可能指的是山庄的豪华或景色的瑰丽，"夜归"点出了时间，体现出旅途的舟车劳顿，暗示词人游山之后的归宿。富丽山庄不仅是一个具体地点，也象征着词人安逸与舒适的生活状态。

起句中的"碧空"与"山路"不仅构成了游山的自然环境，也映射了词人的内心世界。碧空的广阔象征着词人内心的开阔与追求自由的渴望，而山路的曲折则反映了人生道路的坎坷与探索的艰辛。夜归富丽山庄，不仅意味着游山的结束，更象征着词人在经历一番心灵探索后，找到了内心的安宁与归宿。

"丫髻山头观竹海"中的"丫髻山"是山名，词人站在丫髻山顶，放眼望去是一片茫茫的竹海，感受到大自然的壮阔与生机，给人带来宁静致远的感觉。"观竹海"不仅描绘了壮观的自然景色，也反映了词人对自然之美的喜爱。

"天目湖边尝藕汤"中的"天目湖"是湖名，词人在天目湖边品尝藕汤，享受着湖光山色带来的宁静与惬意，展现了与自然亲密接触的快乐，凸显了生活中的小小幸福与满足。在天目湖上不仅品尝了当地的美食，更是一种融入当地生活的体验，让读者也感受到词人闲适的生活态度。

"银河落水泱"：将湖面的波光粼粼比作银河落入水中，形象地描绘了夜空中银河的光辉倒映在水面上的情景，仿佛银河真的落入水中，梦幻般的美丽景象营造出浪漫而神秘的氛围。"泱"字形容水面宽阔，这样的比喻既形象又富有诗意，增强了诗词的艺术效果。

在这三句中，自然景色成为词人内心情感的投射。丫髻山头的竹海，竹子的坚韧不拔象征着词人内心的执着与毅力；天目湖边的藕汤，其甜美滋味可能代表着词人对生活的热爱与享受；而"银河落水泱"的壮观景象，则是词人内心激情与梦想的象征，暗示着词人内心的澎湃与无限可能。

"魅影孤楼笑语"：夜晚的孤楼中传来欢声笑语，"魅影"指的是夜晚灯光下的人影。"孤楼"指的是山间某一处独特建筑或景象，与笑语相应和，增添了神秘而又欢快的气氛。

"晚风沉醉微凉"，晚风轻拂，带着一丝醉意和微凉，使人感到心旷神怡，身心都沉浸在这样的美好之中。这里的"沉醉"和"微凉"形成了对比，既表现了晚风的温柔，也反映了词人内心的感受。这里进一步营造了夜晚宁静而略带凉意的氛围，使读者能够感受词人游山之后的轻松与愉悦。

魅影孤楼与笑语形成了鲜明的对比，魅影与孤楼可能代表着词人内心的孤独与寂寞，而笑语则是对这种孤独感的一种超越与释放。晚风微凉，不仅营造出了宁静的氛围，也暗示了词人在孤独与欢愉的交织中，内心获得了平静与满足。这种情感的交织，使得诗词的情感更加富有层次和深度。

"松影拂波携柏手"：松树和柏树的影子在水面上交相辉映，展现自然的和谐美。这里可能暗示着与爱人共享美好时光的愿望。"松影拂波"描绘了松树的影子轻轻拂过湖水的画面，而"携柏手"则将松柏拟人化，如同一对恋人携手漫步，表达了对美好情感的向往。

"无尽相思空对望"表达了词人对某人或某些情感的深切思念，这种思念如同涓涓溪水一般，绵长而不断。"无尽相思"强调了情感的深沉和持久，"空对望"则带着无奈和寂寞。这句话表达了词人内心的孤独与思念之情：尽管周围景色宜人，但心中的相思之情却无法得到回应，只能对着远方默默凝视。

"涓涓溪水长"：最后以一条细小而悠长的小溪结束全词，既是对前面所有美好场景的总结，也是对心中那份绵绵不绝情感的感叹。"涓涓"形容水流细小而不断，象征着情感的绵长和时间的流逝。溪水的细流象征着时光流逝，暗示着思念的绵长与无尽。

这首词不仅让人感受到丫髻山的美丽，也引发了人们对时间、生命和情感关系的深刻思考。诗词中既有对壮丽山色的赞美，也有对人生情感的深刻感悟，形成了一幅动静结合、情景交融的完整画卷。

游山不仅仅是一次身体上的旅行，更是一次心灵上的探索之旅。每一句都富含深意，既是对自然景色的赞美，也是对人生情感的深刻感悟：在人生的旅途中，我们都在不断地探索与寻找内心的安宁与自身的归宿，而内心的孤独、欢愉、思念与感慨都是我们人生旅程中不可或缺的一部分。

　　此作AI解读准确，自感无可圈可点之处，尤其"银河落水决"与"松影拂波携柏手"借鉴了古人一些创作手法，AI均解读了出来。

　　唯独没有解读出来的部分为"松影拂波携柏手，无尽相思空对望"两句的对比，这种对比强化了诗词所表达的情感。正如苏轼在《记承天寺夜游》中所述："庭下如积水空明，水中藻、荇交横，盖竹柏影也。何夜无月？何处无竹柏？但少闲人如吾两人者耳。"松柏水中倒影相携拂波，魅影孤楼之下只有一闲人，想到此情此景只能望向茫茫竹海和涓涓细流。

南乡子·淮水望月

风瑟瑟，雨凄凄。墨菊香溢翠竹堤。

远眺轻舟排云渡，思乡苦。月照异乡秋色妩。

AI解读

词人孤身徘徊于淮水之畔，四周微风轻拂，如同细腻的绸缎轻轻拂过肌肤，细雨则如丝如缕，轻轻拍打在词人身上，给宁静的夜晚增添了几分凄迷与哀婉。有隐隐暗香浮动，那是墨菊之幽香，清雅脱俗，仿佛能洗净人世的尘埃；那是翠竹之芬芳，挺拔峻峭，与细雨微风共同编织出一片既可视又可闻的凄清意境，巧妙地烘托出词人心中的思乡情怀。

词人漫步于此，不仅是在欣赏自然之美，更是在感悟人生之真谛。淮水悠悠，宛如人生长河，波澜壮阔又曲折蜿蜒，见证了无数的悲欢离合与沧桑巨变。那细雨微风，仿佛是人生的不同阶段，时而轻柔如丝，时而猛烈如鞭，考验着每个人的意志与决心。而墨菊与翠竹则如同人生中的知己与挚友，虽默默无闻，却始终坚守在旁，给予词人无尽的力量与慰藉，陪伴他度过每一个孤独的夜晚。

游玩过程中，词人内心涌动着对人生的深刻感悟和对历

史的深沉思考。望着皎洁的明月，仿佛看到了自己的过去与未来，明月之下，一切都变得清晰而明朗。

"风瑟瑟，雨凄凄"：开篇以风声和雨声起兴，直接挑动了人的听觉，运用叠词"瑟瑟"和"凄凄"描绘出秋夜的阴郁与凄凉，这样的细节描写增强了词的现场感，让读者仿佛置身其中，营造出一种清冷、孤寂的氛围，为全词奠定了思念与忧愁的情感基调。

"墨菊香溢翠竹堤"描绘了一派墨菊盛开、香气四溢的景象，与竹堤相映成趣，带着秋天独有的清新与宁静。墨菊作为秋天的代表花卉，它的香气增添了秋季特有的味道和季节感。墨菊的香气在翠竹堤上飘散，这一细节描写不仅增添了画面的美感，也寓含了词人对美好事物的感知。

"墨菊"通常指的是深色或黑色的菊花，象征着高洁与孤独。"香溢"表现了菊花香气的浓郁，"翠竹堤"则是指生长着翠绿竹子的河岸。这句通过视觉和嗅觉的结合，进一步强化了场景的美和词人内心的孤寂。词人借用墨菊的香气和翠竹的翠绿，既体现了自然的美丽，也是词人内心情感的寄托，表达了他对高尚情操的追求和对家乡的怀念。

"远眺轻舟排云渡"："远眺"表明词人站在较高的位置，"轻舟"和"排云渡"构成了一幅动态的画面，形象地描绘了一艘小船在云雾中穿行的情景。这一幕可能是触发词人思乡之情的导火线，轻舟象征着归途，淮水不可渡，舟行天际，却可悠然穿过云层，更激发了词人对故乡的深深思念。

"思乡苦"一句直接表达了词人的思乡之情。情感真挚而强烈，是全词情感的高潮。"思乡苦"不仅仅是对故乡的思念，也可能蕴含着词人对人生意义和存在状态的哲学思考。词人可能在反思自己的生命旅程和精神归宿。

"月照异乡秋色妩"这句以月亮为媒介，照亮了异乡的秋色，这里的"妩"字，既有美丽之意，也带有一丝哀愁。词人用月亮作为联系故乡和异乡的纽带，表达了即使身处他乡，也能感受到秋天的美丽和对故乡的思念。月光下的异乡秋色虽美，却仍无法抚平词人心中的思乡之痛。

秋天本就是容易引发人们思乡情绪的季节，月亮作为传统文学中思乡的象征，进一步加深了诗歌的思乡主题，同时也为全词增添了一抹温柔而哀愁的色彩。这里的"妩媚"与前面的"凄凄""瑟瑟"形成对比，反映了词人内心复杂的情感——即便异乡景色宜人，也无法替代对家乡的思念。

明月也是希望和家的象征，明亮的月光打在翠色欲滴、墨菊飘香的秋色中，夹杂着丝丝苦涩，象征着词人内心的矛盾：一方面赏景惬意，另一方面却难以抚平心中对故乡的思念之痛。

《南乡子·淮水望月》是一首情感真挚、意境深远、艺术手法高超的思乡之作。这首词的主题是对家乡的深切思念和身处异乡的孤独与哀愁。通过细腻的景物描写和深沉的情感抒发，表达了对家乡的无尽眷恋和对现实的无奈与感慨。

自评

AI点评不足之处在于"远眺轻舟排云渡"和"月照异乡秋色妩"这两句。这首词为路过京杭大运河时所作，看到河中船只驶向远方，水天一色，月光朦胧中仿佛穿云而过，去往另一个世界。这里的意境和张若虚《春江花月夜》里的"江天一色无纤尘，皎皎空中孤月轮""谁家今夜扁舟子？何处相思明月楼？"相似。

此外，"月照异乡秋色妩"看似和前文的风雨凄凄相互矛盾，让人不禁产生怀疑：为什么天气骤变，是不是写错了，其实不然。

当时在他乡出差，从地理位置的角度而言，故乡才是异乡，见月思乡，想象月照异乡（故乡）的秋色应该更加妩媚。月亮作为一种纽带，传递了思乡之情。